PASCALINE

La route, courant sous la lune, était luisante comme une rivière. A côté d'elle, un peu en contrebas, la rivière s'étalait, plate sous la lune comme une route.

Laurent Michel marchait sur la route de pierre en regardant la route d'eau. Il pensait que ce serait la bonne heure pour aller caresser les truites, qui rêvent la nuit, près des bords.

Le mot « caresser » qu'il venait de former dans sa tête, le fit rire tout haut par comparaison et il se mit à chanter :

A quoi bon se faire de la bile?
S'éreinter le tempérament?
Y vaut mieux caresser les filles...

Il revenait de chez sa fiancée dont, au moment du départ, il avait serré contre lui, pour la première fois, le petit corps mince. Ce n'est pas le désir qui l'avait poussé à ce geste. Thérèse était trop noire et trop sèche pour son goût. « Ah! si c'était Victorie, la chaude garce de Toulon! Mais c'est pas le moment de penser à ça... », se gronda-t-il. Il était bien content. Il avait un peu bu, juste assez pour ne pas être saoul et pouvoir discuter avec les Aiguier, enfin arrêter la date du mariage pour le samedi en quinze.

Il avait tellement eu peur que ça ne se fasse pas! Il éclatait d'orgueil, maintenant qu'il avait réussi. Ces Aiguier, père et mère de Thérèse, ils étaient plus durs à forcer que des cochons sauvages, mais à la fin, il les avait eus. Sur la part d'héritage de leur fille, ils feraient les avances nécessaires pour remonter un peu la ferme de La Guirande, bâtir un hangar à foin, planter des arbres, enfin redonner de la valeur à ce bien de famille, vieille maison et champs maigres, négligés depuis des années par le père Michel, ivrogne bambocheur quand il était jeune, malade ensuite depuis si longtemps. La mère morte, cette vaillante Fleurie Guirand, de qui était venu le domaine, le père n'avait plus été qu'une vieille chose baveuse, écroulée dans un fauteuil. La servante Tistone, rude femme autrefois, maintenant cassée en deux par l'âge, l'avait soigné en même temps qu'elle tenait la maison. Laurent, resté seul, était le maître.

Et maintenant il allait faire du bon travail : défoncer, semer, engraisser la terre de bonne fumure. Laurent était là pour ça, et Thérèse Aiguier, la riche fille pas belle, qui apporterait l'argent.

Celle-là, il saurait bien la caresser, comme la truite, la faire femme, avec ces bons bras, ces bonnes jambes dures, tout ce corps tendu et plein de force qu'il lui avait fait sentir en la serrant contre lui, tout à l'heure, sous le couvert des arbres.

Elle, elle était restée toute raide, toute distante. Elle ne s'était pas approchée pour partager la chaleur de l'homme. « Ces filles, c'est jeune, c'est jamais sorti, c'est innocent... » Il aimait mieux ça. Pour le reste, il aurait la Victorie, de Toulon. Cette Thérèse, il faudrait

Thyde Monnier

Les Desmichels

***

Nans le berger

Éditions J'ai lu

« *Ô Dieu ! Dieu sourd, muet, aveugle... Apprends-moi à accepter de n'être qu'un atome.* »

Eugène O'NEILL.

A mon amie Marguerite Emery, qui la première a deviné le secret du berger Nans.

(*Lettre du* 20 *déc.* 37.)

tout de suite lui fabriquer beaucoup d'enfants. Les femmes, c'est nécessaire pour les occuper. Et puis, des garçons, on en aurait besoin à La Guirande et même des filles pour garder le troupeau, désherber les légumes, faire cuire les repas de tout le monde. Il faudrait encore des domestiques, par-dessus le marché. Il y aurait du travail pour tous, dans cette grande ferme qu'il voyait déjà s'étaler dans son rêve, tout entourée de bâtiments neufs éclatants de lait de chaux, toute bruyante de moutons, de poules, de canards cancaniers, de cochons gras et de chèvres laitières.

« Qué bestias je suis, pensa-t-il, je me crois déjà d'y être! »

Emporté par le bon goût de ses projets, il frappait de son bâton, les herbes du talus. Après un coup plus vif, qui avait fait voler les têtes des carottes sauvages, soudain il s'arrêta net, un bruit venait de lui répondre :

— Qu'est-ce que c'est? cria-t-il en se plantant sur ses deux jambes écartées, comme pour se préparer à la lutte.

Il se demandait : « Une couleuvre d'eau, un rat de prairie, une martre ou quelque maoûfatan? »

N'entendant plus rien, il sauta à pieds joints dans le fouillis de ronces et de noisetiers, qui, sur un bras de terre étroit, séparait la route de la rivière.

— Par exemple! Une fille? dit-il. Celle-là, elle est forte! Qu'est-ce que tu fiches là?

Des deux mains, il avait écarté rudement les rameaux emmêlés. Penché en avant, il saisissait ce qui tentait de le fuir. Sous la lumière de la lune, il voyait une tête de cheveux luisants, un visage rond, des yeux clairs, toute une blondeur pâle, qui le laissait surpris.

— Qu'est-ce que tu fiches là? redit-il.

— Ne me faites pas de mal!

La fille avait crié d'une voix peureuse et mis son bras sur ses yeux.

— Pourquoi diable veux-tu que je te fasse du mal? dit Laurent avec un rire, mais explique-moi ce que tu fais ici? Il est bien tard pour courir les routes et tu me parais toute jeunette? Ah! tu étais sans doute avec ton amoureux et il aura foutu le camp lorsque j'ai sauté? C'est ça?

— Non, dit la fille, j'étais toute seule.

— Alors, relève-toi, que nous parlions un peu. Ça m'intrigue. D'abord d'où tu es?

La fille s'assit dans ses jupes froissées, elle remonta à deux mains un gros chignon blond qui s'était défait sur son épaule. Des rondeurs de seins lourds se précisèrent dans son geste.

— Je suis de La Jouvaine, dit-elle.

— La Jouvaine? Connais pas. C'est dans notre vallée?

— Non, c'est dans la Haute-Savoie.

— La Haute-Savoie? Mais tu viens depuis là-haut à pied?

— Oh! non, j'en suis venue depuis trois mois, en diligence.

Elle rit :

— On voit que vous ne savez pas, dit-elle, c'est loin!

— Explique-toi, dit Laurent, nous n'allons pas rester là jusqu'au matin et pourtant je voudrais bien savoir ce que tu fabriques ici?

Il s'installa dans le fourré, à côté d'elle qui s'était de nouveau assise.

— Quel âge tu as?

— Dix-sept ans.

— Tu as l'air d'une femme et pourtant tu es claire comme une enfant. C'est tout ton blond qui fait ça. Par chez nous, les filles sont plus brunes. Alors tu as dix-sept ans? Et puis? Comme tu t'appelles? Tu as pas de mère, pas de famille?

Elle baissa la tête :

— Pascaline. J'ai encore ma mère, elle est chez nous.

— A La Jouvaine?

— Oui.

— Et puis?

— J'avais mon frère : Albin. Il s'est tué à l'inalpage. Et puis il y avait encore Jean-Baptiste Esminguaud, seulement il en a marié une autre, la Suzanne de mon frère.

Elle se jeta tout d'un coup dans le taillis, son corps secoué de sanglots et Laurent ne vit plus que la masse des cheveux clairs, tordue comme une gerbe de paille.

— Allez, allez... Pleure pas! Ça sert à rien de pleurer. Tout ce que tu me racontes, c'est bien d'embrouillage, mais ce que je vois, c'est que tu as l'air d'un chien perdu. Alors si je peux faire quelque chose pour toi?

Il souleva la fille de ses deux bras passés sous une chair lourde. Assise de nouveau, elle frotta rudement, de ses mains, son visage rougi. Elle jeta autour d'elle un regard égaré. Elle dit :

— J'ai faim.

— Tu as faim? Mais je n'ai rien à te donner.

Laurent lui montra ses mains vides.

— Je sais, dit-elle tranquillement, mais quand même j'ai faim. La tête me tourne.

Un paquet noué d'une toile brune était sur l'herbe.

— Qu'est-ce que tu as là-dedans? dit Laurent.

— Du linge.

Le garçon se releva sur les genoux :

— Ecoute, dit-il, j'ai une idée. Quoique je me languisse de savoir toute ton histoire, nous pouvons pas rester là jusqu'à mitam éternam. D'abord, la nuit est froide et puis la première chose, c'est que tu manges.

Après nous blaguerons. Allez zou! Dresse-toi, viens avec moi jusqu'à La Guirande. Je te ferai cacher dans le poste à feu et je te porterai des vivres. Demain nous verrons.

Pascaline le regarda dans les yeux. Elle demanda :

— Qu'est-ce que c'est, La Guirande?

— La Guirande? C'est ma maison. C'est la maison de mes parents. Moi, je suis Laurent Michel. Je me marie dans quinze jours avec Thérèse Aiguier. Je venais de chez elle, ce soir, quand je t'ai trouvée là. Allez, tu viens?

Il la tirait par les bras. Elle se relevait. Alors il la vit tout entière debout, grande, robuste et souple à la fois.

— Eh ben, dit-il, on les rate pas les filles dans tes montagnes.

Sur la route, quand ils furent en pleine lune, il dit encore :

— C'est égal, j'ai pas besoin qu'on rencontre quelque bazarette! Heureusement qu'à ces heures elles sont couchées. Autrement, ça me fait casser mon mariage.

Il regarda Pascaline au plein des yeux :

— Comme tu t'appelles?

— Je vous l'ai dit.

— Mais ton autre nom?

— Arvin-Bérod.

— C'est pas d'ici ça. C'est un nom de ton pays?

— Oui. Des Arvin, il y en a beaucoup ; des Arvin-Bérod, des Arvin-Mathonnex, des Arvin-Guébriant...

— C'est drôle! dit le garçon. Ton village, il est dans les neiges?

— Les hivers, dit-elle.

Il la sentit peser sur lui.

— Qu'est-ce que tu as? demanda-t-il.

— La tête me tourne. Je n'ai plus rien mangé depuis avant-hier.

— Oh! mon Dieu, pauvre fille! dit Laurent. Et moi qui te fais parler... Enfin prends un peu courage pour marcher, nous arriverons bientôt. Tu vois ces grands arbres? C'est là.

Après la cinquantaine de pas qu'ils firent sans autre parole, la route se séparait en deux. Large, elle continuait vers Solliès-Toucas, creusée contre la roche, suivant la sinuosité des gorges. Devenue chemin pierreux, elle descendait vers le Gapeau. C'est par là qu'ils allèrent. Pascaline sentit trembler sous elle un mauvais pont de bois et entendit le bruit d'une eau, devenue invisible, parce qu'un gros nuage s'était mis à manger la lune.

— Nous traversons la rivière, dit Laurent. Tu la connais?

— Oui, je suis allée deux fois m'asseoir au bord avec Mme Lisa. C'était joli.

— Qui c'est celle-là?

— Mon ancienne patronne. Elle est morte malheureusement.

— Chut! dit Laurent, parle plus, sinon ma chienne aboiera. Et Tistone dort guère. Si ça la réveillait, ça me ferait des histoires.

Pascaline s'arrêta d'avancer.

— Non, marche tout droit, tu as rien à craindre. Envoie les pieds. C'est le sentier entre les prairies, c'est mou. Je t'ai pas fait passer par l'allée des platanes, parce que le pas y résonne trop.

Il chuchotait :

— Voilà, le poste est ici. Y a un bouquet de pins qui le cache. Tu sens les marches de l'entrée? Y en a quatre. Donne-moi la main. Penche-toi, la porte est basse et tu es grande. Ah! tu vois, nous y sommes. Allez, installe-toi sur la paille, tu as des figues qui sèchent sur une canisse et du raisin pendu au plafond. Pite dedans.

Moi je vais te chercher autre chose. Bouge pas en m'attendant, je serai vite là.

Laurent sorti, aussitôt seule, Pascaline eut envie de partir. « Qu'est-ce que c'était encore, celui-là, d'homme? » Un froid lui coula comme un serpent entre les deux épaules, à se souvenir de la dernière nuit. Redressée d'un bond de bête, elle se jeta contre la porte. Mais une mollesse arrêta son geste, tout tournait autour d'elle de nouveau. Elle mit la main sur sa poitrine : « J'ai trop faim, c'est ça, pensa-t-elle, quand j'aurai mangé, je partirai. »

Assise sur la paille, elle patienta en regardant l'endroit. C'était l'intérieur d'une sorte de petite maison ronde, dont les fenêtres n'étaient que d'étroites meurtrières, taillées dans des murs épais. Un âtre noir s'ouvrait au-dessous d'une cheminée. Sur une étagère, quelque faïence luisait vaguement dans le sombre. Elle vit les figues sèches, elle en mangea deux, puis trois, goulûment, c'était doux. Elle pensait à prendre du raisin, quand Laurent apparut devant le rectangle plus clair, découpé par la porte ouverte sur la campagne :

— Tiens, dit-il, voilà du pain. Entre les deux tranches, j'ai mis un bout de viande. Si Tistone s'en aperçoit, je dirai que j'avais fringale en rentrant et que c'est moi qui l'ai pris. Mange.

Il lui tendit aussi une bouteille de vin :

— Et bois.

— Tistone, qui est-ce? demanda Pascaline.

— C'est notre bonne, dit Laurent, c'est la vieille qui mène ma maison. Seulement j'ai pas porté de verre, tu boiras au goulot.

Sans répondre, la fille mordit dans le pain qu'elle avait pris à deux mains et le bruit de sa mastication troubla seul le silence nocturne. Laurent, assis auprès d'elle, la regardait en riant :

— Eh ben, dit-il, tu as d'appétit, y me semble? Fan de Dieu, tu as des dents qui mordent solide! Y vaut mieux te charger que te remplir.

Entre deux bouchées, Pascaline prit le temps de lui sourire. Et la clarté de son visage s'accusa encore plus au brillant de ses dents, larges et blanches comme des dents d'animal.

— J'avais tellement faim, dit-elle. Et maintenant j'ai soif.

— Bois, dit Laurent, montrant la bouteille.

Pascaline hésita :

— Vous avez pas de l'eau? Le vin, j'ai guère l'habitude. Chez nous, on buvait l'eau ou le cidre.

— Ah oui? Ben va, bois du vin pour une fois. Si tu te ganarres, tu dormiras que mieux.

— Ganarre? répéta Pascaline.

— Oui. Si tu te soûles, si tu t'empêgues, quoi! Tu comprends rien alors à notre langage? Quand tu auras mangé, tu n'as qu'à dormir. Je viendrai te réveiller au petit matin pour t'emmener.

Pascaline reposa d'un geste brusque la bouteille qu'elle portait à sa bouche :

— M'emmener où? demanda-t-elle. Donnez-moi de l'eau, je ne veux pas boire de votre sale vin.

Son visage s'était durci et ses grosses lèvres faisaient une moue méfiante. Laurent se mit à rire de nouveau :

— Que tu es bestiasse! dit-il. Qu'est-ce que tu t'imagines? Que je veux te soûler? Pour te violenter peut-être? Eh ben, ma pauvre petite, j'en ai assez de femmes dans ma vie, j'ai pas encore besoin de toi! Non va, ajouta-t-il d'un ton plus doux en lui posant la main sur l'épaule, ce que je pensais, c'était de t'aider dans mon possible. Mais avant, y faudra que tu me racontes bien ton histoire, que je sache à qui j'ai affaire? Mais encore avant tout, y faut d'abord que je te fasse partir d'ici, que si on t'y voyait, Tistone ou quelque autre, ça serait des racontars à l'infini. D'abord, tu peux pas vivre tes journées dans un poste à feu où tu manques de tout... Ecoute-moi, tu as confiance?

Comme Laurent avait fait pour elle sur la route, à son tour, elle regarda le garçon dans le plein milieu de son visage brun, sillonné de longues lignes, allant du front à la bouche. Elle mit ses larges yeux d'eau bleue au fond des yeux châtains de Laurent. Ils échangèrent le profond regard qui fait les amitiés.

— Oui, dit-elle, vous avez l'air honnête.

— Bon, ça va, dit-il. Alors tu vas faire ce que je te commande. Si j'ai bien compris, tu es seule ici, sans un sou, sans parents, sans travail?

— C'est ça.

— Pour le moment, je te demande pas la suite, tu me la raconteras après. Maintenant tu es fatiguée, endors-toi tranquille. Demain matin, je viendrai t'éveiller. Ce sera vers les cinq heures. Il est minuit, nous aurons guère le temps de dormir, mais tant pis. Quand je t'appellerai, sois vite prête, pour que nous partions avant le jour. Je monte avec ma charrette chercher du charbon à ma cabane du Grand-Cap, où il y a Nagi. Je te cacherai sous les sacs vides, en allant. Là-haut, c'est chez les sauvages, on sera tout à son aise pour parler. Nagi te gardera quelques jours s'il le faut. Avec lui je serai tranquille.

— C'est votre chien?

Laurent se mit à rire à sourds éclats.

— Nagi? Hé non, c'est pas un chien, Nagi! C'est un homme. Et un bon homme, tu peux te le croire! C'est mon oncle et mon parrain. Il a toujours habité avec nous, depuis la maladie de mon père, mais maintenant que je vais amener ma femme à la maison, y dit qu'y veut plus m'embarrasser. Des idées à lui.

— Nagi? Quel drôle de nom...

— A te dire le vrai, c'est Firmin Guirand, le frère de ma pauvre mère, dont le nom de fille a baptisé La Guirande, mais partout on l'appelle que « Nagi ». Tu sais pas le provençal?

— Non.

— Eh ben « n'a gi » en provençal, ça veut dire : « Y en a pas ». Et mon parrain, c'est un genre de vieux maniaque, qui finit toutes ses conversations par des choses de ce genre : « La justice? N'a gi! Leï braves gens? N'a gi! » Tu comprends? Alors on a pris l'habitude de lui donner ce faux nom à la place du vrai. D'abord par ici, c'est le genre. Je sais pas dans ton pays, mais que ce soit du côté de Brignoles, de Marseille ou de Toulon, c'est l'habitude. Tiens, mon père, on l'appelait : « Michel Belle Quique ». Je te parle dans son temps de jeune homme, quand il était coureur de foires, mais même quand il a été cassé en deux par la maladie, on a continué à le lui dire. A Solliès, tu as « Marie Pisse-Pleut ». C'est des drôles de manies. Tu dors? demanda-t-il brusquement, en voyant le corps de Pascaline s'incliner sur lui-même.

— Je tombe de sommeil, vous savez, dit-elle d'une voix pâteuse. La nuit d'avant, je n'avais pas dormi non plus.

Laurent se releva brusquement :

— Qué manège tu fais, toi, avec ton air brave? Enfin, demain, nous s'en expliquerons. Pour le moment, dors. Tiens, je t'ai aussi apporté la couverture du cheval. Allez, à demain et ne te fais pas attendre quand je viendrai, parce que je serai pressé.

— Entendu, dit-elle. Merci de ce que vous faites pour moi. Demain je vous expliquerai. Je suis pas une coureuse. Mais ce soir...

— Oui, ce soir, tu es une paillasse, dit Laurent avec

un rire. Allez, dors tranquille, je te ferme la porte par dehors avec une grosse pierre, pour que les renards viennent pas t'embrasser cette nuit.

Pascaline entendit les pas redescendre les quatre marches. Les paupières fermées sur ses yeux pleins de lassitude, elle défit son lourd chignon et laissa se répandre ses cheveux. Elle dégrafa d'une main tâtonnante son ruban de jupe qui la serrait trop à la taille. Elle remonta la couverture brune par-dessus ses épaules et s'étant fait un oreiller de paille, elle s'y abattit lourdement.

Une dernière pensée méfiante traversa son cerveau : « Je devrais peut-être partir, maintenant? Mais j'ai trop sommeil. Demain, dès le plus petit jour, avant qu'il n'arrive... »

Elle poussa un soupir hors de son cœur gros de soucis : « Cette journée... », pensa-t-elle encore. Et elle s'endormit, comme une enfant, sans s'en apercevoir.

2

Qui peut la dire, la marche des heures? Oui, on la dit, mais qu'est-ce qu'on en sait? Surtout pendant qu'on dort? Et les filles de la montagne, ça dort bien à dix-sept ans, même avec un cœur gros de soucis.

Le matin, quand Laurent secoua Pascaline, elle aurait juré qu'elle n'avait dormi qu'un moment. Mais ses yeux clairs, débarrassés du sommeil, s'ouvrirent vite sur la réalité des choses. Elle défroissa ses jupes, resserra son ruban de taille, ordonna avec de dures mains ses tresses emmêlées, puis elle dit calmement :

— Je suis prête.

— Alors partons, dit Laurent, je suis plutôt en retard. Nous mangerons à la cabane. Ne fais pas de bruit. Personne m'a entendu lever.

Dans un ciel d'un bleu-noir et velouté, la pleine lune de décembre brillait encore. A l'ombre d'un gros arbre, le cheval était arrêté. Laurent fit monter Pascaline dans la charrette et la cacha sous des sacs vides.

— Fais-toi un trou pour respirer, dit-il, et ne bouge plus. Tu es bien invisible. Des fois, nous pourrions rencontrer des collègues sur notre chemin. S'il y en a un qui grimpe s'asseoir près de moi, tu n'as qu'à rester tranquille. Quand nous serons sous bois, tu pourras prendre un peu plus tes aises.

Pascaline sentit qu'on retraversait le pont de planches branlantes au-dessus de l'eau. Puis la route résonna, dure, sous le pas du cheval :

— Hue, Guerrier! dit Laurent.

La charrette fut emportée au trot et son balancement berça si bien Pascaline, qu'elle était rendormie dès le second tournant. Ce fut Laurent qui la réveilla de nouveau en ôtant les sacs au-dessus d'elle et en disant :

— Tu peux bouger si tu veux. Ici, nous craignons plus rien, nous avons dépassé Bonnefont et maintenant y a guère que les écureuils pour se mêler de nos affaires.

Pascaline ouvrit des yeux surpris. La charrette était arrêtée dans la forêt, sur un chemin creux, entre des cistes et des romarins. Une aube claire et nette, comme elles le sont en hiver dans le Midi, découpait les contours d'un éperon roux, à pic contre le ciel. Entre le sommet et la base, une épine de roche blanche séparait la pierre de la terre. Quatre toits délavés, d'où sortaient des fumées, s'accrochaient à la pente du côté de l'est et faisaient une tache rose.

— Voilà! Tu connaissais pas ce coin? dit Laurent. La montagne, c'est le Grand-Cap; le hameau, c'est Bramafan. Ils ont dû être bien pauvres, ceux-là, dans le temps, parce que ça veut dire « Bramefaim », leur nom. Et là-dessus, tu vois, c'est la cabane de charbonnier de mon parrain. Maintenant y faut aller à pied.

D'un bond leste, Pascaline sauta de la charrette :

— Et après, demanda-t-elle, qu'est-ce qu'on fera?

— D'abord nous déjeunerons, puis nous parlerons. Tu as toujours peur de moi?

— Je n'en ai jamais eu peur, dit-elle, en sachant bien qu'elle mentait.

Sa voix paisible s'alliait bien avec le calme de ce petit matin encore neuf sur le monde, avant le lever du soleil, qui amènerait le mouvement bruyant des hommes.

D'un même geste répété, elle lissa de ses grandes mains les plis de ses jupes et celui de ses cheveux. Debout dans le milieu du sentier, elle était si belle et d'une telle beauté naturelle, que Laurent qui la regardait en resta soudain sans parole. Et elle, le voyant aussi, dans le jour commençant, tel qu'il était, planté tout droit comme un arbre bien poussé; le détaillant dans son costume de velours côtelé couleur de la terre, avec son visage sculpté dans un bois brun, ses yeux pleins de jeunesse et ses cheveux pleins de vent, pensa tout d'un coup qu'il pouvait exister d'autres hommes que Jean-Baptiste Esminguaud.

Elle dit :

— Montrez-moi le chemin.

Ce chemin, il ne savait pas jusqu'à quel point elle venait d'accepter de le suivre. Ce chemin, il tournait à travers la colline, mais il était si rocailleux, tellement envahi de thym et d'œillets sauvages qu'il était facile de le perdre et de couper en grimpant de roche en roche.

Laurent leva la tête :

— Nagi est déjà levé, dit-il.

Une clairière dans la futaie, une terrasse étroite, juste de quoi maintenir l'équilibre d'un cabanon d'une pièce, avec un appentis sur le côté; la porte ouverte d'une cuisine où l'on voyait briller un feu de bois. Laurent sauta sur le terre-plein. Au bruit, un homme qui soufflait sur la flamme se releva :

— Oh! tu es là, fiston?

— Oui, bonjour parrain, dit Laurent.

— Tu arrives juste pour le café.

— Je l'avais senti depuis Bonnefont, plaisanta Laurent. Surtout que nous avons faim!

L'homme, en se retournant vers le dehors, vit Pascaline, restée debout dans le sentier :

— Oh, dit-il, tu m'amènes des filles, maintenant?

— Oui, c'est ma fiancée qui vient te voir.

Le vieil homme se releva davantage :

— Thérèse? dit-il, pas possible?

— Sûr, pas possible! dit Laurent plein de rire. Thérèse Aiguier, à cette heure-ci, elle dort bien tranquillement sous ses couvertures.

— Alors qui est celle-là?

— Celle-là, c'est une petite qu'on lui dit Pascaline. Je l'ai trouvée dans un fossé. Elle a toute une histoire et je l'ai amenée ici justement pour qu'elle nous la raconte.

— Bonjour Demoiselle, dit le vieux, approchez-vous du feu d'abord, qu'y fait pas trop chaud et venez boire le café. Il est bon, malgré que l'oustâou fasse pas riche. Ah! chez nous vous savez, du luxe, n'a gi! Mais voilà du pain et du saucisson que ça fera mieux votre affaire.

— Elle a guère mangé depuis deux jours, dit Laurent. Allez, mange, va! N'aie pas honte.

Pascaline s'avança et, assise sur un tabouret près de

l'âtre, elle prit plaisir à se sentir le chaud du café et de la nourriture dans l'estomac. Puis, en mangeant plus lentement, elle regarda autour d'elle : la pièce était grande, avec, dans un angle, un lit recouvert d'une cape rousse de berger. Un tas de pommes de terre s'écroulait dans l'autre coin. Auprès de la vieille cheminée de brique, soutenue par les piliers à grosses pierres arrondies, il y avait trois étagères pour la vaisselle. Avec le lit de fer étroit, contenant la paillasse dans une toile à carreaux bleus, les seuls meubles étaient une table, deux chaises et le tabouret. Contre la porte d'entrée, à l'intérieur, des vêtements de travail étaient pendus les uns par-dessus les autres, jusqu'à former un dos gris et empêcher le battant de s'ouvrir en plein. La poussière du dehors, la cendre des feux où avait dansé le vent avaient déposé un peu partout une couche de velours. Pascaline trouva que ça faisait plus pauvre que chez elle et surtout plus sale. Elle se souvint de la propreté méticuleuse que sa mère, la Savoyarde, faisait régner dans son chalet de bois verni. Et comme, à présent, en buvant à petits coups le verre de marc dont elle avait refusé sa part, les deux hommes parlaient dans ce patois provençal qu'elle ne comprenait pas, elle s'engourdissait mollement au bruit des voix, tellement lasse et se réveillant par éclairs de pensée, pour se demander où, par cette route de traverse, allait la conduire son destin? « Cette Provence... » Mme Lisa la lui avait tant vantée pendant que grondaient les terribles orages de montagne. Qui aurait supposé qu'elle la connaîtrait de cette façon désordonnée et à la merci de l'un et de l'autre?

La voix du vieux Nagi, parlant en français, interrompit ses réflexions. Assis sur le bord de pierre de l'âtre, au ras du sol, il avait allumé sa pipe et la tenait serrée dans le creux de sa main. Ses petits yeux brillants sous les paupières plissées regardaient Pascaline. Il venait de dire :

— Moi, si elle veut, je veux bien.

Comprenant qu'il s'agissait d'elle, elle leva la tête pour interroger.

— Tu veux rester avec mon parrain? demanda Laurent.

— Ici, dit-elle, pour quoi faire?

— Y te faut d'explications? dit Laurent. Je vais me marier, tu le sais. A La Guirande, y a la vieille Tistone qui s'occupe de tout, depuis que ma mère est morte. Mon parrain, il habitait aussi avec nous en bas, mais maintenant y veut plus, y dit que les novis, on doit les laisser tranquilles...

Laurent se mit à rire avec une grande bouche éclatante. Le vieux tira une bouffée de sa pipe :

— Sûr, dit-il, les perdigâous de l'année aiment bien de nicher seuls.

— Alors, y s'est imaginé de vivre en plein ici et moi ça m'embête de le savoir sans compagnie. Tu veux pas rester avec lui?

Pascaline jeta un regard autour d'elle.

— C'est guère beau pour une jeunesse, mais je mettrai d'ordre, dit Nagi humblement.

— Elle était pas habituée à un palais, je pense? lança Laurent en patois.

— Comment? interrogea Pascaline.

— Je dis que tu le mettras toi-même l'ordre, et que tu lui feras son ménage. C'est du travail de femme. Et tu lui aideras un peu à la charbonnière. A la fin du mois, tu auras cinq francs pour t'acheter tes robes.

— Les robes? dit Pascaline, pour les mettre dans les bois, pour danser avec les arbres? Chez moi au moins, il y avait les assemblées.

Elle n'en dit pas plus, ce fut la seule plainte de son

cœur, gros soudain du souvenir de son pays, de son chalet, de sa mère.

— Tu resteras pas toujours là, dit Laurent vexé, et puis tu me fais rire! Qu'est-ce que tu espérais cette nuit, quand je t'ai ramassée sur le talus? Qu'un prince viendrait s'agenouiller devant toi, pour que tu l'épouses? Je te trouve bien prétentieuse pour une serviciale? Enfin, si ça te plaît pas, tu le diras, mais d'abord moi, avant que je t'engage, y faudra m'expliquer d'où tu viens, carrément, parce que nous, tu sais, les filles qui roulent...

— Oui, dit Nagi, engagé par ce « nous », les filles qui roulent, nous les aimons guère. Je suis resté garçon pour éviter cette engeance. Et pour les femmes, y faut beaucoup faire attention, parce que, au jour de maintenant, d'honneur chez les femmes, n'a gi, n'a gi!

Deux revers de main énergiques coupèrent l'air devant Pascaline. Elle devint rouge et balbutia d'une voix indignée :

— Mais dites, mon honneur, je l'ai, moi! C'est pour le garder, mon honneur, que je suis partie de nuit, sur la route. Toutes les filles ne sont pas pareilles, non?

Des larmes d'humiliation mouillèrent ses yeux. Nagi tapa sa pipe sur le chenet de fer.

— Calme-toi, dit Laurent, nous demandons qu'à te croire. Mais pour ça, y faut savoir. Alors, tu venais d'où, exactement, quand je t'ai trouvée?

— De Méounes, dit Pascaline, essuyant ses paupières.

— Qu'est-ce que tu y faisais?

— J'étais placée.

— Comme quoi?

— Comme bonne.

— Chez qui?

— Chez M. Carlioz.

— Le notaire?

— Oui. Vous le connaissez?

— Depuis combien de temps?

— Depuis trois mois. J'étais venue avec eux de la Savoie, parce que je servais déjà Mme Lisa, à Saint-Geoffroy.

— Où c'est ça, Saint-Geoffroy?

— Dans mon pays, près de La Jouvaine. Les parents de M. Carlioz y tiennent l'hôtel de *La Croix d'Or*. Mme Lisa, qui était de Méounes, avait épousé leur fils, M. Hubert, mais comme elle était malade, elle était venue prendre le bon air chez les beaux-parents. A l'hôtel je m'occupais d'elle.

— Tu étais déjà servante alors, je vois?

Pascaline rougit de nouveau. Sous sa peau claire, le sang s'étendait comme un lever de soleil.

— C'est-à-dire... Ça me ferait raconter trop de choses.

— Et tu veux pas?

— Ce n'est pas que je veuille pas, mais j'ai du chagrin. Enfin voilà, je ne m'étais jamais louée, nous avions une ferme à nous, j'habitais avec ma mère et mon frère Albin. Mon père était mort quand j'étais toute petite. Mon frère Albin, c'était tout pour moi. Nous étions heureux tous les trois. Puis mon frère s'est fiancé avec la Suzanne du hameau de Sur-les-Monts. Et puis il s'est tué au pacage. Et puis, à la fin de tout la Suzanne s'est mariée avec Jean-Baptiste Esminguaud qui était mon promis.

— Et alors? dit Laurent.

— Alors, je me suis placée à l'hôtel de *La Croix d'Or*, j'ai connu M. Hubert et Mme Lisa, sa femme, qui attendait un enfant. Elle était bien douce. Quand ils sont revenus à Méounes, ils m'ont emmenée avec eux.

Ma mère pleurait, mais moi, j'étais contente de partir de chez nous.

Elle se tut, poussa un soupir, reprise par des souvenirs refoulés.

— Et puis? dit encore Laurent.

— Deux mois après, elle est morte en mettant son petit au monde et le petit est mort aussi et je suis restée seule avec M. Hubert. Je ne me plaisais pas. Tous les jours je voulais partir et tous les jours il me suppliait de ne pas le laisser.

— Pourquoi tu voulais partir? demanda Laurent, tu étais pas bien?

Pascaline rejeta sa tête en arrière. Elle regarda autour d'elle et baissa ses paupières sur ses yeux.

— Pour vous expliquer, dit-elle, vous comprenez, c'est difficile. J'ai honte pour vous dire... Il était fou, il pleurait, il se mettait à mes genoux, enfin, toutes les nuits il voulait venir dans ma chambre. Il fallait se battre. C'est un homme que la privation de sa femme lui avait ôté la raison. Le soir, après le dîner où il ne mangeait rien, où il ne faisait que boire, il marchait seul dans la salle, il se tordait les mains, il appelait : « Lisa, ma chérie! » Il se jetait dans les fauteuils. Puis il semblait se calmer, il me disait : « Viens ici, Pascaline, toi qui l'as connue. Tu te souviens comme elle lui allait bien, cette robe bleue qu'elle avait, toute brillante, avec des petites ruches découpées? Ce n'était pas de l'alpaga, dis? Va me la chercher dans son placard, cette robe qui lui plaisait tant, va vite. » Moi, j'essayais de dire non. Je voyais bien le mal qu'il se faisait, mais il fallait lui obéir. « Mets-la », il commandait. Je refusais. Alors il la prenait dans ses mains, cette robe, il se la frottait contre la figure, il la mordait, il l'embrassait, puis il l'étalait sur le canapé, il se couchait dessus, il étouffait dans ses sanglots. Il me faisait de la peine. Il me prenait les mains, j'étais toute mouillée de ses larmes. Puis, à la fin, il allait se coucher. Mais deux heures après, quand moi aussi j'étais couchée, mon travail fini, il venait frapper à la porte de ma chambre. Le premier soir j'ai ouvert, je croyais qu'il était malade, mais après j'ai compris, il a voulu m'embrasser, me pousser. Il était fou comme je vous dis...

— Et toi, tu voulais rien savoir? coupa Laurent d'un air moqueur.

Elle lui jeta un regard fâché :

— Je vous ai déjà dit que je tiens à mon honneur de fille.

— Et Jean-Baptiste alors?

— Jean-Baptiste c'était mon promis, pas plus.

Laurent Michel se mit à rire de la colère de Pascaline, mais elle restait sérieuse.

— Bon, bon, ça va, dit-il, mais la fin, comment elle s'est passée?

— La fin, ça été avant-hier. Il avait bu toute la journée, je trouvais des fonds de verre partout, avec du marc renversé sur les meubles. Le soir, il a pas touché au dîner. Quand je suis arrivée près de lui, il m'a attrapée par les jambes. J'ai crié : « Laissez-moi, autrement je pars! D'abord, quand même je partirai, vous perdez votre raison. » Il m'a lâchée et il s'est levé de table. Il est allé à sa chambre. Plus tard, j'ai écouté à la porte, je n'ai rien entendu, j'ai pensé : « Il s'est endormi, ce n'est pas trop tôt. » Et je suis allée me coucher aussi. Alors, c'est là... Je commençais à me déshabiller. Je n'étais pas contente, je pensais à toutes ces choses tristes, de mon frère, de mon fiancé, de ma mère toute seule à la ferme, de cette pauvre Mme Lisa, si gentille, et même de ce pauvre M. Hubert que le malheur lui avait troublé le cerveau. Et tout d'un coup, il me tombe dessus! Il était là, caché derrière un rideau avant que je rentre. Il se jette sur moi, avec des cris, pire qu'une bête. La décence du bon Dieu me défend de vous redire ses paroles. Et ses jambes dures comme le fer me tenaient renversée sur le bord du lit et il essayait de me tirer mon corsage par les manches; moi, je faisais une main large pour que ça passe pas et, de l'autre, je retenais les boutons. Mais il arrachait tout...

Pascaline souffla deux minutes à ce souvenir et Laurent sourit comme un homme.

— Heureusement que j'étais plus solide que lui! dit Pascaline. La première surprise passée, je l'ai envoyé de toutes mes forces contre la commode. Il est tombé en tas. Un bout de fer lui avait accroché l'oreille, il saignait. Je l'ai mis dehors. Il n'avait plus de résistance, il se laissait faire. Il a pleuré encore au moins une heure en m'appelant et en appelant Mme Lisa. Mais ma porte était fermée, j'avais poussé la commode devant. Après, je l'ai entendu rentrer chez lui. Alors, j'ai guetté le petit jour, j'ai préparé mes quatre affaires, et j'ai sauté par la fenêtre qui donnait sur le pré. J'ai entendu sonner six heures en passant derrière l'église, j'ai pris un raccourci par la campagne et je suis venue sortir sur la route au bout du pays. J'ai marché comme ça. Seulement, vers le matin, j'ai commencé à rencontrer des gens, ça me faisait peur, je repensais à M. Hubert, je me disais : « Peut-être qu'il saigne toujours de son oreille? Et s'il a une perte de sang, qu'il en meure et que les gendarmes me courent après? » Et je pensais à la pauvre Mme Lisa, la peine que ça lui aurait fait. Et en refléchissant à tout ça, je me suis tellement donné le souci que j'ai fini par sauter le talus et me cacher dans les buissons pour pleurer. Et après, de tout le jour, je n'ai plus osé sortir. Et puis, j'ai encore un peu marché. Et puis, j'étais tellement fatiguée que je m'étais arrêtée pour dormir et c'est là que vous m'avez trouvée.

— Oui, dit Michel, c'est un hasard.

Il réfléchit, puis il demanda :

— Et dans ta tête, qu'est-ce que tu comptais faire?

— Je ne savais plus, dit Pascaline, j'étais partie comme une nigaude, avec juste mon linge, sans même demander le mois qui me restait dû. Mon idée, c'était de retourner à La Jouvaine. Mais sans un sou, comment faire? Je pensais trouver quelque gens honnête qui me prêterait de quoi écrire à ma mère et qu'elle m'enverrait l'argent du voyage et que je m'en retournerais en Savoie. Seulement, là-bas, il y a Jean-Baptiste et Suzanne et le souvenir d'Albin. Alors...

— Alors, tu aimes mieux pas y aller? dit Laurent. Eh bien, c'est simple, reste ici, ça te plaît pas?

Pascaline regarda la cabane et, par la porte ouverte, la montagne à perte de vue.

— C'est solitaire, dit-elle.

— A la ferme, tu en avais beaucoup des distractions?

— J'avais ma mère et Albin, et puis c'était mon pays.

— Tu t'y feras, dit Michel. Il faut choisir. Moi, ce que je t'en dis, c'est pour toi. Nourrie, logée et cinq francs par mois, y me semble que c'est pas mal? Moi je serais tranquille pour mon parrain. Puisque tu as servi, tu dois savoir tout faire et il est pas difficile. Tiens, je t'ajoute deux châles par an, un en indienne, un en lainage. Ça te va? Tu es satisfaite?

Pascaline réfléchissait à son tour, enfoncée dans ses pensées comme une bête dans le ruminement de son herbage. Enfin, elle leva la tête.

— J'accepte, dit-elle, ni plus ni moins que faire?

— Tu seras pas malheureuse, va. Nagi, c'est un brave homme et, de temps à autre, je viendrai vous dire bonjour. Pour le moment, je vais être occupé par mon mariage, mais après, je monterai faire le charbon avec vous autres.

— Vous vous mariez quand? demanda Pascaline.

— Samedi en quinze. Ça se fera à la maison des Aiguier, à Belgentier, puisque moi j'ai plus de mère. Et tu peux croire qu'y aura une belle noce. Thérèse, c'est une fille riche. Son père a gagné des sous dans le commerce des moutons. Les fusées péteront haut et le vin pissera par terre.

— Vous êtes content?

— Content? Je te crois! Dis, la petite est pas superbe, mais la bourse est lourde. J'aurai de l'aide pour ma Guirande et, à te dire vrai, j'en ai bien besoin.

Il s'était levé, et s'étirait, grand, solide, saillant de tous ses muscles sous son costume de velours marron. Pascaline faisait semblant de regarder les têtes d'épagneuls que formait le cuivre repoussé des boutons de la veste. « Il est bien », pensa-t-elle encore.

— Ah! moi, dit Laurent, y faut que je m'en aille. Ce soir, je reviendrai prendre les sacs du charbon de bois. Tu y aideras à les préparer, au parrain?

— Bien sûr, dit Pascaline, puisqu'on est d'accord.

— A ce soir alors.

— Vous retournez à La Guirande?

— Oh! non, je vais à Toulon. Tu sais où c'est Toulon? Tu connais?

— Non. Vous savez, Mme Lisa étant toujours malade, je suis guère sortie.

— C'est ce qu'y faut pour les filles, dit Laurent. Comme ça, elles se marient braves.

— C'est beau, Toulon?

— C'est une grande ville. Y a le port. Y a les bateaux. Et puis, y a des femmes qui ont pas froid aux yeux. Tu comprends?

Pascaline le regarda d'un air tranquille. Il la saisit par l'épaule en riant :

— Non, tu comprends pas? Tu comprends rien. Tu es innocente, va, ça se voit.

Il rit de nouveau, remonta ses brailles et refit le tour de sa taillole bleue :

— Allez, à ce soir! dit-il. Adieu, brave fille!

Dehors, il cria :

— Ho! parrain, je m'en vais! Alors, je te la laisse, c'est entendu.

Pascaline entendit les lourds souliers buter contre les pierres du sentier. Un sifflotis de plaisir fusait hors des lèvres de Laurent : « Tout s'arrange, pensait-il. Les femmes ont du bon. Celle-là, ici, pour soigner le parrain. Thérèse, en bas, pour soigner La Guirande et, au bout de la route, là-bas, dans le beau Toulon, Victorie pour me soigner, moi. Ça peut aller. Je suis fort pour arranger les choses. »

Assise sur le tabouret, au coin du feu, Pascaline écouta le bruit des pas et la chanson s'en aller ensemble sur l'aile du vent, puis elle ramassa les trois verres où le café venait d'être bu et les porta sur l'évier pour les rincer.

Le vieux Nagi parut sur le seuil de la porte. Il remarqua gaiement :

— Oh! tu es déjà en train, fillette?

— Il le faut bien, dit Pascaline. Vous me ferez voir où on puise l'eau, s'il vous plaît?

3

Ainsi fut fixé, dans son imprévu, le destin de Pascaline Arvin-Bérod. La grande main, qui là-haut brasse les devenir, avait rapproché, quelques instants, celui de cette fille des montagnes et celui du garçon provençal. Maintenant, elle semblait les avoir éloignés l'un de l'autre à jamais. Dans la cabane de charbonnier, sur la pente abrupte de Grand-Cap, il n'arriva plus de longtemps à Pascaline d'avoir à rincer trois verres à la fois. Laurent Michel avait autre chose à faire que de monter boire le café avec son parrain.

Le printemps de Provence, hâtif dès le mois de janvier, réclame l'homme : labourer la vigne, semer les derniers pois, planter les premières pommes de terre et renverser, dans le ventre de la terre, les pleins tombereaux de fumier.

Le vieux Nagi, deux fois, emporta sur son dos, vers La Guirande, une charge de charbon de bois. Entre ces deux fois, il descendit un jour habillé en monsieur pour aller à la noce de son filleul. Pascaline, restée seule, son travail fini, vint s'asseoir sur la terrasse qui s'étalait parmi les bois et se prit le temps de réfléchir :

Tout ce qui touchait à sa vie précédente dans son hameau natal, puis à Saint-Geoffroy, lui paraissait être si loin d'elle, qu'elle se demandait si cela avait existé, tellement elle avait été brutalement entraînée loin de sa destinée naturelle. Sa mère, une Benoît-Bérod; sa grand-mère, une Bérod-Guébriant; sa tante, une Arvin-Benoît, avaient vécu toutes leurs vies paisibles dans ces endroits qui s'appellent : Plampraz, Char-la-Croix, Les Granges, petits villages étagés, creux comme des alvéoles de ruches, décorés de leurs tas de bûchettes triangulaires, bien régulièrement montés autour des murs, en prévoyance des longs hivers; avec, au-devant des chalets, les pentes herbeuses où les vaches rousses avaient du pâturage jusqu'au poitrail. Au-dessus, les masses des montagnes : Le Bé, Le Criou, La Lanche gardent les alpages lisses au creux de leurs énormes ruches, jusque là-haut sous Croix-Maudite où Albin s'était tué.

Ce jour, où Laurent Michel menait triomphalement à l'église de Belgentier sa fiancée Thérèse, devait être pour Pascaline peut-être celui où elle se sentit le plus seule au monde. Si elle avait pu jeter son gros tablier de serge grise et partir à pied par une route menant à son pays, elle l'aurait fait. Mais c'était loin. Elle avait quitté sa mère, elle avait quitté, quitté exprès, l'endroit où Jean-Baptiste avait épousé cette Suzanne de Sur-les-Monts pour laquelle Albin était mort. Et elle savait bien qu'elle ne retournerait jamais là-haut, même pour y voir mourir sa mère; qu'elle continuerait sa vie de servante ici ou tout près d'ici, mais toujours sur cette terre brûlante, qui seulement vers le fond des gorges, où l'eau du Gapeau la mouillait, rappelait un peu sa vallée du Giffre. Mais, là encore, quelle différence entre cette rivière paisiblement claire et son torrent glacé, emplissant tous les échos d'un bruit dominateur et emportant de grands arbres blancs, jetés à la renverse comme des hommes nus noyés, les bras en l'air.

La mémoire qui embellit, lui rendait avec la puissante voix des neiges fondues, la vision des champs d'orge, reconnaissables, de loin, à leurs couleurs opposées : bande jaune au bas des tiges sèches; au milieu, brouillard vert des feuilles emmêlées; au-dessus, ligne vert tendre des épis ronds, bien sculptés.

Entre ces orges, si longues à mûrir et la brume

légère des avoines d'or pâle, elle revoyait les prairies où elle allait cueillir, avec ses amies d'enfance, toutes ces fleurs qu'elles appelaient dans leur langage de là-bas : « Œil de corbeau, œil d'ange, œil de souris, mottes de beurre, pattes de chien, pattes de chat. » Elle retournait en rêve à son labeur savoyard qui l'envoyait à la recherche du bois mort, dans les forêts trempées de pluie où des arbres énormes se dressaient, entièrement pris dans un filet gigantesque de toiles d'araignée; où, dans l'humus moite de la pourriture des feuilles, elle cherchait les fraises pointues et rouges, au bord des ruisseaux. Et plus tard, sur les pentes, entre les buissons de clématites jetées en houppes blanches, ramassant avec la pelle-râteau de bois fabriquée par son frère, les myrtilles au sang noir, ou cueillant à la main les molles framboises, les noisettes, les faines, qu'on vendait au marché de Samoëns.

Tous ces travaux d'alors lui semblaient à présent des plaisirs pour toujours perdus, et elle avait raison de le croire, car jamais plus Pascaline Arvin-Bérod, portant la pierre à aiguiser, pendue dans son étui humide sur un ventre dur et plat comme celui d'un homme, n'irait à Parcy, sur les hauts plateaux, aider son amie Suzanne à faucher le foin. Jamais elle ne crierait plus après les corbeaux impudents qui venaient voler les poussins près de la ferme de sa mère. Jamais plus elle ne regarderait le soleil matinal faire fumer l'humidité des toits de tuilettes de bois, verdis de mousse ou tachés de blanc par les planches neuves des dernières réparations; ni sa maison natale du hameau des Praz, à la grange de bois si vaste, dominant le bâti de pierre, avec ses jours découpés en cœurs dans le sapin des murs et sa décoration d'un ciboire et d'une eucharistie peints en bleu et rouge, sous laquelle son père avait écrit : « Maison levée par Basile Arvin-Bérod, Dieu la préserve du feu passé. » Jamais, elle le comprenait bien. Et son souvenir seul, désormais, l'emporterait vers La Rivière-Enverse, Les Enssenets, Feu-Courbe, où étaient restées les amies de sa jeunesse, robustes, claires et, comme elle, couronnées de blond.

Assise au bord de cette terrasse accrochée au flanc d'une colline couverte de romarin à la forte odeur, elle cherchait en vain cette senteur suave des cyclamens de septembre, que leur parfum trahit, quand le soleil en touche les nappes répandues dans les fonds de prés, à la frange des bois. Suzanne et elle avaient appris d'une vieille paysanne de Passeriet à faire des petits paniers avec du jonc et de la mousse et à les garnir de cyclamens. Les fleurs fanées, on gardait le panier longtemps, mais à la fin, les brins séchés se défaisaient d'eux-mêmes, et on le brûlait dans la cheminée où il faisait une flamme légère. Elle pensait aussi avec regret à ses bégonias, dont les pétales épais garnissaient de pourpre et de saumon les fenêtres de la ferme; à ses géraniums anémiés, languissant derrière les vitres tout l'hiver, et soudain éclatants de sève en été. Elle refaisait en rêve toutes les promenades d'enfance, par tous les petits chemins sous bois qu'elle connaissait, avec en bas le Giffre bouillonnant et la vallée reliant Annemasse à Sixt. Elle revoyait ce lac de Gers où elle était montée avec Jean-Baptiste, Suzanne et Albin : ils s'étaient arrêtés chez un ami, dans une ferme, et il leur avait montré, toutes clouées de frais à l'entrée de la remise, deux ailes de geai avec leurs petites plumes d'un bleu si vif. Et encore des loupes d'arbre, dont il avait décoré les dessus de portes. Tandis que les hommes buvaient le cidre et discutaient à propos de la vis en bois du pressoir à pommes, elle se souvenait que Suzanne s'était mouillé le visage et les mains, à l'auge taillée dans un arbre couché. Jean-Baptiste lui avait prêté son mouchoir pour s'essuyer les doigts et, pour la première fois, elle avait remarqué leurs regards. Mais Albin était vivant encore, si vivant, si jeune, si beau... Qui aurait pu prévoir cet avenir?

Ils avaient fait le tour intérieur de cette ferme, semblable à toutes celles de par-là, à celle des Arvin-Bérod, où Albin amènerait Suzanne, à celle des Esminguaud, où Jean-Baptiste l'emmènerait. Depuis, elle aurait cru avoir oublié cette grande salle, avec l'horloge de bois encastrée dans la niche faite exprès pour elle, avec l'autel sur une étagère volantée d'un papier dentelle, autour du Christ en croix et des petits vases roses et bleus. Pourtant, elle se souvenait de tout, et aussi d'avoir accroché en passant sa fleur de corsage à la grille de l'oratoire de pierre, où il y avait au fond une vieille petite Vierge écaillée et, devant, une grande neuve blanche, avec une rose artificielle sur les pieds.

Ah! pourquoi se souvenir de tout, quand rien ne te sera rendu? Quand ton frère, jeune et beau et si vivant, est enterré dans le sang séché de ses blessures? Quand le garçon que tu aimais, aime une autre fille et en a fait sa femme? Quand ta vieille mère s'est lassée de te faire dire de revenir et que, tu le sais, l'argent envoyé par toi lui est plus précieux que ta présence?

Le soir tombe sur les tristes ressouvenirs, et l'heure est venue d'allumer les quatre bouts de bois qui feront chauffer la soupe. Le parrain n'aura pas trop faim après le repas de noces de cette journée, il remontera gonflé de tout, joie et mangeaille. Et remontera-t-il même? Il l'a promis. Mais le musicien doit faire aller son crincrin en bas, et le vin doit couler, comme l'a juré l'orgueilleux Laurent. Et cette Thérèse Aiguier, fille de riches, doit laisser éclater son bonheur. Voilà, il faut être riche dans ce monde. Alors, on trouve du plaisir, de l'amour, de la compagnie. Les pauvres sont seuls. Ah! les destinées des filles, comme elles sont différentes! Celle-là, elle avait déjà ses parents, sa maison, cette Thérèse. Maintenant, elle a son mari, elle a son amour. Et moi j'ai rien, j'ai rien, j'ai cet avenir de servante chez les autres, c'est tout. La nuit découpe en fer les branches noires des pins, c'est l'heure où les gens rentrent chez eux : ceux qui ont à s'asseoir à table en face l'un de l'autre, à se parler, à s'embrasser. Des fois, y en a qui s'embrassent. Oui, Laurent doit rentrer avec Thérèse dans leur maison. Jean-Baptiste doit rentrer avec Suzanne dans la sienne. Moi, je suis dehors, assise sur la terre comme un chien. Personne, personne. Allez, ne pleure plus va, bête de fille, à quoi ça sert? Tu as les mains toutes mouillées et le froid te gèle les larmes sur la figure. Rentre, toi aussi, rentre toute seule. Allume la lampe et, si le parrain ne monte pas, tu iras te coucher toute seule dans la paillère. Les larmes, ça finit par endormir, parce que quand on voit que ça ne sert à rien, on se console. On marche? Ce serait le parrain?

— Par exemple, je vous avais pas entendu venir.

— Tu m'as pas vu monter?

— Non. On ne distingue guère.

— Qu'est-ce que tu faisais, là, dans le noir?

— Rien, je vous attendais.

— Tiens, je t'ai apporté un bout de gâteau et quatre dragées.

— Vous êtes bien honnête. Merci.

— Mange-les.

— Tout à l'heure. Alors, c'était beau?

— Oh! tu sais, moi, les réjouissances, ça me dit guère. C'est plutôt pour le fiston. Il est content, alors moi aussi. Ah! pour ça, il a rien manqué ; les poulets, les lapins, la daube... L'oncle de Thérèse, il a tout vomi. Les quatre quarts des hommes étaient saouls. De raison, n'a gi dans ce monde!

— Vous non, je vois?

— Moi? O, ma fille, tu sais que je bois guère. Puis, quand j'ai vu le petit installé dans ses idées, j'ai dit : « Moi, je remonte. La fille est seule là-haut. Qu'y lui prenne pas peur. »

— Je n'ai jamais peur, dit Pascaline.

Et elle ajouta :

— Vous êtes remonté rien que pour moi, je vous dis bien merci.

— Oh! rien que pour toi, peut-être non, parce que, tu sais, moi, j'aime mieux ma montagne que leur vallée. Je suis bien tranquille ici. Enfin, Laurent était tout heureux, alors je suis content. Le fiston a ce qu'y voulait. La petite, elle est d'une grosse famille, tu sais? Ça va relever La Guirande! Tu attends quoi, pour manger tes bonbons? Té, je m'assieds un peu avec toi. Moi, je la connais cette Guirande, autant dire depuis qu'elle est née. Le père de Laurent, Michel Belle Quique, c'était mon ami de tout jeune. Cette bastide, elle appartenait aux Guirand. Quand ma sœur Fleurie a pris en mariage ce Vincent Michel, le domaine leur est venu. C'est grand. Seulement, c'est inculte, c'est un travail des quarante mille diables pour nettoyer ça et mettre en valeur. Il en faut des bras. Et des sous! Jusqu'à présent, y a eu les bras, mais pas les sous. Maintenant oui, y va y en avoir : les Aiguier feront les avances et le fiston plantera des cerisiers et de la vigne. Et puis, y aura tous les enfants qui vont venir. Il en veut beaucoup, Laurent, des petits. Et je crois pas que Thérèse dise non. Y avait qu'à les voir aujourd'hui. Les maisons sont tristes quand n'a gi de pitchouns. Bien assez des vieux sangliers comme moi qui aiment que leur sauvagerie. Et toi, tu as pas encore idée de te marier? Non, qué tu es trop jeune? Ça te viendra, va! Toutes les filles, ça leur pousse à son tour. Chaque toupin trouve sa cabucelle.

— Oh! moi... dit Pascaline.

Reprise par sa tristesse, elle se remettait à penser que, si jeune, sa vie était finie. Sa vie pour être femme, du moins. Elle savait qu'elle n'était pas faite pour l'aventure, et l'aventure était quand même venue la chercher. Elle aurait bien cru que son destin serait de vivre à La Jouvaine avec sa mère, Albin et Suzanne mariés et après, à côté d'elle, Jean-Baptiste. Le travail des foins, celui de la laiterie, ses enfants ronds et blonds jouant sur l'herbe des pentes, il y avait de quoi occuper, avec ça, toute une existence paisible. Mais Dieu ne l'avait pas voulu ainsi, et de la mort d'Albin, de l'abandon de Jean-Baptiste, tout un déroulement imprévu avait suivi. Retourner au pays, comme tout à l'heure, elle en avait l'idée? « Il est loin, si loin », se redit-elle encore. Et puis, que ferait-elle une fois là-bas? Depuis que Albin s'était tué et qu'elle-même s'était placée à *La Croix d'Or*, la mère avait affermé les prairies qui avaient besoin d'une main d'homme. Il restait seulement une vache. La mère en vivait, petitement. « Que ferais-je, moi, au milieu de tout ça, n'ayant plus de place mienne? Non, mieux vaut rester chez ces étrangers qui ne sont pas méchants, et ne plus voir, jamais plus, Jean-Baptiste et Suzanne. Je ne suis pas mal ici, non, pas si mal... »

Les larmes lourdes, échappées des yeux fermés, mouillèrent de nouveau ses mains abandonnées sur le tablier. Le parrain se leva :

— Tu parles plus? Tu as sommeil? Allons dormir,

va, que demain je monte de bonne heure à la charbonnière.

Oui, allons dormir. Demain, il faudra recommencer. Demain, recommencer. Sans joie, sans Albin, sans Jean-Baptiste, recommencer, toujours. Il y a des destins qui sont comme ça. Thérèse Aiguier est rentrée se coucher avec son mari. Il faut bien qu'il y en ait, des heureuses.

4

Thérèse Aiguier, depuis trois mois aujourd'hui Thérèse Michel, était assise sur son lit. Elle regardait par la fenêtre ouverte sur ce matin de printemps et s'étonnait du grand silence qui régnait autour d'elle. A Belgentier, il y avait sans cesse quelque bruit devant la maison. La grande façade donnait sur la place et toujours quelque voisine passait qui levait les yeux vers les fenêtres et appelait :

— O, Thérèse!

— O, Jeanne! (ou Louise, ou Marie), répondait Thérèse.

Parfois la conversation s'arrêtait là avec l'échange d'un gai sourire. Le plus souvent, Thérèse continuait :

— Où tu vas comme ça?

Et la voisine en répondant :

— Au lavoir (ou au jardin, ou à la rivière), précisait :

— Je m'arrête pas vé, que je suis trop pressée!

Et disant cela, elle posait son panier de linge à terre pour être plus à l'aise.

Alors, c'était le bavardage. Celle-ci, celle-là, l'autre, toutes y passaient : la demoiselle de Bois-Pourri, qui était arrivée en calèche à quatre chevaux avec son fiancé, officier de marine à Toulon; la fille Graille, des boulangers de Solliès, qui avait encore changé de robe pour aller à la messe; la petite Drienne, du hameau de Sénès, qui s'était fait surprendre dans le bois avec un garçon... Ah! il n'en manquait pas des sujets de paroles! Sans compter les cerises, si elles se vendaient bien ou mal, la lessive qui était beaucoup blanche, ou le tour en broderie Richelieu du jupon de percale qui n'en finissait plus : « Ma fille, c'est long que les mains t'en tombent, mais ça fait si joli! »

Puis la journée s'occupait seule, dans la maison riche des Aiguier, où les grands-parents avaient entassé les hauts lits de chêne, les armoires sculptées, les pétrins pleins de piles de draps. Ce n'est pas que Thérèse ait été obligée de travailler, elle était trop gâtée, trop fille unique, mais d'elle-même, elle avait le goût de toucher à toutes ces choses qu'elle savait siennes.

Quand elle avait décidé d'épouser ce Laurent Michel, séduite un soir de vogue par sa force à la soulever dans le bal et la faire virer au-dessus des autres, elle espérait bien continuer à habiter sa maison. Mais, tout de suite, Laurent avait déclaré que non, que La Guirande avait trop besoin d'une femme, depuis le temps que sa pauvre mère était morte, tout restait à l'abandon.

Et voilà. Maintenant, elle y était dans cette Guirande, dans cette longue bâtisse froide, où la trace d'une main maîtresse s'était perdue à travers le temps; elle s'y éveillait à côté de l'homme qu'elle s'était choisi. Et elle supportait, en traînant ses jours, la punition des nuits. Rien ne lui plaisait d'ici : ni la rudesse pauvre de la maison, ni la solitude de la campagne autour, ni la brutalité avec laquelle, dans sa hâte orgueilleuse, Laurent, tous les soirs, tâchait de lui faire partager le plaisir des corps.

Ce matin, assise sur son lit, dans cette chambre qui était la seule belle pièce bien garnie de meubles apportés de chez elle, Thérèse pensait que la vie allait être longue ici parmi ces paysans, et que l'amour, ce qu'on appelait l'amour, ce que Laurent lui faisait, avec ce visage enflammé, ces jambes dures, ce désir brutal qui la blessait, ne suffirait pas à l'habituer à cette existence. Et elle pensait : « Un enfant peut-être? » Trois mois étaient passés et l'enfant n'était pas venu.

Cette fois, encore, jusqu'à ce matin, elle avait espéré. Mais elle venait d'avoir la preuve que l'œuf s'était crevé, laissant se perdre la semence dans le flot rouge du sang. Alors, elle s'était rejetée dans la tiédeur de ses draps et maintenant elle restait là, inerte et sans courage. Elle réfléchissait. La porte, soudain, s'ouvrit grande, poussée bruyamment par un pied sans précaution. C'était la manière d'entrer de son mari.

— Tu te lèves pas? demanda Laurent.

Thérèse le regarda. Elle le vit grand, osseux, rouge et suant, avec des brins de paille sur les épaules.

— J'ai mal au ventre, dit-elle.

Puis abaissant les yeux, en tournant dans ses doigts l'ourlet de son drap, elle ajouta :

— C'est venu.

— Ah! dit Laurent. Alors y faut encore faire son deuil ce mois-ci? Je finirai par croire que tu es pas bonne à avoir des enfants.

Elle n'avait pas été habituée à être contrariée et elle devint toute pâle.

— C'est ma faute? dit Thérèse.

— Je crois pas que ce soit la mienne, dit Laurent. Enfin, en tout cas j'aurais besoin de toi en bas. Y a les petits pois à cueillir. Moi je rempaille les cochons.

— Je vais descendre, dit-elle.

— Fais-moi la bise, va, dit Laurent en s'approchant d'elle. Ça sera le mois prochain.

Il vint contre le lit et serra les maigres épaules de sa femme dans ses grands bras. Une odeur de sueur et de fumier s'avançait de lui. Il écrasa sous ses grosses lèvres la bouche mince de Thérèse.

— Dépêche-toi, dit-il, tu fais besoin.

Ayant refermé la porte aussi brusquement qu'il l'avait ouverte, il descendit. La vieille Tistone était dans l'entrée, au bas du large escalier de pierre. Courte et ronde, elle tenait toute la porte avec son paquet de jupes de basin à rayures bleues.

— Elle descend? demanda-t-elle.

— Oui, elle vient. La fais pas trop travailler quand même. Elle a mal au ventre.

— Ah! interrogea vivement la vieille, des petits pieds?

— Non, dit Laurent, le contraire. Je finirai par croire que je suis devenu mulet.

Il sortit. Il riait tout seul en dedans, parce qu'il savait bien que ça faisait le troisième rejeton de lui que Victorie abandonnait sur le tour, au couvent des Dames Blanches de la Valette. Il riait jaune quand même, ne pouvant pas comprendre pourquoi son bon labour avait trouvé ici cette mauvaise terre stérile, où rien ne faisait graine.

Dans la cour, reprenant sa fourche, il allait vers les loges neuves, où il avait installé depuis deux mois une truie pleine. Et maintenant dix cochonnets grouillaient autour d'elle. Il se plaisait à les voir se poursuivre, quand il s'arrêta net. Une grande chose claire se tenait debout sous le portail d'entrée. Il reconnut la fille des montagnes qu'il avait oubliée.

— Pascaline? dit-il. Qu'est-ce qui t'arrive? Avance-toi.

— Le parrain est malade, dit Pascaline. Il y a huit jours. Je l'ai soigné, je lui ai fait boire de l'hysope, de la mauve blanche avec du miel, je lui ai mis des cataplasmes de farine de lin, mais il ne va pas mieux. Ce matin, je me suis effrayée. Il parle tout seul, il est bouillant.

— Par exemple! dit Laurent. Pauvre parrain! Qu'est-ce qui lui arrive? Attends-moi, je monte.

Il se tourna vers un petit domestique qui passait avec une charge de paille neuve :

— Vite, toi; attelle-moi Guerrier.

Et à Tistone qui regardait, il dit :

— Nagi est malade. La fille est venue me prévenir. Je monte. Dis-le à Thérèse et que je reviendrai sitôt que possible. Cueillez les pois et rangez-les en gorbins. Je descendrai pour faire l'expédition. Toi, petit, finis de gouverner les porcs.

La charrette était là, il sauta dedans. Pascaline s'assit derrière, dans la caisse vide. Thérèse, ayant ouvert sa fenêtre, les regarda partir :

— Qu'est-ce qu'il y a? demanda-t-elle.

— Le parrain est malade, dit Tistone. La fille qui le garde est venue avertir. Vous descendez, dame? On va aux petits pois.

Thérèse regarda le matin encore aigre sur le monde. Elle resserra son châle autour de son corps frileux.

— Je suis fatiguée, dit-elle. Vas-y seule avec le domestique.

— Il est occupé, dit Tistone. Il a les cochons à rempailler.

— Eh bien, nous irons demain, dit Thérèse avec impatience.

Tistone releva la tête :

— Le maître sera pas content, grogna-t-elle.

— Je peux pas perdre tout mon sang pour vous faire plaisir, quand même? dit Thérèse avec colère.

Son long visage s'était plaqué de blanc et ses lèvres serraient des paroles de révolte. A la fin elles éclatèrent :

— Je paie les domestiques avec l'argent de mon père pour faire le travail et pas pour qu'on me le fasse faire à moi! Jamais à Belgentier je suis allée cueillir avec les valets, sauf pour amusette. Vous avez trop de facilité à oublier que je suis née demoiselle, et qu'ici je suis la patronne.

« La patronne, pensait la vieille, j'ai toujours vu que c'était celle qui travaillait le plus. » Mais elle dit seulement en elle-même, baissant le front sous sa coiffe : « Ah! pauvre de nous! qui épouse argent épouse vent! Qui épouse caresse épouse paresse! Qui épouse sac épouse vice! Ça lui fait belle jambe à notre Laurent d'avoir des sous. Et y les a pas, notez bien. Y les a que goutte à goutte. Ça lui fait belle jambe, cette femme maigre et malade, sans force, sans santé, pas capable de lui faire un petit ni de lui ramasser ses pois. Ah! pauvre Guirande, je te vois mal! C'est pas encore ce coup-ci que tu te relèveras. Les femmes font et défont les maisons, ma mère me le disait toujours, je vois que c'est vrai. La fille Guirand qui s'était choisi un Michel, celle-là oui, c'était une garçasse bonne à l'ouvrage! Ça te remuait le fumier comme un homme! Et moi à vingt ans, non? Mais ça, c'est mou! Ça a pas d'énergie, ça vous fait la dame au lit jusqu'à sept heures, pour un peu de sang qui lui coule sur la cuisse. Ah! qué malheur! Je finis par me croire que notre maître a fait une mauvaise affaire. Heureusement que sa pauvre mère est morte et qu'elle voit pas ça. Ça l'aurait tuée. »

Branlant sa vieille tête couturée de rides, Tistone se détourna de regarder avec mépris la fenêtre qui là-haut s'était refermée, et calant sur sa hanche la grande corbeille, elle s'en alla vers le potager.

Et Thérèse s'était recouchée, toute furieuse encore de l'algarade. Son front s'était gonflé de veines, sous le bord de ses cheveux tirés en arrière jusqu'à la nuque, vers un maigre chignon. Elle n'avait rien de puissant que ses colères. Sous cette peau fine comme une peau de fruit d'hiver, ses yeux sans lumière, son mince nez aux narines contractées, sa bouche pâle de souris, aux dents pointues qui avançaient, son corps étroit aux petits seins déjà tombants et au ventre sans muscles, elle cachait une force de rage qui la secouait jusqu'au fond d'elle-même. Laurent l'ignorait. Le père Aiguier ne s'était pas vanté du mal secret attrapé dans les foires et qu'il avait fait glisser de ses veines dans celles de son enfant, cette petite, toujours lasse ou en révolte. Certes, il avait des sous dans le secrétaire. Et il professait que ça arrange bien des choses. Mais, ce que Laurent ne savait pas non plus, c'est qu'il était aussi avare que riche! Et qu'il ne laisserait rouler les louis et les écus que lorsque la mort elle-même serait venue lui desserrer les doigts.

Cependant il avait versé la dot promise : trois mille francs de bon argent. Mais il y avait tant à faire à La Guirande. Tout était parti dans les premiers frais. Thérèse, n'est-ce pas, ne pouvait pas habiter cette grande baraque avec un côté ouvert au mistral? Puis Laurent avait défriché et planté d'arbres un bout de cette terre, abandonnée depuis des ans. Il avait installé les loges à porcs, le poulailler. Maintenant, il fallait attendre que ça rapporte.

Thérèse pensait : « Pourquoi n'avait-elle pas épousé ce commis voyageur qui portait toujours un chapeau melon, aussi noir que ses moustaches, relevées en crocs au-dessus d'une barbiche pointue? Elle l'avait rencontré plusieurs fois chez son amie Jeanne, la mercière de la place de la Fontaine et lui, la sachant fille de riche, l'avait foudroyée de regards ardents. Si elle avait voulu, elle serait aujourd'hui dame de ville, dans une maison de Draguignan. Elle irait à la messe du dimanche où elle aurait sa chaise, elle se promènerait au bras de son mari bien habillé, dans les allées de la Préfecture, en robe de poult de soie sous son mantelet d'ottoman. Mais non, l'imbécile, elle avait préféré ce grand paysan, pour une prouesse de bal, parce que les autres filles l'enviaient! Et à présent elle était là, avec pour toujours cette destinée de patronne de ferme, à laquelle Laurent la condamnait. »

Heureuse de s'être soustraite par sa propre volonté au lever matinal et à la besogne humiliante, Thérèse s'étira entre ses draps de belle toile, brodés d'un A et d'un M, encadrés par deux colombes tenant des rameaux de roses. Elle admira cette preuve de sa richesse de jeune fille, tangible aussi aux volants festonnés, au col en ruches de son plastron de chemise. Elle se plut à penser qu'elle en avait ainsi sa pleine armoire, de ce linge ouvragé, et son orgueil se souvint avec plaisir de l'appréciation de son mari sur le magnifique trousseau.

Cependant la charrette de Laurent avait dépassé le cimetière de Solliès-Toucas. Elle allait arriver vers Bonnefont, à l'endroit où il faudrait la laisser à l'abri du gros noyer, pour monter à pied derrière le cheval dételé, vers la cabane du Grand-Cap.

Et chaque tour de roue, poussée par la grande main invisible, faisait avancer la charrette vers la montagne, vers le vieux Nagi égaré au monde de la fièvre; vers la cabane où Laurent avait conduit Pascaline au lendemain de leur rencontre; vers le nouveau destin d'un homme et d'une femme; vers la naissance d'un enfant.

5

Le parrain était mort. Depuis deux mois il était dans des hauts et des bas. Depuis huit jours, Pascaline et Laurent se remplaçaient ou se rencontraient auprès du lit de fer, où le vieil homme se débattait pour garder la vie. Puis un soir, comme Laurent remontait après un après-midi passé à La Guirande dans des travaux pressants, il avait trouvé Pascaline, le visage triste, les yeux gonflés. Il l'avait regardée...

— Oui, elle avait dit, vers les cinq heures.

Laurent s'était approché de la couche plate où le seul témoin restant de sa jeunesse, avec la vieille Tistone, était mort. Il avait essuyé deux larmes maigres aux coins de ses yeux d'homme. Puis un moment après, il était allé à Bramafan pour s'occuper des funérailles. Ensuite, il avait veillé avec Pascaline, un de chaque côté du lit, tantôt dormant, tantôt réfléchissant, tantôt buvant le café et puis le marc, tantôt racontant son enfance avec ses parents et son parrain.

Sans cette maladie, sans toutes ces nuits à user ensemble, à guetter le souffle haletant de la faible poitrine, à verser la tisane, à changer le linge, jamais le jeune maître et la jeune servante n'auraient trouvé le temps de se parler aussi longuement.

— Ma mère, c'était une femme, disait Laurent. Mon parrain te le raconterait s'il était pas si mal. Ma mère, cette fille Guirand, elle a élevé sept enfants et elle en a perdu six. Y a que moi qui ai tenu bon. Elle a eu beaucoup de peine. Avec ça, un mari qui aimait mieux la bouteille et la fille de rencontre que sa maison. Je l'ai vue travailler toute sa vie, ma mère, depuis les quatre heures du matin jusqu'aux onze heures du soir et jamais un remerciement.

— Moi, mon père était bon, disait Pascaline, et vaillant à l'ouvrage. Seulement il est parti trop jeune et notre mère a eu du mal à élever mon frère et moi tout petits.

Pascaline regardait les traits du moribond, déjà tirés par le dedans.

— Il a pas bougé? chuchotait Laurent.

— Il est bien mal, disait Pascaline.

Ainsi par leurs cœurs unis dans la peine, ils étaient devenus des amis. Puis le parrain était mort. Maintenant on l'enterrait et le cortège grimpant comme une chenille noire, au long des sentiers de Grand-Cap, conduisait vers le cimetière de Bramafan le cercueil voilé d'un drap noir, porté par quatre voisins de La Guirande.

Thérèse, de plus en plus lasse et paresseuse, n'était pas venue. Laurent ne l'avait pas forcée. Il ne pensait pas à elle. Il ne pensait pas non plus à Victorie. Celle-là, ça faisait du temps qu'il n'était plus allé la voir à l'hôtel de La Valette. Il ne pensait même pas au regret d'avoir perdu Nagi. Il marchait derrière le cercueil, de son pas pesant de garçon de campagne. Sitôt après lui marchaient Pascaline et Tistone et il entendait la différence des deux pas. Ecoutant marcher Pascaline, il devinait le pied posé à plat, bien d'aplomb, sur la pierre qui ne roulerait pas. Il voyait la jambe dure, placer sa force dans l'équilibre qu'il fallait. Il voyait ce corps bien rempli de peau blanche et de chair ferme, puissant de force et de courage, et il pensait que ce soir il aurait tout ce corps contre le sien, parce que depuis trois jours Pascaline et lui étaient devenus des amants.

Ça s'était fait comme se font toutes les choses simples de la nature. La source va au torrent, le grain va à la terre, l'homme va à la femme, c'est comme ça. Il ne viendrait à l'idée de personne qu'il puisse en être autrement. Celui qui dirait le contraire serait un menteur.

Donc, en suivant le mort à la tête du cortège, Laurent ne pensait guère au mort. Dans les campagnes d'ailleurs, la disparition d'un être, surtout s'il est vieux, est acceptée avec une résignation qui laisse croire, parfois faussement, à de la dureté de cœur.

C'est que naître et mourir sont les faces quotidiennes du visage paysan. Celui qui sème et qui récolte, qui fait germer la vie du blé et la détruit en moissonnant; celui qui fauche les plus belles fleurs avec le foin, sans un remords; celui qui tue l'innocent lapin, le porc, ou le pigeon qu'il a élevés, comment pourrait-il rester sensible à la même suppression de vie, chez l'humain? Et puis, ce métier d'ensemenceur porte sans doute le paysan à se tourner du côté de la vie, plutôt que du côté de la mort.

Le vieux Nagi, pour Laurent, c'était un homme qui avait fait son temps normal sur la terre et qui tombait à la fin, comme tombe l'arbre centenaire ou le bœuf épuisé. Il y avait déjà des années que le père et la mère Michel, moins vieux que le parrain, avaient été enterrés. Maintenant c'était le tour de celui-ci. Demain ce serait celui d'un autre. Puis Laurent vieillirait, ce serait au tour de ses enfants de marcher derrière sa dépouille. Et ses enfants, à leur tour, un jour, s'en iraient. Oui, la vie est ainsi faite, c'est comme ça pour tout ce qui est sur terre, plantes, bêtes, et hommes. Mais en attendant, elle est là, la vie, elle est là, toute gorgée de chaleur, comme une amoureuse, et toujours prête à la donner.

Au long de la draille rocailleuse, à peine dessinée entre les pierres et les arbustes, au doux de ce soleil d'avril qui commençait déjà à se sentir, Laurent se mit à penser aux femmes : à ses femmes. Il en avait trois maintenant. Deux, dont les images pâlissaient et une autre qui se dressait, éclatante, sur le bord de son désir. Deux : Thérèse Aiguier, la patronne, l'épouse, celle qu'il serait peut-être arrivé à aimer si elle n'avait pas été si stérile de toutes les façons dans sa chair et dans son cœur, celle qui n'avait su lui faire ni du travail ni un enfant, ne lui donner ni de la joie ni de l'aide. Victorie, la belle garce de Toulon, rouge rire canaille, langue aiguë, frange de cheveux frisés couvrant les yeux vicieux, grosses mangeailles, alcools brûlants, pinçons à dures mains de chair, renversements de corps débraillés sur les lits d'auberges. Et puis la troisième, Pascaline, la fille de Haute-Savoie, la peau d'une fraîcheur de neige, le front blanc, les yeux transparents, pleins d'une eau de glacier, les lèvres comme un fruit sain, coupé en deux par le couteau des larges dents, blanches ainsi que les os de roches de Grand-Cap.

Au bord de son désir, oui, et au bord de son attention, elle se dressait celle-là à présent, cette femme-enfant, ramassée sur un talus, et elle prenait toute la place de l'avenir.

Il aurait mieux valu y penser plus tôt. Ce soir de décembre où elle s'était levée d'un taillis de noisetiers, il aurait fallu comprendre tout de suite ce qu'elle était, la faire entrer avec lui à La Guirande par la grande porte et, le lendemain, aller rendre sa parole à la famille Aiguier. Oui, mais qui aurait pu penser? Et les trois mille francs, qui les aurait donnés pour planter d'arbres le morceau de terre du bas et dresser les loges à porcs?

Et maintenant, malgré leur défense entêtée, il en tirerait bien encore quelque argent, de ces avares beaux-parents. Il faudrait bien qu'ils lui compensent le désastre d'avoir pris pour femme cette fille maladivement laide qu'il avait installée dans sa maison.

L'enterrement se rapprochait du hameau. On distinguait les gens de Bramafan qui, de là-haut, le regardaient venir. Au dernier coude brusque du chemin, entre les cistes, Laurent tourna la tête. Un adoucissement calma ses traits qui s'étaient durcis dans le dégoût de Thérèse. Il regarda Pascaline. Elle était là, la brave fille. C'est ça qu'il lui avait jeté comme compliment en la laissant à son parrain, le premier soir de Grand-Cap : « Adieu, brave fille! » Mais le destin, lui, avait bien su s'arranger pour que ça ne soit pas un adieu.

Et entre le dernier bout de chemin et l'église, Laurent prit plaisir à se souvenir de leur entente.

Il se revit le matin où Pascaline était venue le chercher, montant à la cabane, pour y trouver le pauvre vieux recroquevillé par le mal, sur le petit lit de fer. Et admirant tout de suite la manière de faire de cette servante qu'il avait donnée au parrain. Et comment elle le relevait, le faisait boire, lui changeait la pierre chaude, lui tenait le bol de tisane, avec de si bons gestes, si calmes, si justement à la mesure du malade.

— Ah! elle est brave! disait Nagi. Tu m'as fait un beau cadeau, fiston.

Le soir, il était mieux. Ils mangèrent, Pascaline et lui, auprès du parrain.

— Je n'ai pas pu vous préparer un dîner convenable, s'excusait la fille, je n'avais pas la tête à ça.

Et le plat de bettes au gratin sortait de dessous l'âtre, doré et répandant son parfum.

— Eh ben! tu sais faire la cuisine, toi! disait Laurent.

— Elle sait tout faire, disait le parrain. C'est un louis d'or.

Pascaline souriait. Le café avait été parfait, la vaisselle propre en un clin d'œil et, contre la fenêtre, déjà la fille faisait filer les aiguilles de son tricot.

— J'aurais mieux fait de me la garder en bas, disait Laurent au parrain.

— Toi, avait dit le vieux, tu es servi, tu as Thérèse!

Thérèse? Laurent avait eu grande envie de se plaindre. Thérèse, ses colères, son orgueil, sa paresse. Celle-là, pour les quatre sous qu'elle avait apportés, elle se faisait valoir comme une reine.

— Et toujours pas de pitchoun? avait demandé Nagi.

Laurent avait craché dans l'âtre, avec l'air de rire :

— Non, je dois pas être bon à les faire.

Et de côté, il avait regardé Pascaline qui regardait son travail.

Enfin le soir, il était redescendu à La Guirande et sitôt Tistone lui avait farci les oreilles avec la révolte de Thérèse, son entêtement à ne pas aller cueillir les pois. Mais, d'un geste, il avait arrêté le bavardage et il s'était couché sans rien dire à sa femme.

Le lendemain matin, il était parti dès le petit jour pour aller expédier ses primeurs à Solliès-Pont. En passant devant le poste à feu, il avait pensé, pour la première fois depuis, à ce même petit matin de décembre et qu'on n'y voyait guère, où il était allé y réveiller Pascaline. Et au souvenir des formes pleines de la fille, revues la veille chez le parrain, il s'était dit brutalement : « Si j'avais voulu ce jour-là, j'avais rien qu'à la renverser dans la paille et elle n'aurait pas fait ouf! »

Mais il n'en était pas si sûr.

Ce matin-là, plus que d'autres, il souffrait dans

toute sa chair. Quand il avait pris Thérèse, il avait eu cette fierté perverse de tous les hommes de la savoir ignorante du plaisir, et il s'était promis de lui apprendre ce qui faisait l'entente des couples, aux soirs, dans le désordre des lits conjugaux. L'air ennuyé de sa femme avait vite détruit son ardeur. Oui. Et huit jours après son mariage, il retournait à La Valette voir Victorie. C'était forcé et il savait qu'il allait encore y retourner ce matin. Un homme, c'est un homme. Quand il a pas ce qui lui faut chez lui, même des fois quand il l'a, il va le chercher ailleurs. Victorie le recevait toujours bien.

Autrefois, cette sorte de grosse jouissance suffisait à Laurent. Jusqu'au jour où il avait décidé de remonter La Guirande, avec l'argent qu'une femme lui apporterait. Il était beau garçon, apprécié des filles, mais il voulait des sous. C'est alors qu'il avait choisi Thérèse Aiguier.

Ce mariage qui devait lui donner tant de déception lui était apparu comme une prouesse dure à réaliser et avec son entêtement de paysan, il s'était acharné après elle. Et il se jugeait bien bête ce matin, tandis que son cheval trottait sur la route, d'avoir cru faire, ce jour-là, un marché de roi.

Plein de ses pensées, ayant terminé son expédition, il avait continué la route de Toulon au lieu de revenir chez lui. Et il grognait en lui-même. Tant pis pour Thérèse, elle était trop embêtante. Il ne rentrerait que le soir. L'état du parrain lui fournissait une bonne excuse. Il dirait qu'il avait dû remonter au Grand-Cap. Et tout joyeux, sur la route lisse, il avait lancé son cheval Guerrier au trot vers Toulon.

Ainsi, traversant la ville encore silencieuse, il était arrivé à l'hôtel de La Valette et Victorie avait frappé des mains en le voyant. Il était monté avec elle comme d'habitude dans la chambre mansardée où elle couchait. Mais là, Laurent ne pouvait comprendre ce qui s'était passé. Malgré toute l'envie apportée depuis sa maison, aucun désir ne s'était éveillé en lui. Et les agaceries de sa maîtresse, ne devinant pas sa froideur, ne faisaient que l'augmenter. Cependant il avait fini par s'abandonner à un maussade plaisir, il avait laissé Victorie fouiller ses poches et prendre l'argent, puis il était parti en promettant : « A bientôt. » Quelque chose en lui savait qu'il ne reviendrait plus.

Sur la route, il avait retrouvé son allégresse, comme s'il s'était débarrassé d'un poids et cependant sa chair était restée insatisfaite. Il avait suivi, sans s'en rendre compte, la route du retour de Toulon à Solliès-Toucas et là seulement, ayant dépassé le village, montant à pied le sentier qui menait à la terrasse de Grand-Cap, il avait compris. Une forme s'était dressée devant la cabane, claire, belle, solide, et tout son être, en même temps que sa bouche, avait formé le nom vivant en lui sans qu'il l'eût deviné jusqu'alors : « Pascaline ». Ils étaient demeurés l'un devant l'autre, sans paroles, puis Pascaline avait dit :

— Vous avez eu une bonne idée de monter, il n'est pas bien.

Mais elle avait vite baissé les yeux, car tout d'un coup elle avait compris qu'il n'était pas venu seulement pour voir le parrain.

La soirée s'était passée silencieuse. Le malade haletait sa souffrance, le jeune couple haletait son désir. Et la nuit couvait cette double flamme de passion douloureuse, éparse dans l'air.

A la fin, Laurent, sans oser la regarder, avait dit à Pascaline :

— Va te coucher. Je le garde.

Il avait jeté une fascine de sarments dans l'âtre, il avait fumé sa pipe, lentement, longtemps, puis il avait vu que le parrain reposait, alors il s'était déshabillé sans bruit au coin du feu et nu comme quand sa mère l'avait mis au monde, il était entré dans la paillère où il savait que Pascaline ne dormait pas, où il était sûr qu'elle l'attendait depuis toujours.

Il y avait des semaines de cela et depuis des semaines, grâce au prétexte de la maladie du parrain, il n'avait plus couché ailleurs qu'à Grand-Cap, il n'avait plus approché Thérèse, il n'était plus allé voir Victorie à La Valette et maintenant l'image de ces deux femmes se perdait dans la brume. Seule se dressait au bord de sa joie cette fille blonde et calme, venue d'un autre pays, ramassée par lui un soir, comme une herbe sauvage dans des ronciers sur le talus d'une route.

6

— Tu es sûre? demanda Laurent.

— Sûre, dit Pascaline. J'ai attendu d'être certaine pour vous le dire, mais ça part du premier jour. Les dates me le font comprendre.

— Eh ben, ça me fait plaisir! dit Laurent. Je commençais à croire que j'étais plus un homme.

Ils étaient assis tous les deux, quelques jours après l'enterrement, sur la terrasse, devant la cabane de Grand-Cap. Laurent se leva et fit lever Pascaline :

— Ça me fait plaisir, redit-il. Montre!

Plantée debout, elle avait sa ligne habituelle, ferme et moelleuse, ronde seulement aux seins et aux hanches.

— Ça se voit pas, dit-il, le cœur battant, contenant mal sa joie orgueilleuse.

Elle rit :

— Comment voulez-vous? C'est pas assez vieux. Mais moi je le sais.

Un sourire mystérieux éclaira son visage.

— Qu'est-ce que tu vas faire? demanda-t-il.

— Qu'est-ce que vous voulez que je fasse? Je mettrai mon petit au monde comme les autres. Je savais bien ce que je risquais en allant avec vous, que j'étais fille, que vous étiez marié, qu'on me montrerait du doigt. Mais je ne suis pas dans mon pays, je m'en moque.

— Moi, je m'en moque pas, dit Laurent devenu sérieux. Je veux pas te voir malheureuse parce que tu t'es donnée à moi. Je sais que je t'ai prise brave et le seul bonheur que j'ai sur terre, je te le dois.

Il la saisit par les épaules, grande comme lui, elle mit ses yeux clairs dans les yeux de l'homme et ces yeux ne lui refusèrent pas le regard qu'elle espérait.

— Merci, dit-elle humblement.

— C'est à moi à te dire merci bien pour me promettre un petit, tandis que ma femme a jamais su m'en fabriquer. Ce sera un garçon, oui?

— Je sais pas, sourit-elle.

— Oui, oui, ce sera un garçon, j'en suis sûr! Je te l'ai fait trop volontiers. Et y s'appellera Laurent.

Elle rit :

— Ce sera le vrai moyen pour que personne ne comprenne.

— Pascal, alors? Tiens, Pascal, comme toi, tu veux?

Elle lui passa les mains sur le visage en soupirant :

— Ah! si j'avais été votre femme... Nous aurions pu être si heureux.

Il appuya sa joue contre ces bonnes mains :

— Oui, dit-il tristement. Je me suis déjà trouvé tort de pas avoir compris tout de suite ce que tu valais. Mais qu'est-ce que tu veux, on s'est rencontré si drôlement et juste ce soir de mes fiançailles. C'était déjà trop tard.

— Et moi, dit Pascaline, j'étais encore si blessée de mon souvenir de Jean-Baptiste, et de cette brutalité de M. Carlioz, j'avais peur d'un homme comme d'une bête. Dans ce poste à feu où vous m'avez emmenée...

— Tu te décideras jamais à me dire « tu »? coupa Laurent.

— Je ne sais pas, peut-être ça viendra un jour. Oui, ce soir-là, dans ce poste, je tremblais comme la feuille, quand vous avez été parti, et si je n'avais pas eu si sommeil, sûrement vous ne m'auriez plus trouvée.

— Ça aurait peut-être mieux valu pour toi, dit Laurent. Parce que, pour moi, c'est un gros bonheur que tu sois restée, mais toi tu aurais rencontré un autre garçon et tu te serais mariée. Tu étais faite pour être une femme considérée, au bras d'un homme, à l'honneur des gens, au lieu d'avoir un petit, sans porter le nom de son père.

Il termina humblement en baissant la voix :

— Car mon nom, tu le sais que je peux pas te le donner. Tu m'en veux pas?

Il lui avait pris la main, elle serra cette main sur sa poitrine :

— Je le sais, dit-elle, je l'ai toujours su. Et pourtant, quand vous êtes venu me trouver la première fois, je vous appelais de tout le dedans de moi.

— Je le sais, dit-il, je pouvais pas faire autrement que d'aller te prendre.

Il ajouta, plus bas encore :

— Parce que tu me voulais.

— Oui, je te voulais, dit-elle.

Ils s'assirent ensemble, sans désunir leurs doigts, sur la marche du seuil. Laurent réfléchissait. Un grand moment passa. Le soir brunissait le sous-bois et sur le fond violet de la montagne, les pins découpaient une frise nette d'arbres noirs. Des oiseaux, voletant, rejoignaient leur gîte pour la nuit.

Exprimant leur commune pensée, Laurent dit :

— Tu ne pourras pas toujours rester ici seule?

— Oh! vous savez, ce n'est pas que j'aurais peur, mais quand l'enfant devra naître...

— D'ici là, nous aviserons. En attendant, si tu peux demeurer à la cabane, ça vaudra mieux. Je t'enverrai Tistone quelques jours pour que tu ne te sentes pas trop abandonnée.

— J'aimerais mieux que ce soit vous, dit Pascaline.

Laurent soupira :

— Moi, ça va m'être plus difficile maintenant de monter! Je n'aurai plus le prétexte du parrain malade. Et ça fait deux ou trois fois que Thérèse me lance des pointes à ton propos.

— Elle est jalouse?

— Pour ce qu'elle s'occupe de moi, je me demande... dit Laurent en haussant les épaules. Enfin, jalouse ou non, je compte pas me priver de toi à cause d'elle. Ce qu'il faudrait, ajouta-t-il après un silence, c'est que je te fasse descendre à La Guirande.

— Mais comment? demanda Pascaline.

— Je sais pas, ça mérite réflexion. Je chercherai le bon moyen. Ecoute, en attendant, vraiment, tu as pas peur de rester seule?

— Peur, moi? Dans ces journées qui vont être de plus en plus longues, que le soleil n'arrive pas à se coucher et que le jour vient au milieu de la nuit?

— Bon, dit-il, soulagé dans son égoïsme d'homme. Parce que moi, y faut bien que je redescende. D'abord, comme ça, je marquerai à Thérèse que je m'inquiète pas de toi, et ensuite j'ai du travail. Les tomates commencent à avoir besoin des tuteurs. Je dois donner le premier coup de soufre aux vignes et semer les haricots verts. Et je suis si mal aidé.

— Ah! si j'étais en bas, moi, je vous aiderais.

— Je le sais, va, aussi je te promets que ça viendra. Mais y faudra bien m'obéir. Tu veux?

— Je veux, dit Pascaline, mais vous obéir en quoi?

— En tout. Tu as compris? Alors, si un jour je monte ici avec un homme et que je dis : « Prends-le pour mari », tu obéiras?

— Pour mari! Vous voulez me marier avec un autre?

Pascaline avait rougi de colère. Elle se détourna de Laurent.

— Tu vois ta soumission? dit celui-ci. Elle est déjà démolie d'avance.

— Je croyais que vous aviez quelque chose pour moi, dit Pascaline. De l'estime au moins, faute d'amour.

— Tais-toi, cria Laurent, tu dis des bêtises plus grosses que toi. J'ai tout ce que je peux avoir pour toi, de l'amour, de l'estime, de l'amitié, tout. Et si je t'amène un mari, ce ne sera pas pour qu'y te prenne à moi, ce sera pour qu'y donne son nom à notre enfant, puisque le malheur m'arrive de ne pas pouvoir lui donner le mien, et alors, avec ce mari et notre enfant, tu rentreras à ma maison de La Guirande. Et qui pourra dire quelque chose? Qui?

Il avait pris Pascaline par les deux épaules et l'attirait vers lui :

— Je comprends, dit-elle. Seulement, je serai bien malheureuse.

— Mais non, cria-t-il encore, tu seras pas malheureuse du tout. Cet homme, tu ne pourras pas l'aimer et il ne t'aimera pas, et nous serons toujours au travail ensemble. Thérèse, elle est calfeutrée dans sa chambre, ou elle va à Belgentier voir ses parents. Et nous deux, nous serons là, avec notre petit. Il vivra dans sa maison, notre petit, dans la maison de son père, des Michel, dans La Guirande. Tu veux pas, dis, tu veux pas?

— Vous croyez qu'il se rencontrera un homme?

— Mais bien sûr, y s'agit que de le trouver. Et avec un peu d'argent...

— Je vous laisse faire, dit-elle encore, mais ça ne me plaît pas beaucoup.

— Nous n'avons pas le choix, dit-il brièvement. Si je faisais mon goût, je ramènerais ma femme chez les Aiguier et je t'installerais à sa place. Tu sais que c'est pas possible, j'ai mis leur argent dans la terre, je peux plus le leur rendre. Alors, que veux-tu?

Il poussa un gros soupir et Pascaline soupira aussi.

— Ce soir où je me suis sauvée de chez M. Carlioz, dit-elle, je me doutais pas où me conduisait cette route.

— Tu regrettes? demanda-t-il.

— Je regrette rien, et encore moins de vous avoir aimé et de vous aimer encore de toutes mes forces. Je pense seulement que j'ai une triste destinée, et j'ai peur que ce petit que je vais mettre au monde, la sienne ne soit guère meilleure.

— Pourquoi croire ça? dit Laurent.

— Oh! dit-elle en levant les épaules, ces petits sans père, ça ne fait toujours que des malheureux.

— Je serai là, dit Laurent.

— Vous serez là, ou vous n'y serez pas. Et qui vous le dit que votre femme ne vous donnera pas des enfants? Ça peut venir encore. Alors, le mien ne comptera plus.

— Que tu es bestiasse! gronda Laurent. Le tien sera toujours mon premier, va. Et puis, tu vois bien que Thérèse est pas capable?

— Ça peut venir, je vous dis. Enfin, tant pis pour moi, je n'ai pas de chance dans mes amours. Jean-Baptiste...

— Tu l'as beaucoup aimé, ton Jean-Baptiste? coupa Laurent.

Elle redressa son visage vers lui :

— Tu m'as trouvée vierge, dit-elle, je pense?

— Oui, mais quand même...

— Je l'ai beaucoup aimé, si c'est ça que vous voulez savoir. Et je suis trop franche pour vous laisser croire le contraire. Surtout que, maintenant, vous me l'avez fait oublier. Mais à cette époque, vous savez, j'avais seize ans.

Elle s'arrêta quelques minutes de parler et on entendit l'aboiement rauque d'une hulotte.

— Alors? dit Laurent, le cœur battant de jalousie.

— Alors, à cet âge, quand on croit aimer, on se jette là-dedans comme dans son salut. Je vous l'ai dit, j'avais mon frère Albin qui m'était plus que tout.

— Tu devais me raconter son accident?

— Un autre jour. J'avais mon frère Albin, je ne connaissais que lui, mon père était mort, ma mère toujours triste. Je sortais avec Albin, il m'emmenait à ces assemblées de village que vous avez eu l'air de me reprocher le premier jour où je vous en ai parlé.

— C'est que chez nous... dit Laurent.

— Oui, j'ai vu. Mais chez nous, les filles sont surveillées. Mon frère ne me quittait pas des yeux, quand j'allais griller les châtaignes avec les autres filles et les garçons. Et si on buvait le cidre, et si on chantait des chansons, c'était bien innocent, allez! Albin voulait Suzanne. Moi, je voulais Jean-Baptiste. Albin l'avait deviné et je savais son amour pour cette jeune fille du hameau de Sur-les-Monts. Alors, quand nous étions aux assemblées, je m'arrangeais toujours pour mettre Suzanne et Albin à côté. A la fin, ils s'étaient fiancés. Jean-Baptiste ne m'avait encore rien dit, mais je voyais bien ses manières. Et j'en parlais avec Albin. Nous faisions le projet de prendre ensemble, mariés tous les quatre, l'entreprise de fruitiers sur le Criou, pour la belle saison.

— Le Criou? dit Laurent.

— C'est la grande montagne qui domine Saint-Geoffroy. L'été, les bergers y montent avec les troupeaux. Nous, nos troupeaux, ce sont des vaches, pas des moutons comme ici, et avec eux montent toujours deux ou trois ménages de fruitiers qui leur achètent le lait sur place. Et là-haut, alors, on le traite, on en fait le beurre, le fromage, et on descend les vendre aux jours de marché.

Pascaline se tut encore un moment, reprise par ses souvenirs de jeunesse.

Son regard clair, égaré dans la nuit, elle croyait revoir les sombres forêts de sapins si naturellement taillés en candélabres géants, grimpant à l'assaut des roches monstrueuses qui brillaient là-haut dans le ciel, sous leur manteau de glace.

Toujours, depuis qu'elle était dans ce pays de Provence, où la terre est si sensible dans sa peau nue, sous sa mince toison huileuse et parfumée de plantes des collines, toujours elle avait eu la nostalgie de ses prairies trempées d'eau, qui montaient en pentes aiguës des rivages du Giffre jusqu'aux masses neigeuses des montagnes. Elle trouvait fatigant ce soleil qui ne s'arrêtait pas de chauffer, été ou hiver, qui n'avait jamais, sur sa surface brûlante, un nuage pour tamiser ses rayons et elle rêvait de la fraîcheur mordante de ses nuits de Savoie, comme d'un repos perdu à jamais. Tant de fois, dans ces mois de mars et d'avril, où déjà le sol de Provence est sec et chargé d'odeurs échauffantes, elle avait souhaité tremper ses mains dans les eaux froides de son torrent, mettre ses pieds nus dans de l'herbe mouillée par l'épaisse rosée nocturne, respirer cet air coupant comme un couteau, qui avait glissé sur la neige des sommets et descendait ensuite en nappes de nuages, se traîner dans les gorges. Et elle souffrait de ce ciel toujours bleu, privé de ces délicates buées, qu'elle avait vues tant de fois se former au lever du jour, dans le creux de l'Aiguille-Brune ou de la Lanche, se former comme la fumée d'un feu de bois, puis s'épaissir, se gonfler, jaillir hors de ces cratères glacés, se colorer des remous du soleil, puis s'arrondir et s'alourdir, devenir pleines de pluie, être traversées par l'épée en feu des éclairs et les grondements des tonnerres, crever en lourdes cataractes d'eau noyant la terre, pour s'en exhaler le soir en brumes qui laissaient flotter leurs écharpes entre les sapins, puis remontaient là-haut pour redevenir nuages...

— Tu es perdue dans tes rêves? dit brusquement Laurent. Tu penses à ton Jean-Baptiste? Si je te gêne, je peux m'en aller!

L'irritation qu'elle sentit dans cette voix ramena Pascaline depuis les hautes régions de l'autrefois où elle s'était laissé entraîner. Elle posa sur Laurent un regard soumis :

— Oh! mon Dieu, non! dit-elle. Je pensais à mon pays, voilà tout.

Laurent la serra jalousement contre lui ;

— Ton pays, c'est ici. Ton pays, c'est le mien. Tu es ma femme.

— Oui, dit tristement Pascaline, mais vous, vous êtes le mari d'une autre.

— Je suis le mari d'une autre, mais toi tu es ma vraie femme. Et tout ce qui s'est passé avant nous dans notre vie, entre toi et les garçons de la Haute-Savoie, entre moi et les filles du Var, c'est rien, ça compte plus. Il y a plus que nous deux, tu comprends ?

— Oui, dit Pascaline.

— Plus que nous deux et le petit. Et celui-là, y sera beau, tu peux le croire ! Y sera le mélange de ta montagne et de mon soleil. Tu crois pas qu'y sera magnifique ?

Il la serrait contre lui de deux bras puissants, noués autour d'une taille abandonnée, et leurs bouches se pressèrent l'une l'autre.

— Viens, dit-il, que c'est peut-être un des derniers soirs où nous sommes sûrs d'être seuls. Cette cabane, c'est le paradis pour moi maintenant.

Ils entrèrent, et leur porte repoussée enferma l'amour dans le cadre de la pauvreté. Dehors, le tournoiement des astres sous le signe du Bélier continuait à essaimer des étoiles.

7

On aurait pu croire que la vieille Tistone était déguisée. Elle ressemblait à un épouvantail abattu. Elle avait attaché autour de son corps une étoffe épaisse. D'un sac, au fond redoublé, elle avait fait un capuchon pointu, sous lequel elle abritait sa tête sans cheveux dans la coiffe blanche. Ses jambes lourdes étaient protégées par des houseaux de vieille toile d'emballage, saucissonnés par des ficelles. A genoux, presque couchée sur une planche qui était jetée en travers d'un petit carré de terre appuyée des deux bouts sur une bordure, Tistone nettoyait un semis de carottes.

C'est un travail. Il faut l'avoir fait, comme cette vieille femme pauvre qui était payée pour le faire, pour savoir quelle besogne pénible et lente ce peut être que d'épiler ainsi, à la main, une masse touffue de verdure, où ne doivent rester que les feuilles frisées des jeunes carottes. Une à une, les doigts engourdis doivent tirer du sol, trempé par l'arrosage récent, la tige fine du chiendent, celle du liseron qu'il faut dérouler des autres, celle du fumeterre qui ressemble si exactement à celle des carottes. Les gros ongles courts sont pleins de terre mouillée, elle monte jusqu'à la main, jusqu'au poignet. Il faut vingt fois se la racler de dessus la peau, avec le couteau pointu qui aide au travail. La tête est lourde d'être penchée vers le sol, la nuque devient dure comme du bois, les reins ne sont qu'une barre raidie, le sang fourmille dans les jambes, où se porte tout le poids du corps, mal équilibré. Tistone avait neuf ans que, déjà, elle allait aux côtés de sa mère délivrer de leurs herbes les vaseaux de carottes ou de laitue. Elle sait la peine que coûtent les fragiles semis que le paysan protège par une vitre ou un paillasson, qu'il entoure de cendres contre l'avidité des limaces, qu'il arrose d'eau légère, qu'il fume de fin terreau et, qu'en une nuit, une heure, un quart d'heure, la pluie soudaine ravage, ou sèche le mistral violent.

Toute sa vie, entre les soins du ménage ou l'allaitement des enfants, elle avait penché ainsi son gros corps mal fait vers la terre, et maintenant elle pensait qu'elle était assez vieille pour se reposer. Mais, elle le savait bien, les pauvres ne se reposent que dans la mort. Là seulement, il leur est permis de faire la grasse matinée et de détendre leurs membres dans la paresse. Là seulement, entre quatre planches qui se pourrissent, quand on n'est plus que la nourriture des vers.

— Alors? dit Laurent, tu es bientôt à la fin?

Il est arrivé derrière elle sans qu'elle l'ait entendu venir. Lui aussi, il a les jambes ficelées dans des bandes de toile et la salissure de la terre monte à ses genoux. Il a sur l'épaule un gros paquet de roseaux.

— Je vais brancher les haricots, dit-il. Quand tu auras fini ici, viens m'aider.

— Bon, dit-elle, sans arrêter son travail.

Un moment après, elle va rejoindre le maître dans le champ, où les haricots font une décoration de lignes vertes, aux feuilles toutes neuves, aux petites tiges souples qui s'enroulent déjà sur elles-mêmes et portent des fleurs, ailées comme des papillons blancs.

Tistone n'a pas songé à reposer sous un arbre ses reins et ses bras. Elle connaît le travail de la campagne qui ne permet pas une seconde de loisir, du lever du soleil à son coucher. Ce soir, peut-être, elle s'assiéra un moment, en tricotant au coin du feu, après le repas, vaisselle faite et salle balayée; ce soir, si elle n'est pas trop lasse, si elle ne tombe pas dans le sommeil au milieu du dernier ouvrage.

Pour le moment, il faut travailler. Elle va droit du semis des carottes à la plantation de haricots. Elle va rejoindre le maître, elle va de nouveau pencher et relever cent fois ce vieux corps dont les seins, qui ont allaité Laurent, ne sont plus que deux outres vides; où tout tombe vers l'appel de la terre.

— Dépêche-toi, crie Laurent, je t'attends!

Il n'a pas de pitié. Le travail passe avant tout. Si Thérèse acceptait, il ferait travailler Thérèse aussi dur. Et si Pascaline était là, il ferait travailler Pascaline. La peine de tous est due à cette terre qui les fait vivre. La vieille pense comme lui et elle hâte son pas pesant.

Pourtant, aujourd'hui, quelque chose est changé. Laurent a rabattu ses bras qui liaient en croix les longs roseaux. Le raphia pend à sa ceinture comme un trophée de guerrier nègre.

— J'ai à te parler, dit-il.

La vieille lève la tête. Elle est de la maison. Elle est comme une parente. Elle a vu partir le père et la mère Michel. Elle leur a, la dernière, mouillé les lèvres et essuyé le front dans le mauvais pas de l'agonie. Elle les a habillés pour le cercueil. Et puis, elle est la nourrice du maître. Mais quand même, lui parler, à elle? Comme ça, avec cette importance?

— Oui, voilà, dit Laurent. Depuis que Nagi est mort et que, là-haut, dans la cabane qui est mienne à présent, il a laissé seule cette fille de Savoie, je suis pas tranquille, tu le sais. Elle est jeune pour faire solitude. Parce que, peut-être tu l'as deviné, c'est une fille que j'y tiens. Une brave fille.

Il se baisse pour ramasser un roseau et le plante en terre d'un geste de conquérant. Tistone cherche les yeux du maître, mais ne les trouve pas. Il les dérobe.

— Naturellement, continuer à faire le charbon là-haut, pour elle, sans homme, il en est pas question. Mais peut-être qu'elle se marierait? Sûrement même, si elle se trouvait quelqu'un. Elle est brave, je te l'ai dit, bonne au travail et courageuse. Seulement, tu comprends, dans cette montagne, loin de tout, pour se chercher un homme à marier quand on ne sort guère, c'est pas beaucoup commode. Alors, j'avais pensé de te demander...

Il se baisse de nouveau, ramasse un second roseau, le croise avec le premier.

— Tiens-les-moi, dit-il, que je les attache.

Elle serre dans leur croisement les deux branches que Laurent lie avec du raphia. Puis il reprend :

— Ce neveu que tu avais, ce fils de ta sœur la plus jeune, qu'elle s'était fait faire par je sais pas qui, quand elle était placée à Nans, du côté de la Sainte-Baume, qu'est-ce qu'il est devenu? Il est toujours garçon?

Tistone écarquille ses vieux regards troubles vers Laurent. Tout tourbillonne dans sa tête : « Ce neveu, ce fils de ma sœur, oui... » Mais quelle idée maintenant de parler de lui? Cette famille, toute sa famille, la pensée en est si loin d'elle. Elle était si jeune quand elle est entrée à La Guirande, veuve, son petit mort à peine né, pour donner son lait au petit d'une autre qui ne pouvait pas nourrir. Elle a tout oublié des siens, son père, sa mère, disparus depuis et toute la séquelle de ses sœurs miséreuses, mariées, dispersées de toutes parts. Mais celle-là, de sœur, cette Toussainte qui a eu cet enfant, maintenant, elle s'en souvient. Elles étaient bien d'accord. Même, étant à La Guirande, Tistone la voyait de temps à autre. D'une place de bonne qu'elle avait prise dans ce village de Nans, au pied de la grande forêt de la Sainte-Baume, elle avait ramené cet enfant sans père, ce neveu dont parle le maître et que les bonnes sœurs de l'hospice où elle avait accouché avaient baptisé Toussaint, du prénom de la mère, et Nans, parce qu'il était né là-haut, à ce village. Et c'est de celui-là dont on vient lui parler aujourd'hui. Au milieu du travail des carottes et des haricots? Ça lui tourne la tête. Et pourtant, il faut répondre au maître.

— Le neveu? Oui, y va bien, je crois. Y s'est pas marié. Il est placé berger vers la source du Gapeau, au château de Chibron. Y a un homme, passant par la vallée avec une charrette de bois, qui m'a dit le bonjour de sa part, l'année dernière.

Tistone pense d'une pensée têtue : « Mais qu'est-ce que le maître veut en faire, de ce neveu? »

Laurent s'est remis à planter en terre et à placer en croix les longs roseaux, et chaque fois Tistone les tient bien serrés, afin que le raphia les attache. Les paysans sont lents à sortir les paroles. Une demi-rangée de haricots se branche ainsi sans que deux mots s'échangent. Au bout du rang, ça recommence :

— Tu comprends, dit Laurent, voilà, j'avais calculé... Oh! comme ça, sans réfléchir plus loin. Ton neveu, il est seul, là-haut, au diable vert, placé chez d'étrangers, et moi je pourrais avoir du travail pour lui, parce que mon idée c'est d'aller dans les Alpes, acheter un bélier et quatre brebis, et de commencer à me faire un troupeau. Entre la colline de Grand-Cap et les prés de La Guirande, y a de quoi faire paître, et pour le berger, il y a la cabane qu'y peut habiter. Et si ça arrangeait ton neveu, la cabane y la trouverait toute meublée et même la femme dedans, s'y veut épouser cette fille de Savoie qui gardait le parrain.

Tistone, cette fois, a trouvé les yeux du maître qui a été son nourrisson et, courageuse comme les femmes, elle y enfonce son regard sans couleur et le pousse au fond des choses.

— Qu'est-ce qu'il y a? demande-t-elle. Y a un petit?

— Oui, dit tout de suite Laurent.

Tistone calcule : « Pas de Nagi, il était trop vieux. D'un garçon de ces hautes montagnes? Non, le maître s'intéresserait pas. De lui, alors? »

Elle ose interroger :

— De toi?

Laurent regarde autour de lui. Au cas où Thérèse... Mais Thérèse est couchée, tranquille dans sa paresse.

— Oui, avoue-t-il.

— Tu es sûr? dit-elle.

— Oui, sûr. Je l'ai eue le premier.

— Tu tiens à la fille?

— Elle est brave, je te l'ai dit.

— Et tu la donnes à un autre?

— Je la donne pas. Mais il y a le petit.

— Tu cherches quelqu'un qui te le baptise?

— C'est ça, tu as compris. Ton neveu, y voudrait pas? J'ai pensé à lui parce qu'un jour tu as parlé qu'il était seul et que tu aimerais lui voir une femme.

— Ça sera guère du bonheur pour lui. Déjà qu'il est d'un caractère un peu sombre, y paraît...

— Je te fais la proposition. Le bonheur, comme tu veux dire, y l'aura peut-être pas, mais je lui donne la cabane et le bien de Grand-Cap en son nom propre, le droit d'y faire le charbon et, en plus, la place de berger. Y me semble que c'est intéressant?

— C'est à voir, réfléchit Tistone, mais il est loin.

— Ecoute, si tu veux, le premier jour de marché, je te mène avec la charrette jusqu'à Chibron, tu lui parles et je te reprends l'après-midi avec la réponse?

— Pour t'obéir et parce que la fille est brave, dit Tistone, je le ferai, mais c'est une commission guère agréable.

— Ça dépend du garçon, si la vie qu'il a chez les autres lui pèse, y sera peut-être content d'en changer?

— Peut-être, dit Tistone. Enfin, je verrai.

Elle est soucieuse de toutes ces combinaisons qui ne lui plaisent guère.

— Tiens-moi les roseaux, dit Laurent, que j'attache. On a les trois derniers rangs à finir.

Ils continuent le travail. Les paroles, encore une fois, se sont tues.

— Et Thérèse? demande tout à coup Tistone.

— Thérèse?

Laurent relève la tête. « Quoi, Thérèse? » Et il répond :

— Quoi, Thérèse? Je pense bien que tu vas pas lui dire? Elle n'avait qu'à m'en donner un, de petit.

— Elle se doutera pas?

— Non, justement, si le mariage se fait vite.

— Tu m'y mèneras mardi à Chibron.

— Oui, comme ça, si ton neveu accepte pas, je verrai à Toulon où je connais quelqu'un.

Il pense à Victorie, qui a un frère veuf, au patron de l'hôtel de La Valette qui voit beaucoup de gens. « Une fille, une belle fille brave, avec un petit dans le ventre, une cabane, quatre empans de bois où on peut charbonner, une place de berger, des moutons, la brebis et même un petit agneau... Qui en veut, qui en veut? Où il est celui qui prendra le bien, en promettant de pas toucher à la fille? Celui qui, étant payé, paiera devant l'honneur du monde le plaisir du fils Michel? »

Maintenant, tout est dit et toutes les paroles sont mortes. Il n'y a même plus à penser, il n'y a qu'à attendre, il n'y a qu'à laisser faire le destin.

Et s'ils se remettent à parler, la vieille nourrice et le jeune maître, ce sera de cette maîtresse plus impérieuse qu'aucune maîtresse de chair; ce sera de cette terre, plus exigeante qu'aucune fille, qui prend l'homme dans son enfance : l'homme, le paysan, son amant. Elle l'arrache à l'école, aux jeux, à l'insouciance, elle en fait ce bâti d'os et de muscles, dur, noir, terreux, cassé, qui usera ses mains, son corps, sa vie, à la fouiller, à jeter en elle une semence que cette capricieuse gâchera tant de fois, avec la complicité des vents et des orages.

Et ainsi, avec l'amour de la terre, avant Pascaline, avant Thérèse, avant le neveu, reviendra au premier plan le seul personnage important de toute l'histoire, parce que, peut-être, ce sera lui qui gouvernera plus tard La Guirande : lui, le fils, le petit qui doit naître, l'enfant de Laurent Michel.

8

Thérèse est assise sur son lit.

Elle se plaît à rester là, sans mouvement, dans une nonchalance qui lui est agréable, elle pense que Laurent, hier, l'a encore bousculée, en répétant qu'il faudrait bien qu'elle se décide à travailler un peu, mais il dira ce qu'il voudra : chez elle, elle n'a jamais fait que ce qui lui plaisait. Sa part, dans cette baraque de La Guirande où tout un côté de bâtiments attend encore d'être relevé, elle l'a apportée avec elle, en bons louis et en bons écus. Ce n'est pas pour la fournir avec du travail. Surtout du travail de campagne : aller arracher l'herbe mauvaise, cueillir les tomates dont le feuillage vous tache les doigts, se remplir les ongles de terre, se baisser et se relever jusqu'à se casser les reins, non merci ! Ce ne serait pas la peine d'être née Thérèse Aiguier, fille riche. D'ailleurs, il faut des plus robustes qu'elle pour supporter tous ces travaux. Et puis, maintenant...

Les doigts paresseux roulent le ruban bleu qui descend sur le caraco de basin, depuis le cou de la jeune femme. Et sous le front où se tordent les cheveux noirs, une pensée se plaît à revenir sur elle-même et un sourire se forme sur les minces lèvres toujours serrées : « Quand elle va dire ça à Laurent... »

Dehors, en fin de juillet, l'été éclate dans toute sa splendeur. Avec ses grandes mains brûlantes, il aide à l'effort des hommes. Il gonfle de sa substance précieuse les épis de blé si serrés qu'ils n'ondulent qu'en masse, tous ensemble, dans le souffle du vent. Il emplit la peau fine de la tomate d'une chair rouge, mouillée d'un sang frais. Il nourrit de sève la tige grimpante du haricot vert, afin qu'il monte en s'enlaçant au plus haut du roseau et qu'il retombe en fleurs blanches innombrables et en longues cosses multiples. Il pousse ses radiations de chaleur jusque dans la terre, pour aller caresser les racines froides des carottes, des navets, des betteraves et les faire s'arrondir et se remplir de pulpe juteuse. Chaque arbre reçoit de lui le don du fruit et chaque herbe le don de la fleur. De cette richesse magnifique et de son dur travail pénible de chaque heure est faite la vie du paysan.

Laurent est dans le bien avec Tistone. Depuis l'aube, ils sont partis cueillir les haricots. Il y en a tellement! Les plantes en sont accablées. Et c'est la même chose pour les tomates. On fera quelques bons marchés et il rentrera de l'argent. Il a pris à Laurent l'idée de se constituer un petit troupeau. Ce n'est pas une mauvaise pensée. Il a demandé cinq cents francs au père Aiguier qui les lui a refusés. « C'est son droit, pense Thérèse, il a donné la dot, ça suffit. Ce Laurent, tant il en aurait, tant il en mettrait dans la terre! » Quand même, son mari s'est débrouillé pour se trouver un berger et s'acheter le bélier-maître et quatre brebis. Et c'est drôle le hasard, ce berger, qui s'appelle Toussaint Nans, il s'est rencontré que c'est le neveu de Tistone, la vieille nourrice. Il était placé dans le haut de la vallée, mais il n'était pas bien, il a préféré venir ici garder à Grand-Cap, où Laurent lui donne la cabane. Et voilà que tout de suite, il s'est entendu pour faire ménage avec cette Pascaline, que Thérèse n'a vue qu'une fois, le jour où elle est venue annoncer la maladie. Et maintenant, il paraît qu'ils vont se marier. Ceux-là, il leur aura pas fallu longtemps pour faire connaissance. Tant mieux, ça en ajoutera deux qui viendront aider à La Guirande pour les moissons, la cueillette des cerises ou la vendange et, comme ça, Thérèse pourra continuer sa vie de dame tranquille, qui savait pas ce qu'elle faisait, bien sûr, en épousant ce gros paysan. Maintenant... Ah! maintenant!

— Tè, tu es là? dit-elle, qu'est-ce qui t'arrive?

Laurent a poussé la porte de la chambre, avec sa manière brutale. Elle lui regarde les pieds et elle crie :

— Bon Dieu! que tu es sale! Quitte tes souliers dehors au moins. Tu vas me mettre de la terre partout! Qu'est-ce qui t'arrive?

— Je viens me changer, dit Laurent. Après avoir cueilli, je suis allé piocher au bord du Gapeau et je me suis tout trempé.

— Lève-toi les souliers d'abord, commande de nouveau Thérèse, puis tu trouveras tes choses dans l'armoire.

Intimidé, Laurent reste sur le seuil et pose dehors

les grosses chaussures cloutées, engluées de boue. Sur le pas de ses chaussettes épaisses, il entre et va vers l'armoire qu'il ouvre à deux battants. Comme un homme, il commence à tout mettre en désordre et ne sait rien trouver. Cependant ses chemises sont là, bien rangées, les unes par-dessus les autres, parce que pour l'ordre et le soin du linge, il n'y a rien à dire à sa femme. Pour se laver la peau et se passer les rubans dans les trous-trous, elle est forte. Elle aime mieux ça que d'aller dans le bien.

Laurent regarde le bel arrangement : la pâte crème des draps s'arrondissant en piles régulières comme un gros gâteau de fête, ses chemises, ses tricots, ses chaussettes, et à l'étagère du milieu, les dessous de Thérèse, dans lesquels elle laisse toujours trois épis de lavande noués d'une faveur. Tout cela lui apparaît comme un monde où il n'a pas le droit d'entrer, avec ses dures mains calleuses qui accrochent les dentelles. Chaque fois qu'il ouvre cette armoire, il lui vient un énorme respect pour le linge, les vêtements, la famille, la richesse de Thérèse Aiguier. Et chaque fois il se sent gonflé d'orgueil, ainsi qu'il l'était, cette nuit de décembre claire et froide, où revenant d'emporter une promesse de mariage, il a ramassé sur le talus, dans des ronciers, une fille des pays lointains.

Ce matin, où il entre ainsi, apportant l'odeur de la campagne dans la chambre que Thérèse parfume d'aspic, il pense à se changer, à se mettre dans des vêtements secs, il pense à cette grasse terre pleine de lombrics sous chaque motte, qu'il vient de remuer au bord du Gapeau, là où tous les janviers fleurissent les narcisses et les jonquilles sauvages. Il pense que dans ce triangle, toujours humide et si facilement arrosable, il pourra semer les épinards d'hiver qui se vendent bien et qui viennent tout seuls. Il ne pense pas à Thérèse, parce qu'il ne l'associe jamais à ses travaux, sauf quand il aurait besoin de cet argent que le père Aiguier se refuse à donner. Il ne pense pas non plus à Pascaline, il faut bien le dire. Pascaline est là-haut, dans cette cabane où il lui a amené, il y a trois mois, le garçon qu'il est allé chercher, ce Toussaint Nans, pour qui elle fait à présent la cuisine, comme elle la faisait pour Firmin Guirand, dit Nagi, comme elle la faisait auparavant pour Hubert Carlioz et bien plus avant dans les années, pour sa mère et son frère, à La Jouvaine. Et samedi qui vient, Pascaline Arvin-Bérod prendra le nom de Mme Nans et le petit qui naîtra dans quelques mois, ce sera Pascal Nans. Michel a promis d'être parrain, alors on appellera aussi le petit : Laurent et aussi : Albin, pour faire plaisir à Pascaline. Tout s'arrange. Quand Laurent monte à Grand-Cap, il est toujours accueilli par le large visage clair de la brave fille. Nans est sur la pente de Bramafan où il mène, à travers les cistes, le troupeau du maître. Laurent entre dans la cabane où Pascaline est seule. Ils parlent, ils mangent, ils boivent ensemble. Après ils vont un moment dans la paillère. Puis Laurent se charge du charbon de bois que lui fabrique Nans et il redescend vers La Guirande, là où sont vraiment, quoi qu'il en dise, son vrai bien, sa vraie maison et sa vraie femme.

Maintenant qu'il s'est changé, en réfléchissant à tout ça, il la regarde, sa femme, Thérèse Aiguier, la fille de riches. Il trouve qu'elle a un drôle d'air, un air comme de se moquer de lui, mais gentiment.

Et ça l'étonne, parce que d'habitude elle a un caractère plus épineux qu'un buisson de roumias. Alors il cherche à comprendre? Depuis quelque temps d'ailleurs, ça va mieux entre eux. Depuis qu'il a assouvi avec Pascaline cette grosse envie de caresses que la sèche Thérèse n'avait pas contentée, il est un peu revenu vers sa femme. Il s'est même rencontré qu'ils aient fait l'amour plus volontiers, entre les beaux draps brodés d'un A et d'un M, encadrés par deux colombes tenant des rameaux de roses. Oui, il y a eu entre eux un certain rapprochement, dont bien sûr il n'a pas parlé à Pascaline, et qui est venu, justement, de cette certitude que Pascaline lui a donnée, qu'il est un homme qui peut plaire. Cette certitude, il l'a apportée dans le lit de sa femme, et il a senti que la méchanceté de Thérèse fondait dans ses bras.

S'aimer? C'était beaucoup dire. Il aurait fallu que ça vienne tout de suite et ça n'était pas venu. Lui, il l'avait prise pourquoi? Pour le carnier que les parents Aiguier cachaient, disait-on, plein de napoléons d'or. Elle, elle l'avait pris par orgueil, parce qu'à cette vogue de Belgentier, il était le plus beau garçon de tous et qu'il se jouait des autres filles et que Thérèse, il l'avait soulevée et fait danser en haut de ses bras.

Maintenant, qu'est-ce qui va rester de ça pour remplir la vie? Eh bien, tout de même ici, La Guirande, qui remontera, saison après saison, du bas de sa misère ancienne, puis le travail, les beuveries à Toulon au hasard des marchés, l'argent qui rentrera, les visites à la cabane de Grand-Cap où la brave fille blonde le recevra bientôt, avec collé contre elle, un petit morveux qui lui rira, à lui, le parrain, qui lui bavera sur les mains et qu'il fera sauter en l'air sous le gros soleil : « Son petit ». Sans le savoir même, il lui sourit d'avance. Plus tard, il l'imposera comme étant son fils. Il lui donnera sa place de droit à La Guirande. Tant pis pour Thérèse après tout, puisqu'elle ne sait pas en faire.

— Mais qu'est-ce que tu as? demanda-t-il à sa femme. Tu me regardes d'un drôle d'air?

— Viens ici, elle dit. Approche-toi de mon lit.

Il approche. Elle le tire à lui, elle colle sa bouche contre l'oreille de Laurent :

— J'ai quelque chose à te dire.

Oui, elle va le dire. Ce secret que dans son instinct de propriétaire elle aurait voulu se garder à elle toute seule, enfermé dans sa petite tête, comme elle enferme ses riches broderies derrière ses dures portes d'armoire, oui, elle va le donner maintenant à cet autre qui est son mari, non par bonté, non par amour, mais par orgueil, pas plus. C'est Thérèse Aiguier.

Dans les cheveux durs de l'homme, d'une petite voix sèche et fière, elle souffle :

— Tu sais, je suis enceinte.

9

Pascaline regarde le calendrier accroché contre le mur de la paillère dont elle a fait une chambre. Pour leur mariage, Nans a acheté un lit, Laurent leur a donné une vieille commode ventrue, la table et les chaises du parrain. Pascaline regarde le calendrier et elle pense qu'il y a un an maintenant, elle s'enfuyait la nuit, comme une folle, de la maison des Carlioz, pour venir tomber de lassitude dans ce taillis où Laurent l'avait ramassée.

Un an. Que de choses changées dans un an. La

Jouvaine, la ferme des Arvin-Bérod, Albin, Suzanne et Jean-Baptiste, Saint-Geoffroy, à l'hôtel de *La Croix d'Or*, Mme Lisa et son petit, qu'on a mis ensemble dans le même cercueil.

La certitude que bientôt son enfant à elle va naître ramène Pascaline vers cette période de sa vie où elle assistait de sa jeune force une femme fragile et douce, chargée de grossesse. Et s'enfoncer dans le passé devient un douloureux plaisir.

La mort d'Albin, non, ça, la mort d'Albin, c'est trop sensible. On ne peut pas y toucher encore, ça fait trop mal. Mais avant... et après, quand elle a accepté de se placer à Saint-Geoffroy à l'hôtel Carlioz, pour s'occuper de la jeune Mme Hubert, et du bébé qui devait arriver? Là-dedans oui, on peut laisser courir un peu ses souvenirs.

Quatre fois, à la dernière assemblée, Jean-Baptiste Esminguaud, le fils aîné du chalet des Granges, était venu la chercher parmi les autres pour la danse. Et le lendemain, sur la pente du pré où elle gardait les vaches de sa mère, il était revenu, il avait dit bonjour et il s'était assis à côté d'elle dans l'herbe. Et ils avaient ri et ils avaient parlé et Pascaline avait honte d'elle à sentir que ses yeux brillaient trop et cherchaient trop souvent ceux du jeune homme. A propos du prochain mariage de Suzanne de Sur-les-Monts avec Albin, Jean-Baptiste avait dit que si l'on était deux ménages pour faire les fruitiers, dans la bonne saison, à l'inalpage de Croix-Maudite, on pourrait se ramasser de l'argent. Pas cette saison-ci, bien sûr, c'était trop tard, mais pour la prochaine, c'était une chose à réfléchir.

Et puis, le temps de l'inalpage arrivé, Albin et Jean-Baptiste étaient partis avec les bêtes et alors Albin... Non pas ça, pas ça, c'est trop terrible. Avant... Avant...

Eh bien, avant, Pascaline est allée se placer à l'hôtel de *La Croix d'Or*, parce qu'elle voulait ainsi gagner un peu d'argent pour s'acheter un beau trousseau, pour épouser Jean-Baptiste.

La première fois où Pascaline avait fait sa vraie connaissance de Mme Lisa, la femme d'Hubert Carlioz, fils des hôteliers, l'orage, depuis la nuit précédente, écrasait la vallée du Giffre. La veille, il faisait une matinée éclatante d'août. Jamais les ruisseaux et les cascades, délivrés depuis deux mois des glaces hivernales, n'avaient chanté avec plus d'allégresse et brassé plus de paillettes de lumière dans leurs eaux. Vers deux heures, comme d'habitude, là-haut dans un creux de dent de la Lanche, une buée légère s'était formée. Elle s'était élevée, elle s'était roulée sur elle-même, amplifiée, elle avait rejoint d'autres pucelettes comme elles, qui étaient devenues aussi d'énormes matrones mamelonnées. Du côté de la cascade du Rouget surtout, le ciel était devenu violet à force d'être noir, empli à crever de nuages pesants. Et ça avait commencé sur Salvagny, sur Sixt, sur Les Vallons. Et c'était venu sur Samoëns et Saint-Geoffroy par le courant d'air de la vallée. Le premier éclair avait déchiré l'horizon d'un bout à l'autre et le premier tonnerre était tombé comme un chargement de planches. Puis ça s'était calmé. Puis le lendemain, au matin, ça avait repris.

Pascaline, paisible et habituée, aurait continué tranquillement sa vaisselle, au lavoir sous le hangar de la cour, si Mme Carlioz mère ne l'avait appelée dans la cuisine pour lui mettre dans les mains un pot de faïence et un bol, en lui disant d'un air énervé :

— Tiens, monte ça à Mme Lisa.

Une large nappe de lumière verte était entrée avec

elle dans la chambre et aussitôt le bruit d'un tonnerre avait claqué. Mme Lisa, qui était assise sur son lit, avait jeté ses mains devant ses yeux et à travers ses doigts minces, des larmes avaient coulé.

Hubert Carlioz était là qui regardait sa femme avec pitié :

— Ma pauvre Lisa, tu auras donc toujours aussi peur?

— Vous vous écoutez trop, ma fille, avait dit la sèche voix de Mme Carlioz mère.

Contre les vitres de la fenêtre ouverte, les rideaux s'engouffraient entre les deux battants qui se fermaient et se rouvraient violemment. De nouveau, l'éclair livide inondait la pièce, emplie d'un grondement puissant.

— Je vous en prie, avait supplié Mme Lisa, maman, ne restez pas sur la porte. J'ai si peur du courant d'air!

— De quoi n'avez-vous pas peur, ma pauvre fille? avait dit Mme Carlioz mère, d'un ton méprisant. Sans vouloir vous froisser, Hubert aurait mieux fait de prendre femme à Saint-Geoffroy qu'en Provence. Nos filles sont plus courageuses.

Haussant les épaules, elle avait ajouté :

— Moi, ma foi, je lui ai dit : « Tu peux t'y marier? Marie-t-y. Si t'es malheureux, mon gars, tu t'y prendras qu'à toi. »

— Je ne suis pas malheureux, avait remarqué M. Hubert, ce n'est pas parce que Lisa a peur de l'orage, que je ne l'aimerais pas.

Il s'était approché de sa femme :

— Tu vas déjeuner maintenant. Maman t'a fait apporter du café par Pascaline.

— Bon pour une fois! avait grondé Mme Carlioz mère. S'il fallait monter le déjeuner au lit à tous les clients, le personnel de l'hôtel de *La Croix d'Or* n'y suffirait pas.

— Tout de même pour Lisa ce n'est pas pareil? avait protesté M. Hubert, c'est votre belle-fille. Et puis dans son état...

La vieille madame avait pris une mine pincée :

— J'ai travaillé debout jusqu'à mon dernier jour de grossesse quand je te portais, mais nous n'étions pas des femmelettes de mon temps!

— Maman! avait coupé M. Hubert.

— Je descendrai, avait dit Mme Lisa. Hubert, je t'en prie, demain, je descendrai.

Mais plus éclatant que tous les autres, un éclair avait jailli, découpant une fenêtre de feu et un fracas de montagne croulante l'avait suivi. Mme Lisa, poussant un cri nerveux, s'était jetée sur la poitrine de Pascaline qui était la plus proche d'elle.

— Pitoyable! avait dit Mme Carlioz mère. Tout ça se passe sur le Criou, à quinze cents mètres au-dessus de nous. La foudre n'est jamais tombée sur Saint-Geoffroy. Elle ne commencera pas aujourd'hui.

Elle avait hoché sa longue tête de cheval, en remontant ses épaules au-dessus d'un corsage de satin noir, dont le col baleiné, orné de perles, lui faisait un cou raide d'échassier. De derrière les lunettes, deux yeux durs avaient fixé son fils :

— Tu descends, Hubert? avait-elle commandé. Ton chocolat est servi en bas avec le nôtre et ton père nous attend. Je ne pense pas que tu veuilles déjeuner au lit comme une fillette?

M. Hubert s'était penché pour embrasser sa femme, mais le regard moqueur de sa mère arrêtant son geste :

— A tout à l'heure, avait-il dit seulement.

La fermeture de la porte avait fait battre de nouveau les vitres et danser les rideaux. Et enfin, Pascaline et Mme Lisa avaient été seules. Alors, avant de boire son café, la jeune femme avait écouté le bruit semblablement lourd des pas jumelés, dans la descente de l'escalier. Puis, se rejetant contre son oreiller, elle s'était librement abandonnée à son mal. Ses larmes, contenues jusqu'à présent, avaient mouillé son visage. Sur la contraction de sa poitrine, elle avait pressé deux mains glacées et un frisson avait fait claquer ses dents. Pascaline ne savait pas comment calmer tant de désordre :

— Pauvre madame, avait-elle dit, vous craignez donc bien l'orage? Mais aussi, ils sont fous de vous laisser comme ça ouvert partout!

Sur les battants qui s'emboîtaient mal, elle avait posé à plat sa large main et le bois s'était fait obéissant. Et tournée vers Mme Lisa, elle avait voulu que son sourire fût aussi comme une grande main large, qui savait mettre l'ordre dans les choses. Et sa voix avait été la rivière paisible qui coule là où elle doit couler. Elle avait dit :

— Buvez votre café. Et la prochaine fois que j'irai chez ma mère, je vous apporterai du beurre de La Jouvaine et aussi du miel depuis chez nous. Mais vous le cacherez, que Mme Carlioz mère ne le voie point. Et vous le mangerez.

— Tu sais, je n'ai pas très faim, avait dit Mme Lisa.

— Vous le mangerez, avait répété Pascaline, ça vous donnera de la force. Il est si bon, il goûte la noisette.

Mme Lisa, la regardant avec des yeux où des pleurs restaient encore pris dans les cils, avait dit :

— Que tu es gentille pour moi, Pascaline! Pourtant tu ne me connais guère?

Pascaline avait répondu :

— Ça m'a suffi pour vous prendre en amitié.

Mme Lisa avait bu son café, puis elle avait demandé :

— Tu as des nouvelles de chez toi?

— Oui, justement, de toutes fraîches. Notre voisin, l'Agénor Mathonnex, est venu hier depuis les Hautes. En ramenant son herbage, il s'est arrêté ici et j'ai su que ma mère allait bien. Elle fouène de ce moment, la pauvre vieille, elle aurait bien besoin de moi. L'Agénor lui a aidé, il est bien obligeant. Mon frère Albin est au pacage sur Croix-Maudite avec Jean-Baptiste Esminguaud.

— C'est ton fiancé? On m'a raconté..., avait interrogé Mme Lisa.

Pascaline se souvient quelle source de sang avait rougi son visage de fille neuve. Elle était retournée vers la fenêtre :

— Le mauvais temps est fini pour aujourd'hui, avait-elle dit.

— Oui, mais demain? avait gémi Mme Lisa. Après-demain? Tous les jours. Oh! quel pays! Jamais je ne m'habituerai.

Pascaline, debout contre les vitres, ayant regardé sa haute montagne hérissée par un revêtement de sapins sombres, où brillait parfois dans le clair d'une prairie quelque chalet à tuilettes de bois, avait avoué :

— Il faut y être née. Vous, ce n'est pas pareil. Je vous ai entendue dire qu'à Méounes, à la porte de votre maison, il y a deux orangers qui font fleur et fruit en même temps et que vous cueillez vos cerises au début de mai. Alors, comment pourriez-vous vous plaire ici? Et moi, qui de toute petite, ai eu la neige et le temps méchant, j'aurais peut-être difficile à m'en passer.

Oui, elle avait dit ça, et pourtant voici qu'à présent elle y était venue dans cette Provence, qui lui paraissait alors si lointaine. Un mois après cette conversation à l'hôtel de *La Croix d'Or*, après la mort d'Albin, après l'abandon de Jean-Baptiste, elle avait suivi jusque dans cette vallée du Gapeau, si différente de sa vallée du Giffre, la peureuse et douce Mme Lisa, qui allait mettre au monde un enfant. Et l'enfant était né. Et la jeune femme était morte et l'enfant était mort aussitôt né, avec sa mère. Et pressée par le désespoir d'Hubert Carlioz et lourde elle-même de son propre désespoir, elle était restée avec le veuf, pour passer des journées entières à l'entendre lui parler de sa femme et de son bonheur perdu.

Les journées... elle les aurait supportées, ces journées de tristesse et de solitude, enfermée avec un homme écrasé par sa peine, tandis que les premières pluies d'automne rafraîchissaient, autour de la maison de Méounes, les platanes jaunis du boulevard. Mais l'hiver était venu : décembre et avec lui plus de tristesse et plus de solitude encore. Et à la fin de tout, cette folie soudaine des sens, chez le mari privé de sa part d'amour et qui, à sentir tout près de lui cette fraîche fille en belle chair, s'était affolé jusqu'à en perdre la raison.

Et il avait fallu fuir, au petit matin, comme elle l'avait raconté à Laurent. Et le destin avait voulu qu'auprès de ce taillis de ronces où elle s'était cachée, cette nuit-là, un garçon passât. Il y avait un an maintenant. Oui, le calendrier qui était là pendu, disait bien qu'il y avait un an. Un an que La Jouvaine, la ferme des Arvin-Bérod, Albin, Suzanne et Jean-Baptiste, Saint-Geoffroy, l'hôtel de *La Croix d'Or*, Mme Lisa et son petit né, né tout glacé, qu'on a mis ensemble dans le même cercueil; un an que tout ça est tombé dans le trou de l'autrefois, qui doit être, dans le coin du grand univers, pareil à celui du fond du cimetière, où on jette les vieilles couronnes et les fleurs pourries.

Un an, et maintenant une nouvelle vie se prépare. Une nouvelle vie qui connaît déjà, avant d'être formée en plein, la lâcheté et le mensonge des hommes. Un enfant qui appellera père celui qui ne l'est pas et dont le vrai père sera pour lui un étranger. Un enfant qui ne saura pas ce que sa mère a résigné de fierté et de joie afin qu'il porte un nom, après le seul prénom diminué du sien, qu'elle lui aurait laissé. Un enfant qui connaîtra Toussaint et Pascaline Nans, ses parents, mais qui jamais, jamais n'aura su le vrai visage de celle qui fut Pascaline Arvin-Bérod.

Un an et tout ce passé d'elle qui déjà est mort, quand cette nouvelle existence commence à vivre dans sa chair.

10

Les deux garçons sont nés à quelque soixante jours de distance. Le diable à queue de singe qui court à travers le monde, portant au bras le lourd panier des complications, plein de fruits qu'il jette parmi les gens, un de ci, un de là; ce diable a bien travaillé cette fois. A peine un fruit est-il à terre, un fruit rose, un fruit bleu, un fruit glacé de mauve, un fruit ravissant qui a l'air si bon, que, de sa pulpe écrasée sort un gros ver, un ver gras, plein de graisse blanche, qui marche en faisant un dos rond, un dos plat, un dos rond, un dos plat, et ainsi glisse et fait sa route et entre se loger dans le cœur de quelqu'un. C'est lui, c'est le ver des complications. Il est entré dans le cœur de Laurent. Deux enfants lui sont nés de ses deux femmes. Presque en même temps. Il criait sur les toits : « Un petit, un fils, un héritier! » Tout d'un coup il en a deux. C'est comme ça.

Le premier a ouvert les yeux dans une cabane de charbonnier, sur le flanc de cette montagne qui se dresse ainsi qu'un grand cap, au-dessus de la vallée. La vieille Tistone était là pour aider à la naissance, mais tout s'est fait presque seul. L'accouchée courageuse et son mari silencieux ont accueilli avec simplicité ce nouveau-né qui ne pleure pas. Emmailloté dans des langes usés, couché dans une corbeille à cerises, sur une paillasse de fayard, il commence à ouvrir des yeux bleu clair comme ceux de sa mère, sur ce monde nouveau.

Tistone frotte dans l'eau de la citerne, sur une pierre plate, le linge sanglant. Il a fallu ce matin casser la glace pour rincer les draps, dans le bassin d'où suinte une eau rougie. Un homme est entré dans l'injustice humaine. Le rude mistral de l'hiver emporte dans la colline les feuilles mortes des chênes, en funèbre cavalcade, Pascaline s'est endormie, épuisée par l'effort d'avoir créé. Quand elle rouvre les yeux, elle voit auprès de sa couche cette vieille femme dont la raison d'être est de servir et qui sert à présent cette accouchée, comme elle a servi celle qui a mis Laurent au monde, comme elle servirait, si elle savait vivre plus de cent ans, toutes les filles et toutes les petites-filles en gésine de la descendance Michel. De temps à autre, la bouche sèche serrée dans les plis du visage s'ouvre pour parler et Pascaline écoute.

Mieux que par le parrain Nagi, elle apprend par Tistone, cette Fleurie Guirand qui, dit la vieille, « aurait aimé, ma fille, à te voir auprès de son fils, plutôt que celle d'en bas, la damisellô à manières qui connaît pas le travail. Parce que, notre Fleurie, tu sais, c'était la fine crème du lait. Belle à être la favorite d'un roi, tout son orgueil, elle le mettait dans sa maison. Nous étions des amies de catéchisme. Quand elle a connu ce Vincent Michel, fils d'une famille du pays, mais parti depuis longtemps courailler le monde, ça lui a levé la raison. Y faut avouer qu'il était beau, si beau qu'elle! On l'appelait « Michel Belle Quique », c'est pas moi qui t'en expliquerai le pourquoi, à toi qui viens de faire un petit. Elle lui a apporté La Guirande et lui, y lui a donné notre Laurent. Seulement, y semait aussi des enfants par ailleurs, elle l'a su, notre maîtresse, elle en a souffert et le lait lui a tourné. Alors moi, mon garçon étant mort juste de cette époque, j'ai nourri le sien, voilà comme ça s'est trouvé. »

Pascaline écoute et rêve un peu à cette belle-mère qu'elle voudrait encore vivante pour l'aimer. Toute sa vie, elle gardera le regret de ne pas l'avoir connue, si bonne et si belle. Bien souvent, plus tard, pendant sa maladie, elle en parlera à son fils. Et ce fils, devenu homme, en parlera à sa femme et à ses enfants. Et ainsi, longtemps encore, Fleurie Guirand continuera à vivre, malgré la mort.

Quand Nans revient du bois, elles se taisent. Les femmes se racontent bien des choses que les hommes ne sauront jamais. Celui-là surtout, qui ne comprend rien à son nouveau destin, regarde sa tante, regarde sa femme, s'assied près de l'âtre bas, fume sa pipe et songe.

L'enfant est baptisé : « Pascal, Laurent, Albin,

Nans ». Pascal, du prénom de sa mère, Laurent, de celui de son parrain, Albin, en souvenir de son oncle mort et enfin Nans, du nom de celui qui pour tous est son père.

La vieille Tistone a été marraine, parce qu'il n'y avait personne d'autre. Elle, Laurent Michel et Toussaint Nans ont monté le petit jusqu'à la chapelle de Bramafan. Pascaline est restée seule avec les deux chiennes de La Guirande, Pimpante et Michelle, la première qui est d'en bas et qui avait suivi le maître, la deuxième, que Laurent leur a donnée pour garder les moutons. Elle écoute la bourrasque courir à travers les bois. Elle pense à son enfant et comment il entre dans l'existence. Elle est trop ignorante pour savoir qu'il est né sous le signe du Capricorne, ce vingt-trois décembre, presque au jour de Noël. Sinon, elle aurait davantage peur encore du destin qui pèse sur lui et qui le rendra : « Econome, frugal, trouvant une joie à se priver, endurant, consciencieux, d'une extrême susceptibilité. Vieux avant l'âge, pensif dès l'enfance, il aimera la solitude. Il aura le sens des responsabilités. Il sera modeste. Il inspirera confiance aux autres, mais il n'en aura pas en lui-même. Aussi n'encouragera-t-il pas la chance qui n'aime pas les pessimistes (1). »

Pascaline ne saura pas tout cela, ni que son fils sera prédisposé aux chutes physiques, comme celle qui a tué Albin, dans la montagne du Criou. Elle sait seulement que le petit, en ayant deux pères, n'en aura point et qu'elle doit, plus qu'à un autre, toute la chaleur de sa tendresse à cet enfant qui ne saura jamais, non, jamais, ce que Pascaline Arvin-Bérod a résigné de fierté et de joie pour lui donner un nom.

(1) « Almanach des Etoiles », Maurice Privat.

Le second garçon, celui de Thérèse, arrive sur terre en criant. Il criera toute sa vie. Sa mère crie pour le mettre au monde, entre les parents Aiguier, pompeusement affolés, Laurent Michel, gonflé d'orgueil et, toujours à sa place, la dernière de toutes, la vieille Tistone, qui est là pour laver les linges souillés et dont personne ne sait ce qu'elle pense.

Thérèse trône sur son lit de parade, sur ses oreillers brodés, sur ses trois matelas de femme riche, sous sa grande couverture toute fleurie en roues de mer au coton blanc, tricotée au crochet sur un transparent rose, retenu par quatre gros nœuds de rubans aux angles.

L'enfant tout neuf est enfoui dans de chauds lainages apportés par la grand-mère Aiguier, avec le berceau sculpté, à petites colonnes, à flèche de bois d'où tombe un tulle léger, bordé d'une dentelle aux fuseaux.

Les amies de Belgentier sont là. Elles ont apporté le paquet de « langues de chat » légères à l'estomac, la bouteille de vin cuit pour remonter les forces, le pot-au-feu, avec le becqué de mouton et l'os de veau, qui rafraîchit le sang des accouchées. Les voisines de La Guirande, voisines de campagne, venues des fermes égaillées au long de la rivière, ont fait la visite d'amitié avec le don d'une poule, d'un toupin de lait caillé, d'une vestette de laine pour le petit.

Auprès du lit, les verres, débordant de café et de marc, poissent la table d'où le père Aiguier les enlève, pour les offrir aux visiteuses. Et Laurent, qui crève de plus en plus d'orgueil, sort sur la grande terrasse, pour s'emplir la poitrine d'air.

C'est le 20 février. Son autre fils, celui que Pascaline lui a donné, a déjà deux mois. Il se porte bien, il est sage. Laurent monte le voir parfois. Il n'a pas toujours du temps. Demain, il apportera à la cabane les dragées de la fête d'ici, de son autre fils d'ici, de celui qu'on vient de baptiser « Firmin-Laurent-Antoine Michel » : Firmin en souvenir de Nagi, Laurent comme son père, Antoine pour faire plaisir au grand-père Aiguier. Lui et sa femme ont été parrain et marraine et, en cet honneur, Laurent espère bien leur tirer quelques sous, pour planter un verger de pommiers.

20 février. Cette naissance est sous le signe des Poissons : Firmin Michel « aimera les couleurs brillantes, les bonnes choses à manger, les sommeils copieux. Il aura la conscience élastique pour se juger. Secret et menteur, méfiant, refermé sur lui-même, soudain il se laissera emporter par son expansion. Poète un peu, mais d'autre part, matérialiste, non timide, il regardera la vie en face, avec de gros yeux pleins d'éclat. Il l'affrontera avec un corps dur, musclé aux bras et aux jambes. Il aimera être écouté quand il parlera, il appréciera l'honneur de fréquenter de plus élevés que lui. Il fera sans doute un mariage intéressé, protégera sa famille qu'il souhaitera nombreuse, en lui faisant sentir le poids de ses sacrifices et de son autorité (1). » Ce sera un homme fort.

Mais personne, pas plus Laurent Michel que Pascaline Nans et que Thérèse Aiguier, ne songe à demander à la connaissance des astres ce qui sera la part de ces deux âmes, enfermées par eux dans des corps terrestres. Ignorantes, elles commencent leur cycle, parmi les destinées qui dans le ciel de l'avenir

(1) « Almanach des Etoiles », Maurice Privat.

se font, se défont, s'enlacent et se séparent, se soudent l'une l'autre, ou retombent, brisées.

Deux enfants sont nés. Fragiles et résistants comme des infusoires, ils sont dans la puissante main de la vie. On les a posés là en toute irréflexion. Si la main dure se ferme, ils sont écrasés.

NANS

1

Dix-huit fois depuis ce temps, la grande force mystérieuse qui gouverne l'univers a levé la vanne en haut de la vallée du Gapeau. Et dix-huit fois, une fois par an, le fleuve des cerisiers en fleur a coulé, bouillonnant torrent de bouquets roses, entre les rives vert cendre des oliviers.

C'est la semaine après Pâques. Le mûrier de Chine se tire, pour son plaisir, un feu d'artifice. Ses chenilles en petites graines mûres font éclater sous le soleil mille explosions silencieuses. Silencieuses? Qui sait? Si on écoutait bien, si on écoutait avec assez d'attention, de cœur? Si on avait la finesse de tendresse nécessaire pour entendre le grand soupir de la graine qui défaille de maturité, tombe en amour, s'ouvre et se donne? Alors, on entendrait passer les minuscules nuages de pollen, qui s'en vont en légères fumées sur l'aile d'un vent ami, s'en vont, chargés de semences qui veulent créer d'autres mûriers de Chine.

Si on l'avait, ce sentiment de l'oreille, les graines, on les entendrait aussi mourir : entre les arbres, il y a un carré d'un mètre où quelqu'un a semé des pensées. Le terreau a dû être mal composé. Il est sec, nu, dur comme du ciment. Au milieu, à un bâton planté, on a attaché le sachet de papier vide. Dessus, en peinture, il y a la belle image d'une énorme fleur triangulaire, encadrée par ces mots : « La Magnifique. Pensée à grande fleur variée ». L'image peinte est la seule éclosion vivante. Les graines semées se sont séchées. Personne n'a eu assez d'attention de cœur pour les entendre mourir.

A côté de l'étroit cimetière de pensées, la bordure d'œillets mignardises est un déroulement luxueux de dentelles de femme. Sur les iris de soie violette, les jeunes escargots tracent des rayures d'argent. Sept tout petits se sont endormis côte à côte, sur le bord vert, strié en long, d'une route de feuille. Une mère promène son enfant grimpé sur elle, tout heureux là-haut, tout neuf et innocent, qui bave. Sur la touffe de lis, les rondes catharinettes rouges s'accouplent, et déjà elles ont déposé à l'abri, bien rangés l'un auprès de l'autre, leurs minuscules œufs couleur de corail.

Une chenille, tombée dans une cloche à melon, use contre la paroi toute la force de ses ventouses. Elle mouille le verre, elle laisse en passant sur lui une longue traînée de fils rebouclés sur eux-mêmes, elle tente de le mordre d'une bouche rageuse, elle envoie autour d'elle ses antennes divinatrices, à droite, à gauche, en haut, tordant son corps gras, jaune d'or, où dix turquoises brillent d'un extraordinaire bleu pur. Elle cherche le salut, puis elle retombe épuisée, se couche en rond comme un chien malade, au fond du vase de verre, qui pour elle est un monstrueux monde ennemi.

Le sang remonte dans les veines de la terre. Entre l'eau et le soleil, l'herbe a de quoi vivre. Elle s'applique à couvrir le flanc vallonné, qui vers l'est s'étend de La Guirande au Gapeau. En haut, la grande maison avec sa cour dallée s'abrite derrière le portail au cintre de pierre, où le premier Guirand qui a fait dresser la bâtisse neuve a gravé la date : 1718. Une grosse plante de ravenelle s'est débrouillée pour se nourrir de l'air et, de là-haut, elle jette à chaque printemps des poignées de pétales en velours fauve.

Dans la cour, là où deux dalles s'étaient descellées, Laurent Michel avait planté un baliveau de tilleul, quelques jours après la naissance de son deuxième fils qui a dix-huit ans. L'arbre est toujours robuste et chaque année on fait sécher ses fleurs blondes, dans la pièce de derrière.

L'arbre est bien vivant. Laurent Michel est mort.

Avant d'avoir pu planter d'autres arbres. Avant d'avoir pu semer d'autres enfants.

Sa charrette, un jour, a versé dans un chemin étroit, que soutenait mal un mur travaillé par les eaux. Le cheval s'est abattu. Et le chargement de pierres, justement préparé pour relever ce mur écroulé à d'autres endroits, est tombé dans le champ au-dessous. Laurent, qui avait pu sauter de côté, s'était quand même abîmé quelque chose dans les reins. Il a résisté un an, puis la souffrance l'a tué. La force de l'homme et les forces de la nature, ça fait deux. Thérèse, blessée depuis la naissance de son fils, languit dans un lit et pleure tous les jours comme font les femmes malades. Pour la vieille Tistone, il y a longtemps qu'elle n'est plus qu'un petit paquet d'ossements légers au creux d'un trou, au cimetière de Solliès. Au cimetière de Belgentier, c'est le père Aiguier, dont on a emporté le corps pourri avant la mort, par ce qu'on a reconnu être le mal honteux.

Il s'en passe des choses pendant dix-huit ans.

Donc, avec les deux jeunes gens, il reste à La Guirande, Thérèse, toujours dans la chambre, avec sa mère veuve qui la garde. Dans la cuisine, une femme qui s'occupe de tout : Pascaline.

La batterie de cuisine, en émail bleu vif, décorée d'une grande fleur bleu pâle et de trois petites fleurs roses, est recouverte d'un tulle blanc contre les mouches. D'un côté, il y a le râtelier de bois avec quatre fusils. De l'autre, sur le dessus du placard, une trentaine de pièces de savon qui sèchent. Fixée par quatre épingles, près de la cheminée, une gravure coloriée : paroles de la Sainte Vierge : « Ayez confiance, mes bons enfants, ceux qui écouteront la voix de mon fils seront sauvés... » L'image montre un paysage de saules et de cascades, devant lequel une Vierge, empaquetée de bleu, parle à un petit garçon et à une petite fille vêtus de pèlerines, coiffés de toques, avec chacun un bouquet rond dans la main.

La lourde table de ferme, en bois brillant, tient toute la place. Pascaline passe un chiffon sur cette table qui vient d'être salie par le déjeuner du matin. Puis elle sort, elle revient, elle apporte l'eau au-dehors, dans un arrosoir qui mouille ses jupes épaisses et elle brasse des feuilles vertes dans l'eau claire. Elle va préparer le repas, après elle ira soigner les poules pendant que ça cuira. Dès le petit jour, Firmin Michel et Pascal Nans ont gouverné les porcs. Puis Firmin est parti au marché de Solliès, avec un vieux voisin qui vient aider. Et Pascal Nans est allé garder les bêtes sur la pente de l'est, vers le Gapeau. Ce n'est pas le moment de négliger le troupeau, chaque jour des brebis mettent bas.

Maintenant, Firmin et Pascal, c'est Michel et Nans. Michel, l'héritier du nom, du domaine, le fils du maître mort, le maître désormais. Nans, c'est le fils du berger Nans. Tant que son père a été là, on l'appelait « petit », puis on l'appelle « Nans », oui, mais quand on dit « berger », il sait que c'est lui. Il n'y a que Firmin pour l'appeler Pascal. Et lui, à Michel, dit « Firmin ».

Il a commencé à neuf ans avec Toussaint, à garder le troupeau de La Guirande. Les quatre brebis que Laurent avait achetées ont fait des petits, et ces petits en ont fait d'autres. Le troupeau est devenu important. C'est la seule richesse de ce domaine que Laurent n'a pas eu le temps de rendre prospère. Lui mort, la mère Aiguier garde son argent, elle ne se soucie pas de l'enterrer ici. Si on l'écoutait, elle mettrait dans la jardinière sa fille Thérèse, son petit-fils Firmin, les meubles de la chambre qu'elle a donnés, et elle emporterait le tout dans sa maison de Belgentier, où les gens savent vivre. Ici, pour garder cettre grande baraque et ce bien trop vaste, il suffirait de cette domestique étrangère, cette femme des hautes montagnes, cette Pascaline sur qui, autrefois, on a fait des histoires. Et de son fils, ce berger qui est blond comme sa mère et qui ne dit pas deux mots, pire qu'un sauvage, quand on le rencontre, droit et raide dans sa cape, revenant de la colline, marchant devant le bélier-maître, au milieu des moutons, les chèvres derrière et, courant tout autour, les deux chiens à long poil poussiéreux : Michel et Vigilant.

Les parents Aiguier et leur fille élevée en demoiselle n'ont jamais pris en charge la prospérité de La Guirande. Maintenant, avec Pascaline, il y a deux garçons qui ne savent pas que tous deux ont des droits semblables à être le maître. Ils ne le savent pas, ils mourront peut-être sans jamais le savoir.

Pascaline est devenue une femme lourde et massive, dont les trente-huit ans en paraissent cinquante, à cause de leur solidité. C'est elle qui mène tout. Quelle différence en somme, si elle était la maîtresse au lieu d'être la servante? Le destin a voulu qu'elle prenne ici, à peu près, la place qu'il aurait dû lui donner. Elle pense souvent à tout ça et au temps passé.

Quelques mois après la naissance de son premier fils, Laurent avait décidé que le ménage Nans descendrait habiter à La Guirande. Il avait donné plusieurs raisons : à Grand-Cap le troupeau n'était pas assez bien abrité l'hiver, il fallait lui monter le fourrage, enfin ce n'était pas commode pour le surveiller. La vérité, c'est qu'après l'orgueil de ses couches pompeuses, Thérèse était restée malade dans ses organes fragiles et que Laurent voulait Pascaline auprès de lui, pour contenter sa passion.

Chaque fois que Toussaint Nans entrait dans la cuisine, il trouvait Laurent assis contre sa femme, ou bien il les regardait partir tous deux aux champs, tuteurer les tomates et les haricots, cueillir les petits pois. Ça ne pouvait pas durer. Tistone, vivante, aurait peut-être osé parler raison au maître qu'elle avait nourri de son lait, mais Tistone morte, Thérèse là-haut dans son lit de faiblesse, qui aurait empêché l'entente de ces deux êtres, exactement créés l'un pour l'autre, comme les deux moitiés de l'orange? C'est alors que Nans avait préféré partir. Puis Laurent était mort. Et Pascaline s'était trouvée seule avec les deux fils de cet homme, l'un maître et l'autre valet.

Il y avait donc près de dix-huit ans que le berger était entré au domaine sur les bras de sa mère, et quand Pascaline avait posé son fils à terre pour lui apprendre à marcher, Laurent avait bientôt fait le même geste pour le sien. Les deux petits avaient joué, couru ensemble, s'étaient faits amis, tandis qu'une de leurs mères se soignait, toujours languissante, rongée par un mal implacable, et que l'autre travaillait pour deux, prête d'avance aux plus durs ouvrages.

Ainsi toute une enfance, l'enfance si courte des petits paysans, était passée. Sans école, bien sûr. A ce moment-là, Firmin et Pascal auraient signé d'une croix, s'ils avaient eu quelque chose à signer. Autour d'eux, malgré les efforts de Laurent aidé de Pascaline, La Guirande avait été lente à prospérer, et finalement il s'était rendu compte qu'il avait vraiment fait une mauvaise affaire en épousant cette Thérèse paresseuse et malade, qui lui mangeait en médicaments plus d'écus que ce qu'elle lui en avait apporté.

Sa grosse joie orgueilleuse d'après la naissance de ses fils était tombée. Il n'approchait jamais plus Thérèse comme un mari et Pascaline ne semblait pas vouloir lui donner d'autre enfant. Les jours de fort marché à Solliès, quand il avait rempli son petit sac d'argent, il lui arrivait de pousser par Toulon jusqu'à La Valette, pour retrouver Victorie, la garce brune de sa première jeunesse. Mais c'était sans grande joie, et surtout sans amour. Son amour, la seule qui le gardait, c'était Pascaline, mais tout était trop difficile autour d'eux, trop facile aussi, pour qu'il devînt nécessaire de l'imposer.

Nans, tout d'un coup, s'était engagé dans une armée qui montait vers le Nord, un soir où le vin l'avait rendu lucide. Et, avant de partir, il avait dit à Laurent :

— J'en ai assez de vous voir toujours près de ma femme. Vous êtes le maître, je le sais, mais je croyais de pouvoir supporter et je peux pas. Alors, je m'en vais. La cabane de Grand-Cap, qui vous a servi à m'acheter, qu'elle passe à notre Pascal. Moi, je m'en fous. A la guerre, on tue bien des gens. Si je reviens, nous serons tous vieux, alors peut-être ça pourra s'arranger.

Il n'était pas revenu. Laurent était mort. Et maintenant, les deux garçons de La Guirande ont dix-huit ans.

Firmin était grand, énergique comme son père, noir de poil, de corps puissant, de visage rude, où domine un nez osseux bien construit, ou deux longues lignes vont droit de l'œil à la bouche, où éclate le feu des regards sombres. Dès son premier cri sur la terre, il a été maître. Grandissant, il a commandé tout le monde autour de lui, criant et jurant quand on n'obéissait pas assez vite. Grand travailleur jamais fatigué, aimant sa terre, gros mangeur, buveur de bon vin, coureur de filles, ayant commencé tôt à satisfaire ses appétits de jeune mâle dans les faciles contacts des marchés, il a gardé de sa mère le caractère nerveux; de Laurent et de Thérèse réunis, l'âpre amour de l'argent.

Pascal Nans est tout blond, tout clair, comme si en lui le sang provençal ne s'était pas mélangé au sang savoyard. Ses yeux bleus sont deux lacs calmes dans un paysage bien ordonné, les contours de son visage vont paisiblement vers l'arrondi des joues et du menton. Encadrant les lèvres en belle pulpe fraîche, ils se perdent dans un cou trop blanc, qui ressemble à de la peau de femme. Toute la fraîcheur et la robustesse de Pascaline à son âge revivent dans la jeunesse du fils. Au moral, il est le garçon de Haute-Savoie, froid et pur comme la neige, mais traversé de plus de frissons et d'images que le cours des torrents montagnards, car son père lui a laissé, sous tant de froideur apparente, ce que lui-même ne sait pas encore, la flamme secrète des passions du Sud.

Ces jeunes destinées sont émouvantes. Sources, elles ne sont d'abord qu'elles-mêmes, mais sitôt parues au jour, elles se chargent de toutes les radiations multiples que la terre et l'air leur envoient. Depuis les gouffres d'ombre, elles jaillissent vers les gouffres de soleil. Elles subissent tour à tour la glace et la torride chaleur et leur cours, qui paraît paisible, est un tragique combat pour se continuer. Traversé de reflets, de frissons et d'images, le torrent vital court en avant, comme pressé d'arriver à sa perte. Car c'est sa perte qui est au-devant de lui, quand il se sera usé à nourrir la nature terrestre, quand il se sera enrichi, en échange, des apports de l'air, quand, de source, il sera devenu ruisseau, puis rivière, puis fleuve et, enfin, retournera au néant fécond, perdu et retrouvé dans la vaste mer.

Ainsi est la vie des hommes.

2

— Qu'est-ce que vous en pensez, mère?

— Vas-y, puisque tu es invité et si ça te fait plaisir.

— J'avais dit oui parce que j'y allais avec Firmin, mais vous savez bien que seul, je suis un sauvage.

— Vas-y, ça ne te fera pas de mal de voir un peu des gens.

— Si Firmin était venu...

— Oui, tu répètes toujours pareil, mais justement, c'est parce que Firmin ne peut pas y aller qu'il faut que tu ailles à sa place représenter La Guirande.

Pascaline regarde son fils avec orgueil. Elle le voit clair et beau, tout en lumière.

— Tu peux très bien la représenter, La Guirande, tu sais? Tu ne leur feras pas honte.

— O vous, ma mère, dit Nans en riant, si je vous écoutais, je me prendrais de l'orgueil!

— Vas-y, va, je serais contente de savoir que tu t'amuses.

— M'amuser? J'en sais rien. Ces Toucas, je les connais guère.

— Le père, tu l'as vu bien des fois ici, quand il vient aider. Et il y aura d'autres jeunes de la vallée, d'autres familles : les Resplandin, de Belgentier, les Laurade de Sinssol, les Venel de Méounes. Tout ça, ce ne sont pas des inconnus pour toi?

— Enfin, je vais voir avec Firmin s'il compte toujours m'y envoyer. Mais peut-être, ces Toucas, c'est Firmin qu'ils voulaient à la noce de leur fille, et pas moi.

Nans sort de la cuisine où sa mère débarrassait les restes du dîner. Il monte le large escalier de pierre qui mène au premier étage et qui est plein d'ombre et de fraîcheur, dans cette soirée d'été. Arrivé au palier, il touche une porte et crie :

— O, Firmin, c'est moi!

— Entre, dit une voix.

Firmin est allongé sur un canapé en paille jaune qui semble fait de quatre chaises soudées, et sur lequel on a mis des coussins emplis d'herbe sèche, pour le rendre moins dur.

Nans s'approche.

— Ça te fait toujours mal?

Firmin soulève un pied emmailloté de bandages :

— C'est lourd, ça tape là-dedans.

Nans s'assied sur le bord du canapé :

— C'est bête, ça. Juste de quoi t'empêcher d'aller à cette noce.

— La noce, encore, dit Firmin, je m'en passerai. Des noces, y en a souvent, quoique je te cache pas que je la regrette, mais le plus c'est le travail à faire et je suis là, immobile!

— Pour ça, tu vas pas t'inquiéter? dit Nans. Moi aussi, je suis là.

— Oui, mais tu as bien assez de tes moutons pour t'occuper.

— Les jours sont longs de ce moment. Qu'est-ce que tu voulais faire?

— Ben, je voulais semer les haricots verts dans le grand morceau. Y a les poireaux à repiquer, les plants de tomates...

— Je le ferai, dit Nans. Ma mère me donnera un coup de main et je demanderai au vieux Toucas s'il veut m'aider.

— Ça, c'est une idée, puisque tu le verras à la noce de sa fille.

Nans, embarrassé, reste sans répondre.

— Pas vrai? dit Firmin.

— C'est que, justement, reprend Nans, cette noce, je me demande...

— Tu te demandes quoi?

— Si à la fin, j'irai? termine Nans.

— Mais oui, tu iras. Pourquoi tu irais pas?

— Je me demande. Ces Toucas, tu penses pas que c'est toi qu'ils avaient invité et pas moi?

— Tu sais bien, dit Firmin, qu'y nous avaient invités tous les deux, le jour que le père est venu labourer avec nous? Pourquoi tu fais des histoires comme ça? Y te faut la croix et la bannière pour te faire sortir? Tu t'embêteras pas, va! Y aura du boire et du manger par-dessus la tête. Et, en plus, quelques belles filles : la novi d'abord, Hélène Toucas, que je me la serais bien prise; les deux cousines Aiguier, qu'elles n'ont pas froid aux yeux; la fille Laurade, du moulin à huile, une grande garçasse à serrer dans les coins; Félicie Venel de Méounes, qui a des sous plus gros qu'elle. Va, va, y a de quoi faire! Si j'étais pas tenu attaché par mon pied, je t'assure bien que... Nom de pas Dieu, c'est bête quand même de manquer cette rigolade!

A énumérer les joies prévues de la noce, Firmin s'est animé. Relevé sur ses coussins, il dresse vers Nans un visage rouge et enflammé de plaisir. Ses gros yeux brillants soulignent de leur éclat le flot de ses paroles :

— Hé dis? Tu crois pas que c'est couillon, de juste m'être envoyé ce coup de picoussin, quelques jours avant la fête? C'est pour ça, je te dis, moi je peux pas y aller, vas-y toi, au moins. Tu me raconteras les choses, tu me rapporteras un bon morceau, qué? Tè, si tu veux, je te prête mon costume bleu marine, le neuf?

— Si j'y vais, je mettrai ce que j'ai, dit Nans.

Il a rougi de tout son visage clair.

— Si tu y vas pas, ça sera guère poli, insiste Firmin. Vas-y au moins pour me représenter.

— Bon, dit Nans, j'irai.

Il a réfléchi : sa mère a parlé de représenter La Guirande, Firmin de représenter les Michel. C'est comme un devoir dû au domaine et à son maître. Dans ces conditions, il n'a qu'à obéir.

Et pour la première fois de sa vie, à son tour, il va se mettre de lui-même, dans le creux de la main puissante qui vous modèle et qui vous malaxe et qui vous tourne comme elle veut, pour des fins seulement connues d'elle.

Le jour du mariage arrive. Vers les onze heures du matin, la jardinière apporte Nans dans la cour des Toucas, où déjà s'agitent toutes les femmes, en grand travail de cuisine. Dès que le garçon a sauté de son siège, les cris d'accueil ont éclaté :

— Ah! voilà le berger de La Guirande!

— Bonjour, berger!

— Alors, Michel a pas pu venir?

— Son pied est pas mieux?

— Le pauvre!

— Il fallait le porter!

Et la bande des filles, déjà toutes raidies dans leurs robes neuves, vient tourner autour de ce garçon plus blond que les garçons de Provence. Le vieux Toucas fait de grossières présentations :

— Vous vous connaissez, qué? Non, vous vous connaissez pas? Ben alors, faites vite connaissance. Toutes ces pitchounes, c'est les petites Aiguier de Belgentier, la petite Laurade de Sinssol, Anna ma nièce de Solliès. Et la demoiselle Venel de Méounes.

Avec un rire épais, souligné par les cris des filles, il les a poussées l'une après l'autre, au-devant de Nans. Et toutes ont ri comme lui, à gros éclats. La dernière, résistant à la main posée sur son bras, est restée à sa place, toute droite et mince dans une robe plate, sans fanfreluches. Et c'est à celle-là, à celle-là seulement, que le père Toucas a dit : « Demoiselle ».

Après, c'est sur l'épaule de Nans qu'il a frappé de ses doigts durs et il a fini en annonçant :

— Celui-là, c'est Nans, de La Guirande. Tu sais danser, petit?

— Non, a dit Nans.

— Alors, à quoi ça te sert de garder le troupeau? Moi, quand j'avais ton âge, je menais les chèvres de mon grand-père, sur la colline, au-dessus du bois des Sources, et je te prie de croire que je les faisais danser, quand elles ne voulaient pas obéir! Je tapais dessus avec le manche du fouet et allez zou, le carrousel des chèvres! Fais-les un peu danser les tiennes, de chèvres, et tes brebis. Après, au moins, tu sauras faire danser les femmes! Parce que c'est comme ça qu'on les fait danser, les femmes, tu sais? Tu le savais pas? Tu es pas bon à ce genre.

— Non, dit Nans calmement.

La bande des filles ondule dans la grosse gaieté, qui les fait se pencher ou se redresser pour rire à la face du ciel, d'une grande bouche ouverte. Seule, un peu à l'écart, Félicie Venel ne rit pas. Et tout d'un coup, elle s'avance d'un pas vers Nans et elle dit :

— Moi non plus, berger, je sais pas danser. Alors, si vous voulez, nous se tiendrons compagnie.

Nans se sentit rougir de nouveau plus que tout à l'heure, il voudrait être seul sur la pente de Grand-Cap, dans sa montagne, avec ses moutons, mais devant cette gentillesse, il prend le grand courage de répondre :

— Grand merci, demoiselle. Ce sera tout plaisir pour moi.

Le père Toucas, de la rigolade, se tape sur les cuisses :

— Qué couillonnas! dit-il. Qué couillonnas! Enfin, quand il aura un peu bu, y se dégèlera.

D'autres invités arrivent, qui le distraient de se moquer de Nans. La bande des filles court d'un bout de la ferme à l'autre, avec la joie et les cris d'un vol d'hirondelles. Et l'heure d'aller à l'église est venue.

Dans les jardinières, sur les chars à bancs, les charrettes, les bogheis, tous ces gens s'entassent, se serrent, se poussent. Et les hommes passent les bras autour de la taille des femmes :

— Y faut bien se retenir, disent-ils.

Les corps se touchent, les jambes se mêlent, la chaleur des verres de marc ou de vin monte déjà dans les cerveaux. On arrive sur la place de l'Eglise. Du premier boghei, le fiancé Pierre Laurade de Belgentier, et les parents d'Hélène Toucas sautent sur la place. Son père pose sur le sol la mariée empaquetée de voile blanc, qui retient des deux mains sa couronne de fleurs d'oranger. Et sa robe s'est accrochée aux boutons de veste de son père. Sous le jupon de percale, à quatre volants brodés de Richelieu, on voit le bord festonné du pantalon et même la jarretière en ruches de ruban, sur laquelle on a cousu une petite branche d'oranger. Et on voit aussi toute la jambe de la novi, dans son bas de fil blanc à jours. C'est un grand rire heureux. Les femmes tapent dans leurs mains. Les hommes disent des bêtises.

Nans aide les filles à descendre de la jardinière. Il y en a cinq de la bande folle, plus trois garçons, frères, cousins, ou amis des petites. Félicie Venel a sauté la dernière, toute seule et calme, sans crier comme les autres.

La messe entendue, la bénédiction donnée, le cortège passe à la mairie qui est sur la même place que l'église et, à midi, tout le monde se retrouve sur la route, pour la retournée vers la ferme, avec l'énorme appétit du gros repas de la fête.

Cette fois, dans le premier boghei, garni de branches vertes où sont piquées des roses de papier, les nouveaux mariés s'installent seuls. Les parents montent dans la dernière voiture et la mère Toucas commence à essuyer des larmes. Les filles folles et les trois garçons ont trouvé à l'aller que Nans n'a pas fait marcher assez vite le cheval. Aussi, ils s'entassent avec des rires et des claques sur les reins des filles, dans le grand char à bancs que conduit le beau-père Laurade, déjà un peu soûl.

Nans prendra la charge des vieilles femmes peureuses, qui ont deviné son bon sens. Mais pourtant, une jeune fille sera à côté de lui sur le siège. C'est Félicie Venel qui a dit : « Moi non plus, j'aime pas qu'on aille trop vite. »

Et tout le long de la vallée, sur la route qui suit les caprices de la rivière, entre les prairies où commencent à rougir les fruits des cerisiers, entre les restanques d'oliviers étagées au-dessus des murettes de pierre, le garçon et la fille seront à côté, sans se regarder et sans échanger de paroles.

L'arrivée à la ferme se fait dans une explosion de cris de joie et de coups de fusil. Un large arceau de laurier-tin et de troène a été dressé à l'entrée de la cour dont les dalles sont jonchées de feuillages verts. Les invités font la haie pour le passage des novis et jettent à pleines mains le blé et le gros sel, pour amener sur le couple la prospérité.

La longue table en fer à cheval, faite de planches sur des tréteaux, est dressée dans la grande salle, elle aussi décorée de branchages et de fleurs artificielles. Et les gens installés, le repas commence, énergiquement attaqué par les solides faims paysannes.

Au milieu, Hélène et son mari trônent, éclatants de plaisir et de nourriture. Les parents, des deux côtés, les entourent, avec les petits-enfants nés de leurs autres fils et filles, qui déjà sont barbouillés de manger jusqu'aux cheveux. Nans est à une des tables du bout, serré entre une cousine Aiguier et la grande bringue Laurade, qui rit de tout avec des dents de cheval. Et Nans devine contre son genou la jambe chaude de la petite Aiguier. Il se sent mal, il regarde loin, au bout du couvert, Félicie Venel qui, comme lui entre deux filles, est serrée entre deux garçons. Et l'idée que, peut-être, un de ces garçons ose approcher sa jambe de la sage demoiselle, comme la folle d'à côté s'approche de lui, cette idée fait que les morceaux refusent de passer dans la gorge de Nans.

— Alors, ni tu bois ni tu manges? lui crie le père Toucas.

Nans se reprend. Il reconnaît en lui-même sa bêtise, de tellement porter attention à cette Félicie Venel, cette héritière de gros fermiers de Méounes, qui bien sûr, a d'autres ambitions en tête qu'un berger. Qu'est-ce qu'il a, lui? Rien. Qu'est-ce qu'il est, lui? Rien. Les moutons qu'il garde ne sont pas siens. Il est pastre à La Guirande, c'est tout. Il a l'amitié de Firmin Michel comme Firmin a la sienne, parce qu'ils se sont élevés ensemble. C'est tout. Et c'est rien à vrai dire. Que demain il tombe malade, qu'il soit appelé pour une de ces guerres qui viennent chercher les garçons jusque dans leurs champs, il y aura un autre berger au domaine qui le remplacera. Et tout continuera pareil. Sa mère est une servante, et il est un valet. Le valet des moutons, pas plus. Et comment l'idée a pu lui venir, à lui, ce garçon neuf qui jamais n'a regardé une fille dans les yeux, qui se détourne avec dégoût des plaisirs faciles que prend Firmin dans les foires de villages, comment l'idée a pu lui venir de penser à cette demoiselle Venel qui a tant de sous? Juste à celle-là, qui est jolie, qui est riche, qui a plus de prétendants que le chien Vigilant n'a de puces sous sa frange de poils?

Et tout ça, pourquoi? Parce que cette demoiselle a été aimable? Moins moqueuse que les autres? Moins dédaigneuse pour ce gardeur de bêtes, qui ne sait ni danser ni bousculer les filles, comme les jeunes dégourdis savent le faire? Oui, pour une parole gentille, pour un air avenant, pour un sourire? Qu'il faut être un garçon de campagne, jamais sorti, pour se laisser prendre comme ça, si facilement. Il partira, aussitôt après le café il partira. Ça vaut mieux, il est trop bête.

Pendant qu'il se met en colère contre lui-même, le père Toucas arrive avec une bouteille de marc et remplit les verres :

— Hé, bois un peu! dit-il. Tu es triste comme la Mort.

Nans lève un regard égaré et rencontre des visages gonflés de rire, qui se tournent vers lui avec un air moqueur. Alors il jette tout le contenu du verre au fond de sa gorge, d'un coup énergique, comme un homme.

Une chaleur coule dans sa poitrine, il regarde en pleine figure la grande Laurade.

— Ça va mieux! dit-il.

— Embrasse ta cavalière, au moins, commande Toucas.

Nans lance un bras au hasard et le referme sur les épaules secouées par le rire de la fille qui, déjà, avance ses lèvres. Et lui avance les siennes, et les bouches se rencontrent et se touchent.

— Bravo! crie toute la tablée.

— Le berger se fait, dit Toucas.

Là-bas, au bout du couvert, un petit visage mince s'est penché vers son assiette. C'est une manie qu'elle a, cette Félicie Venel, de ne pas rire avec les autres.

Le repas est fini. Il est cinq heures. Maintenant, c'est le moment des chansons. Chacun dit la sienne. Qui te fait rire, qui te fait pleurer. La mère Toucas chante : « Va, ma fille, va, sois heureuse... » La sœur d'Hélène : « C'est aujourd'hui la noce de ma sœur. »

Les ventres sont pleins à éclater, mais le bien-manger n'enlève pas aux jeunes l'envie de se dégourdir. Nans, emporté loin de la table par une farandole de filles, passe en courant devant Félicie, toujours immobile. Il veut l'entraîner avec lui dans la course folle qui se déroule aux refrains de l'ariston. Mais Félicie s'est reculée quand il a tendu le bras vers elle et elle l'a regardé dans les yeux.

Alors, deux pas plus loin, il a rompu par force la chaîne des mains qui le tiraient en avant et il est allé s'asseoir sous le gros bouquet de cyprès qui ombrage le puits. La tête lui tourne. Il a chaud. Il se sent le visage rouge et en feu. Il reste assis, le front dans les mains. Un tournoiement de pensées se mélange dans son cerveau. Il aurait mieux fait de ne pas venir, il le savait bien que c'était trop compliqué, tout ça, pour un berger de campagne. Mais il entend qu'on lui parle :

— Qu'est-ce que vous faites là, tout seul?

Félicie est devant lui. Ecartant les doigts de son visage, il la regarde à son tour, il la regarde comme tout à l'heure elle l'a regardé : en profondeur.

— Rien, dit-il.

— Vous étiez si content, il y a un moment, dit-elle, ça vous a passé?

— Oui.

— Pourquoi?

— Je suis pas beaucoup fait pour ces plaisirs.

Elle s'assied auprès de lui sur une pierre.

— Moi non plus, dit-elle. Je ne sais pas pourquoi. Ils aiment tous beaucoup ça, les autres, moi, non, c'est drôle.

— Moi non plus, dit-il encore.

Puis ils se taisent tous les deux.

Le soir commence à coucher, paisiblement, une à

une, une à côté de l'autre, les longues ombres des peupliers sur la prairie. Le gros paquet de cyprès noirs écrase le jour finissant, tout autour du puits, comme sous une meule et, dans cette épaisseur de sombre, deux enfants déjà trop tourmentés se sentent sans même se voir.

La farandole bondit sur la vaste terrasse, serpent soûl qui contracte et détend tour à tour ses anneaux. De grands cris de filles pincées, de grands rires de garçons vainqueurs marquent son déroulement. Les vieux continuent à boire en s'arrêtant pour aller se soulager dans tous les coins. C'est l'heure où les galavards vomissent leur surplus de nourriture, courbés contre les murs, c'est l'heure où les hommes excités poussent les femmes dans les remises vides, que seules habitent les bêtes sages ruminant leur foin.

Eloigné de tous ces besoins satisfaits et de ces instincts à satisfaire, dans la pâte mystérieuse d'une ombre d'arbres, un rêve se forme, s'arrondit comme une bulle, s'élève dans l'air mystique et reste là, suspendu, livré au vent du destin, qui l'emportera au plus haut du ciel, ou le crèvera, dans une explosion meurtrière.

— Comment on vous appelle, avant Nans?

— Pascal.

— Pascal? C'est un joli nom.

— Vous trouvez?

— Oui. Moi, c'est Félicie.

— Je sais. Vous habitez Méounes?

— Oui. Sur la place.

— Vos parents ont la plus belle maison du village, on m'a dit?

Elle ne répond pas. Son cœur bat du désespoir d'avoir la plus belle maison de Méounes.

— Y sont beaucoup riches, vos parents?

— Les gens le disent.
— Je voulais pas y venir à cette noce.
— Moi non plus.
— C'est Firmin qui m'a poussé.
— Firmin Michel?
— Oui, le maître de La Guirande.
— J'ai entendu parler. Il est pas gentil avec vous?
— Au contraire. Nous se sommes élevés ensemble. Et vous, pourquoi vous vouliez pas venir?
— Je vous l'ai dit tout à l'heure, j'aime pas ce genre de plaisir. Ma mère m'a grondée. Elle me reproche que je suis une sauvage.
— Moi aussi je suis un sauvage, tout le monde me le dit.
— Nous sommes pareils, alors. Mais à table, quand même, vous avez fini par l'embrasser la grande Laurade, et vous avez fait le fou avec les autres.
— Vous avez pas vu ce qu'y m'ont fait boire? Et puis j'étais triste, j'ai voulu me forcer.
— Vous étiez triste, pourquoi?
— Oh! y aurait tellement de choses à dire! D'abord, je suis triste de mon naturel.
— C'était pas une raison pour embrasser cette fille.
Pascal sent battre son cœur à son tour, dans une pensée qui ose à peine sortir de sa bouche :
— Ça vous fait peine?
Il a baissé la voix pour interroger, et c'est une voix basse qui lui répond :
— Oui.
— J'aurais mieux aimé vous embrasser vous...
Cette fois, les deux voix se taisent ensemble, mais dans la pâte d'ombre, deux mains qui ne savaient pas combien elles se cherchaient se sont trouvées et elles se serrent.
Elles restent là, ces mains enlacées par les doigts.

Serrées l'une l'autre, au bout des lianes suspendues des bras, et la chaleur que le sang de l'une fait couler dans le sang de l'autre, cette chaleur passe dans deux jeunes corps qui se sentent pour la première fois, et par l'amour, brûler ensemble.

Le bruit de la farandole s'est éloigné. La noce est entrée dans la ferme pour y boire le vin chaud avec les mariés, qu'à la fin, on va laisser aller se coucher. Félicie s'arrache brutalement au plein bonheur de ce contact de chair qui, par les doigts, la lie tout entière à Pascal. Elle s'inquiète :

— Il faut rentrer, on va nous chercher.

Elle reprend sa main, elle la met toute chaude sur son front glacé. Un malaise, nouveau pour elle, fait tourner sa tête et défaillir son équilibre de fille vierge.

— Rentrons, dit-elle encore, il le faut. J'oublierai jamais ce moment.

Pascal reste assis avec sa main à lui, ouverte, privée du poids de ce bon abandon tout en confiance et en amour. Il sent l'air frais du soir glisser dans sa main vide :

— J'ai jamais tant regretté d'être pauvre! dit-il.

3

Nans n'a pas appris encore, et plus tard il devait tellement le savoir, que le souvenir, c'est comme un coffret. On le prend, ce coffret, on le met devant soi, on l'ouvre et on regarde. Et il est magique comme dans les histoires des vieilles, puisqu'il peut n'être presque rien et que, de lui, débordent les projets et les songes, en richesses infinies.

C'est quand on veut le fermer que c'est difficile. Toujours s'en échappent des bouts de rêves, colorés en rose ou en or, qui attirent votre attention et vous forcent à rouvrir encore le coffret du souvenir. Pourtant, il faut savoir, aujourd'hui, une bonne fois, du même geste dur qui gouverne les moutons, il faut savoir refermer le couvercle, faire claquer les serrures et repousser le coffret au fond de l'étagère. Surtout que, malheureusement, il y a d'autres choses à penser.

— Comment vous vous sentez, mère? dit-il.

La malade soulève ses paupières et deux yeux hagards cherchent ceux du fils. Entre deux lèvres desséchées par la fièvre, une mince voix halète avant de pouvoir répondre :

— Je me sens pas bien.

Nans, accablé, s'assied sur la chaise, à côté de la table où les remèdes sont groupés. Que faire alors? On a tout essayé et rien ne sait guérir. Il se met à penser à ces derniers jours passés et comment le mal est venu.

Dès le lendemain de la noce, Nans avait requis l'aide de Pascaline. La terre est là qui réclame d'être fécondée. Les gelées de décembre l'ont faite dure comme du fer, puis, passé les clairs de lune éclatants de janvier, l'horizon s'est troublé, mais après Saint-Maur, patron des chaudronniers, celui qui forge les tonnerres, le temps s'est radouci. De longs souffles chauds se sont traînés sur les terres, emportés le lendemain par des coups de mistral qui ont fait danser jusqu'au ciel les vieilles feuilles mortes restées dans les creux des coteaux. Enfin, une nuit, au début de février, un paquet de nuages qui emplissait tout le côté de l'est a crevé et les pluies ont pénétré la terre. Tout de suite, un petit velours d'herbe s'est étendu sur elle, qui signifie aux hommes que la grande pulsation s'est remise à battre, que le sang éternel remonte jusqu'au bout des doigts des arbres, descend jusqu'au fond de la moindre veine des racines. Et les hommes ont compris, ils ont tiré de leurs remises les charrues qui dormaient dans la graisse, ils ont assuré les manches de leurs outils et ils se sont penchés, comme des amants aux reins lourds, sur celle qui les attendait pour recommencer à vivre.

Firmin a dû rester encore une semaine inactif, avec ce pied emmailloté comme une chose bête et douloureuse au bout de sa jambe. Il a étouffé son impuissance dans de grandes colères et des « Nom de Dieu! » qui terrifient la mère Aiguier. Parfois, exaspéré, il est allé, sautant, sur une patte, regarder le domaine de derrière la vitre.

Nans commence tous les matins le travail à quatre heures. La lanterne allumée, il soigne les bêtes, distribue le foin et l'eau, puis il entre dans la cuisine où sa mère a déjà fait réchauffer la soupe du soir. Ils mangent tous deux, sans parler, car tous les autres dorment. Après ils sortent, dans l'aube encore froide de la nuit.

Nans, les jours précédents, a défoncé au soc le terrain du grand morceau, puis il a tracé avec la sape les lignes parallèles à l'abri des dos-d'âne, il y a fait passer l'eau en longue rivière. La terre est à point. Pascaline sème les grains du haricot « Cent pour un », et lui, derrière elle, les recouvre légèrement, très légèrement, car n'est-ce pas, tous les paysans le savent : « Quand tu sèmes le haricot, il faut qu'il te regarde partir. »

Bon. Ça, c'est fait. Il n'y a plus qu'à attendre que la tige dure, soutenue par les cotylédons, sorte de l'œil noir du germe. Maintenant, il faut s'occuper des poireaux. Ils sont en herbe serrée dans leur premier vaseau. Il faut les en sortir par mottes, avec le lichet, les trier en désenlaçant leurs mille racines, rejeter les ratés, les venus de travers, ceux que l'outil a brisés ou que le ver déjà a choisis. Et ils sont nombreux, c'est de la perte, ça fait jurer celui qui les a semés. Maintenant, il repique les autres en les séparant, pour leur permettre de bien pousser. Puis il faut aussi les arroser ceux-là et, dans quelques jours, biner le sol, qui se sera durci autour de la plante souffrante.

Maintenant aux tomates : les plants, qui ont été semés dans le terreau, à l'abri du châssis, demandent plus de soins qu'un enfant nouveau-né. Leur tige humide et tendre se brise facilement. Leurs feuilles, qui verdissent les doigts et sentent fort, se fanent vite. Il faut se dépêcher et pourtant savoir rendre douce, pour ce contact, la main calleuse du paysan. Pascaline les transporte par quelques-uns dans le cageot, sur un lit de paille, et les dépose dans le trou que Nans vient de faire. Nans met de l'eau dans chaque trou avec l'arrosoir. Pascaline plante un tuteur contre la tige et elle lie les deux bien doucement avec un brin de raphia. Ici, un de ces prochains matins, c'est le sulfate qu'il faudra envoyer sur les feuilles ragaillardies. Tous ces travaux donneront, à la fin de l'été, les guirlandes des petites pommes d'amour rondes et rouges qu'ils appellent « les pendelotes ».

Pendant le temps sacrifié à tous ces soins, les pois semés depuis novembre ont commencé à fleurir en bouquets blancs. Il faut organiser la protection contre les oiseaux : de hauts bâtons font, au-dessus des plantes, courir des ficelles où se balancent les brillants fragments de fer qui dansent et s'agitent, effroi des maraudeurs volants.

Les petits pois sont touffus, les tomates poussent bien. Mais les poireaux sont terriblement lents à reprendre vie. Il faut biner et arroser et biner encore. Avant qu'on les tire du sol pour pouvoir les vendre, les poireaux se nourriront pendant six mois des sucs de la terre. Pascaline raconte à son fils comment gémissait la vieille Tistone à ses retours de marché :

« Une dame, l'autre jour, elle m'a fait mettre en colère. Elle disait : « Cinq sous le paquet, c'est beaucoup cher! Pas trois sous? » J'ai dit : « Venez un peu les travailler, vous verrez si c'est commode? » Elle a compris, elle a dit : « Oh! pardon, c'est vrai, excusez-moi. » Encore qu'elle avait l'air riche, elle avait la voilette, « le mouraï », nous disons en patois. C'est des dames que c'est pas leur faute, elles savent pas la peine que ça donne. Si elles se baissent dans leur jardin, c'est rien que pour cueillir une rose. »

Oui, Pascaline se souvient du vieux corps détruit que Tistone a mis toute sa vie au service du domaine. Et puis, ç'a été elle, puis maintenant c'est son fils. Mais pas une seconde, l'idée ne leur viendrait de se plaindre de ce labeur.

D'un travail à l'autre, d'un soir à l'autre, d'un réveil dans la nuit à une fin de soir à l'ouvrage, avec des reins brisés, des doigts raidis, des jambes lourdes, les jours ont passé. Tout ce qui devait être fait est fait, sans qu'on ait besoin de prendre le père Toucas. Firmin Michel a été bien content, quand il a pu descendre sur son pied libéré, de voir toutes choses en ordre. Et même Thérèse et sa mère, qui n'aiment pas les Nans, ont été obligées de reconnaître leur courage.

Le dernier jour où Pascaline a travaillé aux champs, un soleil de juin tapait comme un soleil d'août. Elle s'est entêtée à finir de désherber tous les rangs de jeunes laitues et soudainement, ayant fini, elle a jeté se raclette et elle s'est laissé tomber sous un noyer.

La sueur coulait depuis le paquet de ses cheveux, à peine éclaircis de blanc, sur son visage enflammé de chaleur. Suffocante, elle avait rejeté son fichu de cou pour s'essuyer d'un grand mouchoir jaune. Elle était restée là, laissant reposer ses mains engourdies. Mais tout à coup, une vipère de glace était descendue de sa nuque à son dos et un frisson l'avait secouée. Elle avait senti le mouillé du linge se coller à sa peau et elle avait compris qu'elle était en train de prendre froid. Elle s'était levée et elle était revenue à la ferme.

Seulement, il était trop tard. C'était bien la mort qui s'était glissée en elle comme un serpent venimeux et ne devait plus la lâcher. Elle l'avait senti. Elle l'avait dit à son fils : « J'ai pris mal. »

Voilà pourquoi, ce matin, Nans est contre le lit de sa mère, le visage angoissé, le cœur lourd de son désespoir, qui ne sait plus que faire pour guérir.

Il a écouté tous les conseils de la vieille Aiguier qui, pour une fois, a quitté le chevet de Thérèse. Il a versé à pleins bols la tisane des quatre-fleurs, aromatisée d'eau-de-vie brûlée et adoucie de miel. Il a posé sur le dos de la malade les cataplasmes de farine de fèves, puis ceux de la feuille de scabieuse, l'herbe des veuves, écrasée longuement dans l'huile d'olive chaude. Il s'est fait lire, par le jeune cousin Aiguier qui va à l'école, un livre trouvé à la cabane de Grand-Cap : *La médecine par les plantes, ou le trésor de la maison, ou l'utilité des familles.* Dessus, il y a des recettes comme celles-ci : « Pour les abcès : prenez pour un sou de savon et deux sous de crème... Pour les coupures : écrasez des vers de terre dans un plat avec un peu de sel et dix gouttes de térébenthine... Pour soulager les douleurs : « Ah! oui, pense Nans, ça pourrait être ça, la mère se plaint d'un point de côté. » Prenez une bouteille, emplissez-la de vers de terre, mettez-la dans du fumier de cheval pendant cinq à six jours en ajoutant une once de bonne eau-de-vie et un gros de camphre. Il faut avoir soin de tenir la liqueur dans une bouteille bien bouchée et en frotter tous les jours la partie atteinte avec un morceau de flanelle. »

Nans a préparé le remède la veille, il l'a enterré dans la fosse à fumier; maintenant, il faut patienter qu'il soit à point. Peut-être c'est ça qui guérira sa mère?

En attendant, les heures sont lourdes, chargées de ce souci. Il y a sept jours que Pascaline est couchée et Nans la soigne, entre les moments où son travail de berger l'oblige à rester dehors. Dès qu'il peut, il vient la voir et il la trouve toujours pareille. Secouée de frissons et pourtant brûlante, toussant en mettant sa main au côté, où elle dit qu'elle sent comme une lame de couteau. Elle est à la fois résignée au mal et soucieuse de son ouvrage abandonné.

Ce matin, Nans la voit encore moins bien qu'hier. Et il est là, debout devant elle, dans sa détresse, quand Firmin entre :

— Comment elle se sent? demande-t-il.

Nans hoche la tête avec une grimace.

— Guère bien.

Firmin hésite, puis enfin il propose :

— Je vais au marché de Solliès. Tu veux pas que je te ramène le docteur Venel?

Nans relève des yeux où se lit son angoisse : « Le docteur? Vraiment, faut-il le docteur? C'est si important? Les pauvres savent bien se soigner sans lui d'habitude. Pourtant, s'il le fallait, ce docteur? »

— Tu crois qu'y la guérira? dit-il.

— Ma foi... Mais au moins, tu saurais quelque chose.

La malade les écoute sans avoir l'air d'entendre.

« Y semble qu'elle a perdu ses esprits », pense Firmin. Et il insiste :

— Fais-le venir, va. Comme ça, tu n'auras pas de regret. Ça te coûtera trois francs, cinq francs peut-être à cause du dérangement.

— Oh! c'est pas pour les sous, dit Nans, c'est parce que je suis pas sûr qu'il y connaîtra quelque chose. Je croyais que ma mère était assez solide pour se sauver seule, mais ce matin je comprends qu'elle est beaucoup mal.

— Allez va, alors, je te le ramène, dit Firmin, ou y viendra avec son boghei. Tu as déjà donné aux bêtes?

— Non, je vais le faire, dit Nans.

— Laisse, dit encore Firmin, reste avec ta mère, je vais gouverner à ta place.

— Merci bien, dit Nans.

Firmin sort et le fils regarde encore ce que la souffrance a fait de cette femme si courageuse, si robuste, qui est là à présent, comme cassée en quatre morceaux, dans ce lit chaud en désordre. « Elle a la fièvre, de sûr, pense-t-il. Oui, ce sera un bon qu'il vienne, ce docteur. »

Il passe dans la grande cuisine qui est à côté de cette chambre où dort Pascaline. Il allume quatre branchettes de pin; il remet sur elles la bûche éteinte de la veille qui a gardé sa braise en craquelures noires. Il fait chauffer la tisane, il la porte à la malade; elle ne la veut pas. D'un geste mou et têtu, elle repousse le bol fumant.

— Buvez-la, mère, dit-il, ça vous fera du bien.

La tête, sous ses cheveux défaits, dodeline de droite à gauche. Les couvertures sont rejetées d'un geste nerveux. Le buste entier sort des draps, les bras font de grands gestes fous. « Elle est beaucoup mal, elle est beaucoup mal », pense Nans. Il tente d'arranger les couvertures sur le lit, de coucher les bras au long du corps, de faire boire la tisane chaude, de ramener l'ordre dans les épais cheveux qui s'accrochent partout, mais ses mains sont impuissantes, elles se perdent dans le désordre tragique qui semble avoir emporté sa mère dans un pays inconnu.

— Allons, mère, dit-il, allons! Soyez raisonnable.

Il fait le sévère. Elle n'entend pas. Elle continue à brasser l'air dans ses bras en corbeille et à jeter son buste hors du lit.

Il fait le doux :

— Soyez brave, dit-il, vous allez vite vous guérir. Nous irons dans la Haute-Savoie tous les deux, hé? A La Jouvaine? Que toujours vous vouliez m'y mener? J'ai mis les sous de côté, c'est moi que je paie le voyage, qué, mère? Mais alors, y faut être brave et bien vous laisser soigner.

Elle n'entend pas. Ses jambes, maintenant, se débattent et jettent à terre le couvre-lit. Nans cherche son regard.

— Mère! Mère!

On dirait qu'il appelle une noyée : « Mère, ne vous laissez pas couler! Mère, attrapez-vous à cette planche. Là! Nous vous en sortirons, mère, vous verrez. »

Ah! qu'il a peur, maintenant! Qu'il tremble, qu'il voudrait que déjà Firmin soit de retour! Et que ce docteur Venel, qui peut-être sait guérir les gens, arrive vite avec lui. « Le docteur Venel. Venel? Tiens, le même nom que Félicie : Félicie Venel... La noce. Le gros paquet d'ombre des cyprès autour du puits et Félicie assise à côté de Pascal. « Pascal, c'est un joli nom », elle a dit. Qui l'appellera encore un peu Pascal si sa mère meurt? Personne. Ce sera « berger » tout simplement, le nom de son travail, ou Nans, le nom de son père si sauvage, qu'il a à peine connu. C'est de lui qu'il doit tenir ce caractère sombre, qui n'aime pas le gros rire. Félicie non plus, elle n'aime pas le gros rire, ni les cris ni les hommes soûls. Elle l'a dit. Elle a des cheveux bien rangés derrière les oreilles et des yeux sages qui plaisent à Nans. Elle a eu le courage de le défendre devant tout le monde : « Moi non plus, berger, je sais pas danser. Alors, si vous voulez, nous se tiendrons compagnie. » Et plus tard, cette main, toute serrée dans sa dure main à lui, comme la main d'une petite fille qu'on mènerait à l'école... Seulement, elle est riche... Il est pauvre. C'est des choses qui viennent même pas à l'idée.

Mais à quoi il va penser? A quoi, à quoi? Pendant que sa mère est là, écrasée par la douleur, perdue dans la souffrance? Ah! mère, si vous étiez bien, vous m'aideriez! Je vous dirais tout et vous m'aideriez à voir clair. Toujours vous m'avez aidé, mère, je me souviens. Toujours : à marcher, à manger, à parler, à travailler. Et maintenant, c'est moi qu'y faut que je vous aide. Mais moi, je sais pas, moi je sais rien, je suis un garçon. Quand j'avais mal, je venais vers vous et vous me guérissiez et vous avez mal et je sais pas vous guérir. Et même, pendant que j'y pense à vous guérir, que je le voudrais, de toutes mes forces, je peux pas m'empêcher de penser aussi à autre chose, à une autre que vous, mère, c'est honteux. A une autre qui est toute belle, toute fraîche, et toute chaude aussi de la chaleur d'amour. Dites, mère, cette Félicie Venel, vous, vous le croyez qu'elle pourrait m'aimer?

4

« Long comme un jour sans pain », dit-on d'un jour mauvais. Oui, ce doit être long de rester sans pain quand on a faim? Mais c'est long aussi de rester sans espoir. Et tout ce jour, tandis que Firmin n'était pas encore revenu du marché, comme il a été long pour le garçon tout seul, auprès du lit où sa mère se bat avec le mal.

Le docteur est arrivé seulement vers le soir, dans la jardinière des Michel. Firmin a expliqué que le marché a fini tard et que M. Venel, ne pouvant pas venir tout seul, l'a attendu.

Nans, ayant allumé la grosse lampe à huile, le docteur s'est approché de Pascaline, il lui a regardé le visage, il lui a touché la peau. Tout de suite, il a dit pour lui-même :

— Pneumonie.

Il a pris le poignet de la malade dans sa main. Il a appuyé son pouce sur l'entrelacs des veines bleues qui sont là, mélangées aux cordes dures des tendons. Il a tiré sa montre de la poche du gilet et, dans le profond de sa barbe grise, ses lèvres ont compté sans paroles : « Soixante et douze, soixante et quinze... »

Il a dit :

— Elle a une forte fièvre.

Il a appuyé sa tête contre le dos déchiré par la souffrance, il a plaqué son oreille contre la chemise de toile, il a bien écouté. Enfin, il s'est relevé, il a adressé un sourire à Pascaline, pour la rassurer :

— Ce ne sera pas grand-chose, ma brave femme! Laissez-vous bien soigner, c'est tout ce qu'il faut.

A Firmin, pendant que Nans repose la lampe qu'il

avait tenue au-dessus du docteur, il a glissé dans l'oreille :

— C'est très grave. Je ne sais pas si on la sauvera.

A Nans, il a dit, en l'emmenant hors de la pièce :

— Voilà, mon garçon : ta mère a un gros chaud et froid, ses poumons sont pris jusqu'au fond. Elle peut s'en sortir, mais il lui faut de grands soins. Tu sais poser un vésicatoire?

— Qu'est-ce que c'est? a demandé Nans.

— Bon, tu ne sais pas. Eh bien, je vais en poser un devant toi et tu apprendras.

Nans a regardé les mains habiles du docteur faire ce qu'il fallait et puis percer les cloques pleines d'eau jaunâtre et panser les pauvres plaies avec du saindoux.

M. Venel a dit :

— Prends des jeunes feuilles de vigne que tu couvriras bien de crème de lait et mets-lui ça pour pansement. Ça fait encore mieux que le beurre.

Après, le docteur est parti. Il va coucher ce soir à Méounes, chez son frère qui est le père de Félicie. Firmin l'accompagne avec la jardinière. Et Nans, accablé par son souci, resté seul dans la chambre de la malade, ne saura pas (ou quand il le saura, ce sera trop tard pour que ça puisse lui servir), de quoi le docteur et Firmin ont parlé le long de la route.

D'abord, de Pascaline :

— Cette pauvre femme, a dit le docteur, elle n'est pas belle. Ce sont des gens auxquels tu tiens?

— Oui, a dit Firmin, la mère était déjà là du temps de la jeunesse de mon père. Elle a soigné le pauvre parrain Nagi que j'en ai entendu parler, elle s'est mariée chez nous. Le berger et moi, nous marchions pas seuls que nous étions collègues. Et puis c'est des gens braves.

— Alors, ça m'ennuie de te faire de la peine, mais malheureusement elle est foutue.

— Vous croyez? a demandé Firmin.

Et il a tremblé, comme toutes les fois on tremble en sentant la mort.

— Malheureusement oui, a redit le docteur d'une voix calme. Ça dure neuf jours. Après...

Avec un geste évasif, il a tiré sur sa pipe et un éclair rouge a troué la nuit. Firmin a caressé du fouet le cheval qui s'endormait à écouter leurs paroles.

— Allez, hue! crie-t-il.

Puis il se met à réfléchir pour lui tout seul. Ils n'ont pas de chance avec leurs mères. Pour Nans, c'est vite de se trouver orphelin et pour lui, est-ce que ce n'est pas comme s'il l'était, depuis le temps que la sienne, de mère, est au lit? Si Pascaline meurt, La Guirande va se trouver bien délaissée. Ah! il faudrait une femme, une bonne femme, pour remplacer celle qui peut-être va mourir.

Le cheval avance au petit trot sur la route. Au croisement du chemin de Signes, le docteur reprend la parole:

— Et ton pied à toi, il est guéri? J'ai su par le père Toucas que tu t'étais blessé et que ça t'avait empêché d'aller au mariage de sa fille?

— J'ai bien regretté, dit Firmin, je m'étais flanqué un coup de picoussin. Ç'a été long à se fermer. Y paraît que la noce était magnifique.

— Sûr que tu aurais passé une bonne journée. Y avait de tout. Ils se sont bien amusés.

— Oui, je l'ai su par Nans que j'ai envoyé à ma place.

— Ça t'a pas fait pareil! rit le docteur. Et pour les autres non plus. Mon frère, par exemple, tu peux croire qu'il n'était pas content.

— Votre frère?

— Oui, Antoine, celui chez qui je vais ce soir, le Venel de Méounes : « Venel le Riche » on l'appelle, sans doute pour le distinguer d'avec moi qui gagne juste ma vie.

— Et qu'est-ce que ça peut lui faire... commence Firmin.

— Que tu sois pas allé à la noce? Eh bien, justement ça lui fait. Parce que, figure-toi, il a son idée sur toi pour sa fille. Je peux bien te le dire, puisqu'il me l'a dit et qu'il comptait que tu rencontres Félicie au mariage.

— Moi?

Firmin est soudain gonflé de cet orgueil, qui chez lui se trouve toujours prêt à s'épanouir.

— Oui, toi. C'est un malin, va, mon frère Antoine! Il sait qu'il te tombera des sous par les Aiguier, après ta mère et que toi, tu as La Guirande. Et il dit qu'avec son argent à lui qui ne fait rien et qui te viendrait par sa fille, on en ferait le plus beau domaine de la vallée. Ça ne te plairait pas?

Firmin éclate de surprise et de joie :

— Ça me plairait pas? Mais je comprends que ça me plairait! Y faudrait que je sois difficile. Seulement je vous avoue, monsieur le docteur, jamais j'y aurais pensé tout seul. Elle acceptera un paysan, votre nièce?

Il rit. Le docteur le regarde gravement :

— Tu n'es pas un paysan, tu es un cultivateur. Les paysans riches, ce sont des cultivateurs. Notre Félicie, justement, c'est une fille faite pour la campagne. Elle s'y plaît et les villes, les bals, tout ça, elle ne les aime guère. Tu la connais?

— Je l'ai aperçue... dit Firmin.

— Elle n'est pas mal. Ce n'est pas une beauté

agressive, mais elle est fine, avec un air tranquille et pourtant, là-dessous, une volonté dont on ne se doute pas.

— Savoir si je lui plairais? s'inquiète Firmin.

Et déjà, dans ce tempérament impérieux que Laurent lui a laissé, il se sent prêt à combattre pour se gagner la fille et l'argent.

— Félicie fera d'après le commandement de son père, dit le docteur, elle est habituée à obéir. Elle a été élevée pour ça. D'ailleurs, elle n'aurait aucune raison de te refuser.

On voit briller les premières lumières de Méounes. M. Venel les regarde :

— Je suis rendu. Viens jusque chez mon frère, tu diras bonsoir. Ça te fera une entrée.

Firmin réfléchit : « Ma foi, juste je suis habillé d'en ville. Ça tombe bien. »

— Allez! il dit, j'accepte.

Non, Nans ne saura pas comment tout de suite, dans la plus belle maison de Méounes, tout est venu au-devant du fils Michel : l'oncle, le père, la mère, les meubles lourds ornés de ferrures, les placards pleins de vin et de mangeaille et l'argent qui a été mis à couvert au fond du secrétaire. Tout, sauf une fille mince et d'apparence froide et ses pensées secrètes sous sa coiffure sage.

Et quand le fils Michel aura bu et trinqué et parlé et ri avec la famille Venel et qu'il sera reparti sur la route, vers La Guirande, qui pourrait se douter que la seule phrase retenue par Félicie, de toute cette conversation, c'est celle-ci, dite par Firmin :

— Y faut que je rentre, la mère de mon berger est bien malade et lui, le pauvre, il est tout seul.

« Lui, le pauvre, tout seul... » Tout seul et pourtant accablé de monstres qui s'accrochent à lui et le harcèlent : la peur, le chagrin, la solitude dans le mal. Ah! si elle pouvait! Comme elle jetterait vite sur ses épaules son châle tricoté, comme elle monterait dans la jardinière qui part sur la route, qui part sans l'emmener : « Monsieur Michel, prenez-moi avec vous, je me coucherai pas, je veillerai avec lui toute la nuit, je panserai la plaie du vésicatoire, je tournerai la cuiller dans le bol de tisane pour faire fondre le sucre. Menez-moi avec vous, monsieur Firmin, vous serez bien gentil; je ferai tout ce qui faudra pour lui aider, je la sauverai, sa mère, elle se sauvera! Rien que pour me faire plaisir, rien que pour le plaisir qu'elle aura, après, à nous voir tous les deux, lui, et moi, un petit moment, dans le noir de la chambre, nous tenir la main comme dans le paquet d'ombre des cyprès. Parce que, vous comprenez, monsieur Michel, moi, ce garçon, votre berger enfin, moi je l'aime. »

Tout ça, ce sont des choses qu'on pense, qui traversent le cerveau comme des brûlures en y laissant leurs traces, mais de ces choses qu'on ne dit pas, quand on est une fille de dix-sept ans, qui a été élevée à faire la volonté de son père, bien élevée enfin. On ne dit rien et on se couche avec quatre larmes froides qui coulent sur la joue et de petites mains serrées sur une poitrine encore plate, où bat trop fort un cœur d'enfant.

Et celui pour lequel ces choses sont pensées ne les entendra pas. Il supporte le poids des longues heures, en songeant comme c'est triste de n'avoir qu'une mère et qu'elle risque de mourir.

Toutes les minutes de l'enfance où elle a été là, cette mère, reviennent à la mémoire comme un rondeau tournant, présentant chacune tour à tour sa face bien éclairée : Grand-Cap, l'endroit où il est né. On le lui a dit. Elle est à lui cette cabane. Elle lui reviendra. On lui a raconté l'histoire : c'est parce que, jeune fille de Haute-Savoie, placée chez un mauvais maître, puis enfin chez les Michel, Pascaline Arvin-Bérod avait bien soigné le parrain Nagi. Puis il est mort ce brave parrain et il lui a laissé la cabane et le bois de l'entour, pour la remercier de son dévouement. Alors Toussaint, le neveu de la vieille nourrice Tistone (il l'a à peine connue, celle-là) a épousé Pascaline et en a fait Mme Nans. Et Pascal est né. Son père? C'est drôle, il n'a jamais eu un air de père avec lui. Laurent Michel s'amusait avec son fils Firmin, même avec Pascal son filleul. Il les giflait et les faisait sauter en l'air, de la même main habile. Toussaint Nans, au lieu de rire alors, s'en allait. Tout le monde disait qu'il avait mauvais caractère. Il s'est engagé pour une guerre un jour, personne ne l'a beaucoup regretté : « C'est un sauvage », jugeait-on. Mais le Nans d'à présent, Pascal, lui aussi il est un sauvage, et pourtant il le sait qu'il est capable d'aimer et de souffrir et de pleurer tout seul sans larmes? Il le sait que son tendre est comme la moelle de l'arbre cachée sous l'aubier et que si l'écorce est blessée, c'est le tendre qui saigne sa sève par-dessous? Alors, son père, peut-être que lui aussi a saigné et souffert, sous la dureté de son écorce rugueuse? Et que personne n'a su trouver son mal, pas même Pascal, son fils? Il s'en est allé, il a dit :

— Adieu, petit, sois brave. Peut-être un jour je reviendrai.

Il n'est pas revenu et on a dû l'oublier, puisque même sa femme Pascaline n'a presque plus parlé de lui, puisque son nom : « Nans », est passé à un autre, et que lui-même, en tant qu'homme, semble n'avoir jamais existé?

Après ce souvenir lointain, tout de suite, l'horizon

s'éclaire. Les yeux s'ouvrent pour voir le monde, les poumons pour se nourrir de l'air, les jambes se renforcent pour la course, les bras deviennent musclés pour le travail : la terre à fumer, à remuer, à ensemencer; les petits pois, les haricots verts, les cerises à cueillir; et puis, empiétant sur tout le reste, les soins de ces bêtes dont il est devenu le berger.

Tout ça a fait passer presque vingt ans d'existence. Autour, des tas de gens sont morts, parce que c'est comme ça, on finit toujours par mourir. Même quand on est jeune. On est jeune, on est jeune... puis tout d'un coup on devient vieux et puis on est mort : le parrain Nagi, la nourrice Tistone, le père Aiguier, même Laurent Michel qui n'a pas eu le temps de vieillir.

Et maintenant ce serait le tour de sa mère? C'est vrai ça, c'est possible? J'ai une mère : ce corps dont je suis sorti, ce sang qui est devenu du lait pour me nourrir, cette chair qui a fait la mienne, ma mère enfin. Alors ça peut mourir, ma mère? Ça meurt une mère? Ça semble pas possible? Et alors je serais seul? Le premier en date dans la vie, à attendre mon tour? Il faut que ça vous arrive, ces choses, pour les croire. Quand ça se passe chez les autres, on dit : « Les pauvres! » Mais on pense : « Eux, pas moi. » Maintenant c'est moi, c'est ma mère. Ça semble pas croyable.

La veilleuse boit son huile, paisiblement, dans la tour en porcelaine blanche décorée d'or, qui, de sa lumière timide, a éclairé les derniers moments de tous les malades de La Guirande. Dans le silence du soir, un pas résonne dans la cuisine, Firmin Michel rentre doucement :

— Comment elle va? demande-t-il.

— Toujours pareil, dit Nans. Pour le moment elle est bien abattue.

Firmin s'approche de la malade. Il la voit écrasée

par la fièvre, tous les traits tirés autour d'une bouche mince qui laisse difficilement passer le souffle.

— J'ai reconduit le docteur jusqu'à Méounes, dit-il. Avant de me coucher j'ai voulu te voir. Tu veux que je veille avec toi? Ou que je demande à ma grand-mère Aiguier de venir?

— Oh! c'est pas la peine de déranger. Tout ce qu'on pourrait faire, je le fais.

— Mais on peut pas te rendre service?

— Non, dit Nans.

Firmin le regarde avec pitié :

— Je descendrai de bonne heure demain matin et je te soignerai les bêtes. Comme ça tu pourras un peu aller te repóser. Tu dois commencer à plus sentir tes jambes?

— Tu es beaucoup brave, dit Nans, je te remercie.

— Alors je monte, que j'ai sommeil. Si tu as besoin, tu m'appelles, hé, c'est entendu?

— Oui, dit Nans, merci bien.

Il se rassied auprès du lit de la malade. Il croit qu'il est seul dans le monde avec elle, avec cette hantise : « Ça meurt une mère? » Avec son désespoir. Il ne sait pas que le cœur fidèle de Félicie l'aide de toutes ses forces à passer la nuit, en envoyant vers lui le plus chand de sa tendresse. S'il le savait, il serait moins malheureux, mais il ne le sait pas. Ça le consolerait bien sûr. Mais il ne le sait pas. C'est bien dommage.

5

Autour de la chambre où la vie se dispute avec la

mort, le rythme coutumier se poursuit. Rien n'arrête le travail de la terre. C'est entre Saint-Pierre et Saint-Paul qu'il faut planter les poireaux et les choux. Et Saint-Pierre et Saint-Paul reviennent régulièrement à leurs dates marquées. Même s'il y a la guerre au-dehors, ou la maladie au-dedans des maisons, Saint-Pierre et Saint-Paul reviennent aux mêmes dates. Les livres qui s'occupent des travaux des champs le disent :

« Juin est le mois des orages, de la grêle, mais souvent dans le Midi, de la sécheresse. Il faut arroser, matin et soir, les plants nouvellement repiqués. Il faut détruire les pucerons des arbres avec le jus de tabac, faire les boutures, les marcottes et les greffes en approche, écussonner à œil poussant et renouveler tous les quinze jours le traitement de la vigne. »

Ça, ce sont les grands travaux. Mais il y a les petits qui mangent plus de temps encore : attacher les salades pour les faire blanchir, pincer les tiges des melons, des concombres, des courges, des tomates, pour obtenir de beaux produits; enlever les coulants des fraisiers; sarcler les pommes de terre, repiquer les aubergines, les cardons, les laitues d'été.

Et cueillir tout ce que, déjà, la terre donne en abondance : pois, haricots, fèves, carottes, radis, épinards; ce qui, porté au marché, fera de l'argent, pour se remettre à ensemencer, fumer, engraisser cette terre nourrice, à la fois esclave et maîtresse.

Dans la seule plate-bande de fleurs, contre la maison, là où on ne pouvait vraiment pas faire venir des légumes, les jacinthes, les narcisses, les tulipes, les anémones, les renoncules n'ont déjà plus que des tiges dégarnies, mais le rosier « Safranor », qui ne craint pas le sec, suspend ses cascades de roses jaunes, tout le long du mur d'angle et sous son ombre, un garanié à fleurs rouges doubles éclate comme une fusée de feu.

Ce matin, Pascaline va mieux. Depuis hier, septième jour de la maladie, la force semble être revenue dans le corps épuisé. La fièvre s'apaise. Les vésicatoires, placés par Nans, comme le docteur le lui a appris, ont sans doute dégagé les poumons, et sur la plaie à vif, les jeunes feuilles de vigne, cueillies dès la première rosée et couvertes de crème de lait, rafraîchissent l'inflammation.

Quand Nans, se reposant sur une paillasse, a veillé sa mère toute la nuit, moitié la soignant, lui parlant, lui essuyant le visage en sueur, le matin venu, après lui avoir fait boire la tisane chaude, il s'en va vers la bergerie. Les moutons l'attendent avec impatience, ils bêlent, ils se pressent vers lui, les agneaux sont insupportables dans leur hâte de vouloir s'échapper. Les chiens Vigilant et Michel fixent dans les yeux du berger leurs yeux intelligents qui brillent sous la frange en désordre des poils : « Alors? On sort ou on sort pas ce matin? » On sort. C'est un bondissement de centaines de pattes vers les prairies fraîches au bord de l'eau. Mais Nans se fait du souci : voici deux étés où le Gapeau tarit complètement. L'an dernier, pour le 14 juillet à Solliès-Toucas, la bande des jeunes a dansé sous le pont, dans le lit même de la rivière, où ne restaient plus que quelques roseaux secs. Cette fois, ce sera pareil. On pourra se servir du fond de sable comme chemin de raccourci, pour venir de Belgentier à La Guirande. Et au bord de la route d'eau, les prairies jauniront. Et qu'est-ce qu'elles mangeront alors, les bêtes? Des herbes sèches comme l'an dernier? Ce n'est pas ça qui les engraissera. Non, il faudrait les conduire à la montagne, les confier à quelque berger qui part là-haut, du côté des Alpes, où les prés restent toujours verts. On parlera de ça avec Firmin. Oui, on en parlera quand on sera un peu plus tranquille, quand on aura mieux ses idées. Mais la première chose d'abord, que ma mère guérisse. Qu'elle guérisse. Autrement je sais plus ce que je fais. Je deviens fou, moi, si je perds ma mère. Mais elle guérira, quelque chose me le dit. Elle est fabriquée d'une bonne terre. Les paysans de Provence, orgueilleux de leurs filles et de leurs terres brunes, disent : « Terres nègres portent bon blé. » Mais celles de la Haute-Savoie aussi, elles sont solides, dans leurs mottes grasses, dans leurs femmes robustes. Et ma mère, plus qu'une autre, elle est forte sous cette peau blanche, qu'elle a, comme pétrie avec les neiges de là-haut. Alors, quand elle sera guérie, on pourra peut-être lui parler de cette rencontre de la noce, de cette petite demoiselle si gentille? Et puis ça fera peut-être un mariage et tous les trois, les novis et ma mère, nous irons voir un peu comment c'est, ces pays? Vers La Jouvaine, sous les hautes montagnes, ces pays depuis le temps qu'on m'en parle...

A quoi on peut penser quand même lorsqu'on se laisse aller? « A la volte, Vigilant! Regarde le grand bouc qui mange le pommier. Alors qu'est-ce que tu fais? Et le travail, tu le connais plus? » Bien sûr qu'après le retour de cette Savoie, on pourrait pas rester ici comme bonne et comme valet, avec cette demoisellette habituée à mieux. Mais qui empêcherait de se prendre une petite ferme dans la vallée? Un peu plus près de Méounes, par exemple, pour pas trop l'éloigner de ses parents? Ma mère, elle a des économies, je le sais, moi aussi j'ai mis un peu de côté, nous sommes pas dépensiers. Du travail, j'en manquerai jamais, et ma mère et elle coudraient devant la fenêtre, derrière les géraniums. J'arriverais le soir : « Tu as pas eu chaud? (ou froid, selon la saison). Viens te changer. » La chambre avec le grand crucifix, le brin d'olivier des Rameaux, le long chapelet de boules de buis pendu en triangle. De sûr, elle mettra un chapelet. Elle est comme les femmes : elle est un peu dévote. Le lit avec la courtepointe au crochet fin, pareille à celle de Mme Michel, ma mère nous en ferait une. On se coucherait. On aurait chaud, y pourrait pleuvoir dehors. On serait heureux.

Midi surprend Nans dans ses rêves. Avant d'aller manger, il reconduit les bêtes dans l'étable, où elles resteront pendant le milieu du jour. Et ça lui permet de tenir un peu compagnie à sa mère, jusque vers les quatre heures, de la soigner, de l'encourager. C'est une chance d'être tous les deux chez un bon patron. C'est vrai que leur dévouement, ni elle ni lui ne l'ont jamais marchandé à Firmin, mais ce n'est pas un ingrat, il sait reconnaître.

Nans entre dans la chambre :

— Alors, mère, comment vous êtes? dit-il.

Un autre, plus expérimenté, saurait distinguer sur ce visage les terribles traces du mal qui ne pardonne pas. Lui n'a jamais soigné de malades et il ignore que derrière son dos, chacun répète : « Elle en a plus pour longtemps. »

— Je me sens mieux, répond Pascaline.

— Ah! vous voyez! Je le savais bien que vous remonteriez le mauvais courant. Je me le disais tout à l'heure à moi tout seul : « Ma mère, elle a de la force, elle se relèvera. » Allez, buvez votre tisane bien chaude, moi je vais manger, puis je resterai avec vous un gros moment.

— Je te donne beaucoup de peine, dit Pascaline, tu as déjà ton travail...

— La peine, c'est rien, dit Nans, que vous guérissiez, c'est tout ce que je veux.

Il mange avec appétit, aujourd'hui il a confiance.

Sa mère va mieux. Il va peut-être pouvoir lui parler de Félicie, et de ce bonheur tout neuf.

Il revient, il tient dans ses deux mains un bol de faïence qui fume :

— Tè, je vous ai porté un peu de café frais; pour une fois ça vous fera pas de mal, au contraire. Ça vous remontera.

Pascaline se soulève péniblement sur ses deux oreillers. Son dos déchiré la fait souffrir, elle ne se plaint pas, c'est si bon ce petit moment avec son fils. Oh! oui, elle va guérir! Elle aussi elle en est sûre, son fils l'a dit, il a raison.

Elle boit le bon café brûlant. Il lui reprend la tasse pour la poser. Maladroitement, garçon timide, il lui serre la main au passage :

— Les forces reviennent, qué mère? Ça se voit.

— Oui, dit-elle. Peut-être que je mourrai pas.

— Mourir? il dit, et pourquoi mourir? Y faut que vous me voyez marié d'abord.

Elle relève la tête et le regarde, surprise. C'est la première fois qu'il parle d'une chose de ce genre. Elle demande :

— Tu veux te marier?

— Oh! je dis ça, c'est manière de vous faire un peu rire, mère!

Il s'installe dans le vieux fauteuil dépaillé, contre le lit, et il rend à Pascaline son bon regard d'amitié :

— Vous êtes mieux. Je suis content.

— C'est grâce à toi, remercie-t-elle, tu m'as tellement bien soignée!

— C'est naturel.

— Oui, c'est naturel, mais tous n'en font pas autant pour leur mère. Aussi quand je croyais que j'étais à ma fin, je me disais que j'avais encore bien de la chance d'avoir un bon fils auprès de mon mal, d'être bien soignée et de finir dans mon lit. Je ne pouvais pas m'empêcher... Oh! surtout un soir, je ne pouvais pas m'arrêter de penser à mon frère, à sa mort...

— Mon oncle Albin? interroge Nans.

Il le sait bien que c'est son oncle Albin. Cet oncle, il le connaît. Il était tout enfant que sa mère lui en parlait déjà et elle avait aimé qu'il fasse le berger comme lui : « Parce que toi, tu n'iras jamais dans les hautes montagnes où coulent les avalanches de mars. Il ne t'arrivera jamais ce qui lui est arrivé à lui, de mourir seul. — Racontez-moi, mère? demandait-il. Mais elle disait : — Non pas encore, tu es trop petit. » Alors il se contentait d'y penser.

Aujourd'hui, il dit :

— Je suis grand maintenant, mère, racontez-moi, vous voulez? Mais ça va vous fatiguer, peut-être?

— Au contraire, dit-elle, j'y pense tellement tous ces jours! Ça me soulagera.

— Nous avons le temps jusqu'à quatre heures, fit Nans. Après, j'irai remettre le troupeau dans l'herbage.

— C'est le bon côté de ma souffrance, remarque Pascaline. Jamais je ne t'avais eu si longtemps à moi.

— C'est vrai que d'habitude, avec tout ce travail, on a presque pas le temps de se voir, dit Nans. Alors, vous me racontez?

— Alors, ton oncle, le commencement de sa vie, tu le connais? Comment nous étions dans notre chalet de La Jouvaine, ma maman, mon frère et moi, assez travaillants et heureux, malgré que le papa ne soit plus là, parce que nous étions jeunes quand il était défunt et que nous l'avions oublié.

Ton oncle avait tiré le bon numéro, il n'était pas parti soldat, il était bien content, il avait annoncé qu'il voulait se marier avec la Suzanne de Sur-les-Monts. C'était une petite bien courageuse et sa mère avait quatre vaches. Elles viennent chez nous, on fait la fête de fiançailles avec les champignons au vinaigre, le rôti, la tarte, tout. Bien arrosé de cidre et d'eau-de-vie. Le surlendemain, Albin partait pour l'inalpage sur Croix-Maudite, avec Jean-Baptiste Esminguaud.

« — Combien tu as de bêtes? demande Suzanne.

— Sept, il dit, avec les quatre tiennes. Et au passage, j'en prends deux à Saint-Geoffroy. En tout ça me fera treize.

— Treize? dit Suzanne (oh! ça, je me rappellerai toujours!). Treize? C'est un mauvais nombre.

— Pourquoi? demande Albin.

— Ça porte malheur.

— J'y crois pas à ça! »

Il rit. Ton oncle, tout son visage était une lumière quand il riait. Tu lui ressembles, mais tu ris moins souvent que lui.

« — Tu es pas superstitieux? dit encore Suzanne.

— Moi? Non.

— Eh bien, moi oui! Ça me fait du souci de te voir emmener treize bêtes.

— Pourtant, c'est comme ça, dit Albin.

— Ecoute. »

Suzanne s'était mise à réfléchir. Je la vois encore, avec son petit front que nous ne savions pas comme il était têtu :

« — Ecoute. Si tu veux, puisque tu passes par chez nous au départ, je te donne Etoile-Blanche, ma génisse neuve de l'année. Tu sais bien que je l'ai appelée comme ça à cause de cette étoile en poils blancs qu'elle a, si bien dessinée sur le front?

— Oui, elle est belle.

— Eh bien! emmène-la, ça te fera la quatorzième et si tu veux, là-haut, tu me la fais couvrir par ton taureau? Son premier veau sera pour notre ménage.

— Si ça te fait plaisir! dit Albin. Moi, tu sais, que j'en mène treize ou quatorze... »

Tu vas voir la suite, mon pauvre petit. C'est là que le destin attendait ton oncle! Jamais je n'ai pu raconter ça qu'une seule fois, à Laurent Michel, et encore pas tout, tellement ça me faisait mal. Et pourtant aujourd'hui, à toi, je veux te le dire.

Le surlendemain venu, maman demande à mon frère :

« — Alors, tu passes par Sur-les-Monts?

— Eh oui! dit-il, vous avez bien entendu?

— Ça te fait encore une occasion d'aller visiter ta Suzanne, tu es bien content au fond? Nous te reverrons quand?

Albin répond :

— Je tâcherai de descendre les premiers fromages et le beurre, avec un des fruitiers, et je m'arrêterai ici. A moins que j'envoie Jean-Baptiste?

Ton oncle savait que j'avais mon idée sur son ami et alors il me plaisantait. Il part. Quelques jours après, je vois sa Suzanne :

— Je suis contente, elle me dit, qu'il ait emmené ma génisse. Ces treize bêtes, ça me faisait peur! »

— Toi, tu es né provençal. Tu ne sais pas ce que c'est que l'inalpage dans nos hautes montagnes?

— Vous me l'avez expliqué déjà, mère, coupe Nans, ne vous fatiguez pas trop. C'est comme ici quand les bergers montent vers les Alpes, j'y pensais ce matin.

— Oui, sauf que, chez nous, les roches sont travaillées tout l'hiver par le poids des glaces et au printemps, par les torrents qui se font un chemin entre elles et les déracinent. Mais des accidents, il faut bien le dire, il n'en arrive guère, les hommes sont prudents. Qui aurait cru, mon Dieu...

A ce souvenir, Pascaline est traversée par une houle

de douleur. Elle pâlit et s'appuie sur son oreiller. Nans lui prend la main :

— Si ça vous fait trop de peine, arrêtez-vous, mère, dit-il.

— Que veux-tu, peine ou non, la chose est arrivée et je n'y changerai rien. Quand ton oncle est revenu chez nous pour quelques heures, quinze jours après son départ, il était tout content. Et le reste, je l'ai su plus tard par Jean-Baptiste, avant notre fâcherie. Voilà comment ça s'est passé :

« Ils étaient sur le Criou, un de ces soirs d'été où le mauvais temps est dans la montagne. Il faudrait que tu connaisses comment c'est alors, là-haut. Ici, vous n'avez pas d'idée! Nous, en bas, Suzanne dans son hameau, maman au chalet, moi, dans cet hôtel de *La Croix d'Or* où je m'étais placée, nous regardions les cimes noires, écrasées par les ventres des nuages et nous pensions à nos garçons. Mais jamais, bien sûr, nous n'aurions pu imaginer telle chose. Alors il paraît que l'orage tapait tellement là-haut que les bêtes, affolées par la bourrasque, se jetaient de tous côtés dans les brumes. Et ils avaient beaucoup de peine à les faire entrer dans l'étable. Enfin, ils y étaient arrivés et, coulant l'eau de la tête aux pieds, Albin venait de réussir à mettre la clenche à la grande porte que le vent lui arrachait. Il se tourna, il regarda les bêtes, il les compta et il dit :

— Il en manque une.

— Laquelle? dit Jean-Baptiste.

Et ensemble, ils virent que c'était Etoile-Blanche, la génisse de Suzanne.

— J'y vais, dit Albin.

Il sortit. Jean-Baptiste referma la porte derrière mon frère et recompta les bêtes. C'était bien vrai, la génisse manquait. Il écouta si Albin revenait. Il m'a raconté ensuite que la pluie et l'ouragan menaient si grand tapage qu'il avait beau tendre l'oreille tant qu'il pouvait, il n'entendait que l'enragement de leurs batailles.

— Il faut que j'y aille aussi, se dit-il.

Et il sortit à son tour.

La nuit, il a dit, était comme une pâte épaisse et noire, cinglée par de grands paquets d'eau. Il marcha sur le plateau herbeux où ses pieds enfonçaient, guidé seulement par les masses sombres des arbres. Il arriva ainsi près du parc d'où ils avaient fait sortir les animaux. Il cria :

— Albin!

Puis encore plus fort :

— Albin!

Et il commença à trembler, quand il eut fait tout le tour des barrières et que rien ne lui eût répondu que le hurlement de la tempête, il repartit en sens inverse, en courant, glacé de froid et de peur. Et il alla frapper du poing à la grange où dormaient les fruitiers. Il les fit lever et avec les grosses lanternes aux mains, ils partirent chacun par un travers du plateau. Et tous appelaient Albin partout, jusqu'à sentir leurs voix se casser dans leurs gorges.

Trois fois, quatre fois, ils se retrouvèrent au seuil de la grange, n'osant plus se regarder et quatre fois et cinq fois ils repartirent, tantôt l'un, tantôt l'autre, tantôt tous ensemble. Et cinq fois et six fois et dix fois, ils recommencèrent sans trouver Albin.

Et ainsi la nuit passa et, dès le petit matin, ils cherchèrent alors sur les pentes de Croix-Maudite, là où des roches emportées par les avalanches ont creusé de grands trous où la pierre est à découvert.

Et c'est là qu'ils l'ont trouvé, notre Albin, mon frère, ton pauvre oncle, tout déchiré, tout plein de sang, écrasé au pied d'une aiguille, dans un couloir creusé par les neiges d'hiver. Il était là, avec la génisse éclatée à côté de lui. Et sa main tenait encore la corde pour la ramener. Il était mort, tu penses bien. »

Pascaline se tait. Nans sort de là comme d'un rêve terrible. Il avait oublié où il était : sa mère malade et La Guirande. Il était parti lui aussi, à travers le plateau herbeux fouetté par l'ouragan, avec les autres il avait désespérément appelé Albin, il avait sué les sueurs de l'angoisse et, avec les autres, il avait tremblé jusqu'au plus profond de lui quand, à leurs voix qui suppliaient le Destin, rien n'avait répondu.

Pascaline se remet à parler :

— On a fait les funérailles trois jours après qu'on l'a eu remonté de là et descendu dans la vallée jusqu'à La Jouvaine. Maman n'a pas pu verser une larme. Suzanne a sangloté et crié toute une nuit. Jean-Baptiste était venu m'annoncer le malheur à *La Croix d'Or* et il avait pleuré avec moi. Trois mois après, il épousait Suzanne. Leur chagrin s'était calmé.

Pascaline a une grimace amère de sa bouche fiévreuse. Elle reprend :

— C'est à ce moment que je suis venue par ici avec M. et Mme Carlioz.

Elle s'arrête encore.

— Vous avez souffert, mère, dit Nans, beaucoup souffert, je le vois.

Il reprend la main chaude et moite de la malade, il appuie dessus son visage, dans un geste d'enfant.

Elle lui fait un triste sourire :

— Que veux-tu, mon petit, dit-elle, c'est la vie; tous, plus ou moins, nous avons notre croix à porter.

— Ce Jean-Baptiste, vous vous y étiez attachée?

— Oui. Après, je l'ai oublié.

— Quand vous avez rencontré mon père? dit Nans.

— Oui, dit Pascaline.

Sa voix a une hésitation :

— Il est mort, mon père?

— On ne sait pas, on n'a jamais eu de nouvelles.

— C'est drôle, réfléchit Nans. Il ne tenait pas à nous pour partir comme ça?

— C'était un caractère...

— Sauvage y paraît? dit Nans.

— Oui, un peu sauvage. Et puis... Ah! il y a tant de choses.

Pascaline se tait. Elle serre ses lèvres comme pour empêcher les mots de sortir. Elle se laisse aller à la renverse :

— La tête me tourne, elle dit.

— Vous avez trop parlé, mère. J'aurais voulu vous arrêter à cause de votre fatigue, mais j'avais tellement envie de connaître comme tout ça était arrivé. Allez, maintenant, y faut vous taire! Je vais vous donner de la tisane chaude et vous laisser reposer. Ce soir, je vous placerai encore un vésicatoire. Ça vous a bien soulagée.

Pascaline le remercie d'un faible sourire. Il sort de la chambre, emportant dans sa poitrine un tumulte de pensées, de peines, de joies, de diverses amours. Sa mère, son oncle, son père, Félicie, tout cela se mêle et se démêle et lui gonfle le cœur et lui serre le cœur. Il va dehors, il prend le petit sentier vers l'étable, il y entre, il touche de ses mains les dos épais des moutons endormis; il reste là à rêver, les doigts dans la laine, il pense : « Cet oncle Albin, c'est malheureux qu'il soit mort, il me semble que nous nous serions beaucoup aimés. »

6

Sait-on jusqu'à quel point un rêve est une chose fausse ou une chose vraie? Et puis, est-ce du rêve quand on a les yeux ouverts sur la nuit et que tous les sens recréent ce qu'on croyait perdu?

Pascaline s'éveille tout à coup dans le noir, elle ne sait plus où elle est; pourtant, elle sait bien qu'elle n'est plus dans sa chambre de La Guirande, à côté de la grande cuisine où Firmin préside la table des valets. Ici, c'est la cabane de Grand-Cap. Toute la montagne est autour, là-haut, crêtée de grands os blancs, en bas mouillée par l'eau de la rivière. Les âcres odeurs chaudes du romarin et des cistes entrent de toutes parts dans la maison.

Dans ce pays d'illusion, les cheveux ternis de Pascaline sont redevenus la blonde gerbe d'avoine qui parait son front de jeunesse, et la vieille Tistone n'est pas morte. Pas morte? Non. Elle est là, penchée sur ce lit où Pascaline souffre, mais pas de cette souffrance de mort, d'une souffrance bonne, d'une souffrance de vie, d'un mal qui fait du bien. Et le mal se passe et le bien est là. Un petit paquet de viande rose, comme la viande fine d'un agneau à sa naissance. Le petit est né.

Pascaline se relève sur son lit et elle dit d'une voix claire :

— L'agneau est né.

— Quoi? L'agneau?

Nans a reçu cette annonce en pleine figure. Veillant sa mère depuis le début de cette neuvième nuit, il s'était engourdi dans son fauteuil dépaillé et ces quatre paroles le réveillent en sursaut :

« L'agneau est né? Qu'est-ce que ça veut dire? »

Sa mère est toute rouge de figure, suante, à demi hors du lit. Et sur ce visage enflammé, elle a un sourire d'extase.

— Mère, restez un peu tranquille.

Il la recouche, il lui essuie le front, lui arrange les draps. Elle se laisse faire, puis elle ouvre les yeux qu'elle avait fermés, elle les plante dans les yeux de son fils, elle le regarde d'un profond regard et, d'une voix de chuchotement, d'une voix de mystère, elle redit :

— L'agneau est né.

— Oui, mère, dit-il, il en naît tous les jours des agneaux, en ce moment. Soyez calme, mère.

Elle sourit. C'est un beau sourire de lever d'aurore qui éclaire son visage. Ses yeux brillants de fièvre s'accrochent à ceux de Nans. « Ses yeux sont fous », pense-t-il.

— Le petit est né, elle dit.

— Le petit? dit Nans.

— Oui, le petit, notre petit...

Pascaline attrape à deux mains le bras de son fils :

— Notre petit, Laurent, celui qu'on a fait à tous les deux.

« Laurent »? Un balancier plus lourd que celui de la vieille horloge du couloir s'ébranle dans le cœur de Nans.

— Calmez-vous, mère, soyez calme, redit-il. Allez, allez, soyez calme! Vous dites des bêtises.

Une irritation monte dans sa voix, il tord un peu la main de la malade, qui vogue au-dessus de lui et cherche ses épaules. Pascaline lui murmure d'un air important :

— Je n'ai pas crié. Je n'ai presque pas crié, non. Je ne crie pas, moi. Je ne suis pas de vos femmes de

Provence qui se font porter dehors, la nuit de leurs noces, pour que tout le monde voie leur bonheur. Et qui appellent les voisins quand elles font leurs enfants.

— Mère, vous me faites honte.

Pascaline n'a pas entendu. Elle a toujours son sourire de joie. Elle dit encore :

— Laurent, il est né notre petit. Regarde qu'il est beau. Il aura ta forme de tête, je crois, mon chéri, et ton genre de figure.

— Mère! Allez, réveillez-vous, j'en ai assez de toutes vos bêtises.

— Et qu'est-ce que ça me fait qu'il ne sache jamais qu'il est tien? Moi, je le sais, et il portera dans toute sa vie la ressemblance de ta bouche.

— Mère!

Nans est désespéré. Son impuissance l'accable de faire taire cette femme, cette bavarde, cette imbécile.

— Mère, mère, taisez-vous!

Il la pousse, il la cogne, il lui serre les épaules avec les draps pour que les mains ne s'échappent plus. Et puis soudain, il pense au cachet, au calmant. Il le met dans une cuiller avec de l'eau, il le fait boire à sa mère en lui ouvrant de force la barre serrée des dents. Elle avale, elle remue encore un peu, puis la tête retombe de côté, elle s'engourdit. Il pousse un soupir de soulagement. Il se rejette dans son fauteuil. Il sue autant que la malade. Son cœur s'étouffe dans les parois de sa poitrine. Il tape dur et sec comme la vieille horloge. « Mère, qu'est-ce que vous avez dit? C'est pas possible! L'agneau est né? Je le sais que l'agneau est né. Un, deux, six, dix agneaux, puisque c'est la saison où il en naît un peu tous les jours. Et justement, l'autre matin, sur la pente du pré qui descend au Gapeau, j'en ai vu naître un et j'ai bien regardé. Ça n'était pas nouveau pour moi, non, mais c'est la première fois que je me prenais le temps de m'arrêter. D'habitude, je faisais plus attention au travail qu'aux bêtes. Siffler Michel et Vigilant, leur commander de faire leur métier de chien de troupeau, leur aider en jetant une pierre vers le mouton qui s'égarait, c'était ça plutôt que d'observer particulièrement chaque animal... »

Ce matin-là, il s'était d'abord laissé prendre au plaisir d'admirer les petits paquets blancs épars que faisaient les agneaux auprès des mères rousses, lourdes de lait. « On dirait, avait-il pensé, de ce linge de femme, si blanc, qu'elles étendent au soleil, sur l'herbe ou contre les roches. » Et il avait imaginé Félicie avec son air sage, étendant ainsi, non loin de lui, la lessive de la maison.

Et il s'était amusé de voir tout à coup les agneaux se lever, jaloux les uns des autres, courir à leurs mères, passer sous elles, donner des coups de museau dans les tétines et se gorger de lait, puis se tasser de nouveau tous ensemble, dodelinant de leurs têtes rondes et naïves, aux oreilles écartées.

Ainsi, en regardant à droite et à gauche, il en était venu à remarquer une brebis qui s'était couchée et qui restait là, haletante, les cuisses écartées, laissant voir toute une place rouge et luisante. Il s'était soulevé pour mieux regarder. La bête avait bêlé sa plainte vers lui, et d'elle alors, à cette minute, avait jailli un flot d'eau sale qui avait crevé dans l'herbe. Elle s'était mise à lécher cette herbe mouillée, à la brouter d'une langue avide, puis à marcher de nouveau, tandis qu'une longue glaire pendait sous sa queue. Nans avait vu qu'elle allait agneler. Ce n'était pas chose rare à La Guirande où les chiennes, les chattes faisaient leurs petits dans tous les coins; où les chèvres, les lapines traînaient des ventres lourds qui, tout à coup, se vidaient de leurs fruits. Mais d'aussi près comme ça, tranquille, seul, jamais il n'avait vu paisiblement cette chose.

Se déplaçant lentement sur les genoux et les mains, il avait suivi la brebis qui s'était un peu éloignée et, quand elle s'était arrêtée, il s'était arrêté lui aussi et accroupi non loin d'elle.

Cette fois, la bête n'obéissait plus seulement à la nature, elle lui aidait. Couchée sur le flanc, elle s'arc-boutait des pattes contre le sol, tendue dans la longueur de son corps, elle levait la tête vers le ciel, puis la tournait sur son cou. Nans avait vu le museau se retrousser sur ses longues dents jaunes, se raidir les muscles des lèvres, puis dans un frisson, se froncer et s'écarter encore en se crispant. Et Nans avait vu les gros yeux de verre dur, larges ouverts, pleins d'un si doux regard, passer sur lui sans se poser. Enfin, la brebis, avec un bêlé lamentable, avait posé sur le sol sa tête accablée, la laissant là, mollement couchée dans un triste abandon. Et ainsi, ayant fermé ses fines paupières de nacre, elle s'était livrée à la douleur qui la déchirait.

Nans, de tout près, avait regardé. Une grosse curiosité mêlée de dégoût lui avait fait ouvrir les yeux aussi grands que possible. Entre les cuisses de la bête, au centre de ce renflement rouge et luisant, une poche de glaire jaune d'or venait de surgir. Au milieu qui s'ouvrait, quelque chose de blanc. Il s'était approché plus encore, brûlant d'attention. La brebis, contractée de nouveau de tous ses muscles, se rétractait. La poche jaune et son centre blanc de nouveau avaient disparu; se relevant péniblement, la bête s'était remise à brouter la place d'herbe souillée, puis elle avait recommencé à marcher, avec toujours cette longue glaire jaune pendante, derrière elle.

Deux fois, trois fois, Nans avait cru que la naissance allait se produire. Et chaque fois la brebis se couchait, se raidissait, bêlait sa plainte, puis laissait retomber sa tête et son corps dans leur épuisement, puis se relevait, broutait avec un soin goulu l'herbe encore salie par elle. Enfin, repartait, un peu de travers, comme soûle.

Et Nans, chaque fois, l'avait suivie, se traînant sur les genoux, s'allongeant près d'elle pour bien voir, quelquefois trop près. Alors, la bête peureuse repartait. Et chaque fois, ce qui voulait sortir d'elle se résorbait de nouveau dans le cratère de ce volcan rouge qui était un ventre.

A la fin, après des marches en recoupements, comme si elle avait voulu perdre son observateur, elle s'était installée au milieu du troupeau et Nans avait compris que ça allait être la bonne fois. Il s'était avancé avec hâte, mais des agneaux dérangés avaient couru dans ses jambes et, quand il avait pu voir, un paquet était déjà sur le sol, à côté de la mère. Une seconde avait suffi. La naissance est aussi prompte que la mort et souvent, toutes deux échappent à l'attention humaine.

Un paquet glaireux jaune d'or, moussu comme un lichen de roche : l'agneau tombé à terre était né, et déjà la mère debout.

Du sang clair coulait entre ses cuisses, où pendait une vessie emplie d'eau rose qui tremblait, parce que la mère tremblait. Mais de son mal, elle ne s'occupait guère. Penchée vers le paquet de nouvelle chair, travaillant activement des dents, elle déchirait des peaux, mangeait à même cette mousse de glaires et de sanie, nettoyait à grands coups de langue le nouveau-né et, de temps à autre, mâchait le cordon qui la reliait encore au petit. Enfin, elle l'avait coupé et véritablement alors, l'agneau était né.

Débarrassé de cette chape d'or, collée sur lui par de longs fils, il était apparu d'une blancheur mate de craie, avec le rose d'une fleur de pêcher sur son museau. Ses oreilles, dégagées, frémissaient. Ses longues pattes, avec le sabot déjà durci, s'étiraient. Il balançait une molle tête dans le vent frais du matin. Il avait l'air de dire bonjour au monde. La mère, en poursuivant sa tâche, avait des grondements sourds qui étaient des roucoulis. Une tendresse de toute force sortait d'elle, et dans sa joie passionnée, elle devenait brutale. D'un coup, elle avait retourné le petit sur le flanc qui était encore sali, puis elle lui avait bousculé le museau pour mieux le nettoyer. La petite tête ronde avait viré sur le cou fragile. Deux yeux d'eau pâle s'étaient ouverts et un appel, le premier de sa vie, avait crié au secours. L'agneau était bien vivant. La vie commençait à s'affirmer. La mère avait poussé un nouveau grondement de plaisir.

« Qu'il est beau notre petit... »

Le plein soleil de cet avril passait sa chaude main sur le poil blanc tout neuf qui s'allégeait, prenait du brillant. Sous cette douceur l'agneau s'était levé, butant sur ses pattes, puis s'affermissant, puis retombant, son corps tendre cognant la rude terre, puis enfin debout, il avait fait deux pas en titubant. Il était venu sous la brebis, il avait poussé le museau en avant et il avait commencé de téter, ayant instinctivement découvert la source de cette nourriture prête pour lui. La mère s'était immobilisée, à demi tournée pour le voir.

« Qu'il est beau notre petit! Il aura ta forme de tête. »

Nans avait regardé encore longtemps. Effrayé, émerveillé, plein d'admiration et d'un dégoût d'homme qui jamais ne s'ouvrirait pour vomir un enfant, d'une honte d'homme, dans le regret de ne pouvoir donner ainsi la vie.

Et ce jour-là, il s'était mis à penser à sa mère. Il s'était rappelé ce qu'elle lui avait raconté de sa naissance à lui dans cette cabane de Grand-Cap où elle avait accouché sur son lit de fayard, avec la seule aide de la vieille Tistone. Bien des fois, tout seul, en gardant au penchant des collines, il avait évoqué le souvenir de tous ces gens morts avant sa naissance ou quand il était encore petit : ce parrain Guirand qu'on appelait Nagi, cette brave servante « qui t'a reçu dans son tablier, disait Pascaline, et qui te chantait de si belles chansons pour t'endormir :

A la première ville
Son amant l'habille
Tout en diamants d'or.

Et puis, toi sommeillant et ton père, Nans, parti au bois, elle me parlait de celle qu'elle avait tant aimée, de sa compagne de communion, de sa Fleurie Guirand, mère de la race, mère de Laurent Michel, le maître, qui est devenu ensuite le père de Firmin. Et à présent, qui sait jusqu'où elle ira, cette famille? Si elle va descendre ou si elle va monter? Qui sait quelle fille il va marier, notre Firmin? Et toi, mon Pascal, quelle fille sera ta femme? ».

« Moi, moi? pensait-il alors, mais qu'est-ce que j'ai à faire là-dedans? Qu'est-ce que je leur suis, moi, à ces Michel, autre que leur berger? Votre Fleurie (c'est un joli nom pour une fillette tout en fleur), votre Fleurie, votre parrain Guirand, ça m'est rien tout ça à moi, pas plus qu'à vous, ma mère? Parlez-moi plutôt de cette famille Nans, du côté de mon père. Ça m'intéresse mieux. »

Mais alors il se souvenait que, quand on en arrivait là, sa mère se taisait et reprenait son ouvrage.

Maintenant, au sortir de ce souvenir où la mise à bas d'une brebis s'est mêlée à sa propre venue au monde, il se sent égaré jusqu'au fond de lui-même. Il serre sa tête à deux mains entre les doigts rudes, pour fixer sa pensée perdue. Quand est-ce qu'il rêve? C'est tout à l'heure, c'est maintenant? Sa mère, quand est-ce qu'elle a rêvé? C'est autrefois, quand elle racontait qu'il était le fils de Toussaint Nans? Ou c'est tout à l'heure, quand elle a dit :

« — Laurent, mon Laurent, mon chéri... »

Laurent? Le père de Firmin. Lui, son père, c'est Toussaint Nans. Ou bien alors... Oh! il y a de quoi devenir fou!

— Mère, mère? Ecoutez, c'est pas possible, réveillez-vous, mère, y faut me dire...

Il se dresse contre le lit, il attrape la malade à plein bras, il la soulève, elle est lourde, elle retombe; des yeux fixes le regardent, pleins de repoche; il crie, il met les mains sur ses oreilles pour ne pas s'entendre crier, il met les mains dans sa bouche pour empêcher son cri de sortir :

— Mère, mère, vous êtes pas morte comme ça? C'est pas possible! Y faut que vous me disiez. Quand est-ce que vous avez rêvé? Quand est-ce que vous avez menti?

Le corps est retombé, ployé en tas sur le côté. Il l'arrange pendant qu'il est encore un peu souple. Il regarde en pleine face ce visage fermé. Avec ses deux pouces, il fait descendre sur les yeux morts le voile des paupières. Il ramène une main sur la poitrine où le cœur est devenu silencieux. L'autre main, il la tient dans la sienne. Son cœur se gonfle et une maigre larme coule sur sa joue.

— Mère, je vous demande bien pardon, vous avez fait ce que vous avez voulu.

La nuit est passée. L'aube détache sur le mur le cadre clair de la fenêtre. Le corps de Pascaline s'est raidi pour toujours. Firmin, ayant doucement ouvert la porte :

— Comment elle va? demande-t-il.

Nans se relève de son abandon contre le lit, de son tassement dans sa peine, il se dresse et regarde la muette. Il regarde Firmin. Et il regarde loin dans le passé. Et il regarde loin dans l'avenir. Et il dit :

— Maître, ma mère est morte.

7

Dans les campagnes comme dans les villes et ici comme ailleurs, pour les noces et les enterrements, chacun dit la sienne. Et dans les campagnes particulièrement, des gens se retrouvent à la sortie des églises, qui depuis longtemps ne s'étaient pas rencontrés. On les voit arriver depuis le bout de la route. Les vieux de l'Hospice, cahin-caha, marchent lentement avec l'aide de leurs cannes et pensent qu'ils ont bien de la chance, avec leurs septante ou nonante années, d'enterrer cette femme qui n'en avait pas cinquante. Les rangées de paysannes suivent, habillées de noir pour la circonstance, avec des chapeaux et des gants. Les plus proches voisins sortent par leur remise. Leur chien veut les suivre et ne comprend pas pourquoi on refuse de l'emmener. Roux et vif comme un renard, il saute par une petite fenêtre. Un garçon le prend dans ses bras, rit avec lui, le renferme de force en poussant la grosse porte de bois.

Le père enfonce un sac dans le trou de la fenêtre en disant : « Qué maoufatan, ce chien! Pas moyen de le tenir! » Devant les cyprès d'entrée de La Guirande, un groupe épais de gens attend la sortie du cercueil. Le temps fantasque du printemps a changé depuis hier. Le ciel est gris fer, sinistre en couvercle de marmite. Les gens traînent leurs gros parapluies noirs. La cloche de l'église résonne. A Belgentier, où se fera l'enterrement, une cousine des Michel, une jeune rieuse fille qui voudrait bien épouser Firmin et compte le voir dans le cortège, demande à son père :

— Le double a déjà sonné?

Elle veut dire le second coup. Au troisième coup de la cloche, on sait que le corps quittera la maison où il a été vivant. Alors, on se préparera et on ira l'attendre au passage, sur la route, pour l'escorter à l'église et au cimetière. Un homme part avec deux parapluies, le sien, lourd, à manche recourbé, suspendu à son bras, l'autre, plus léger, plus mince, avec une pampette de soie qui danse, celui de la fille qui est allée devant la première, parce qu'elle fait partie des « Enfants de la Vierge » qui doivent rendre honneur à la morte. Une chienne basset, lourde en mamelles, traverse la route. Encore une qui s'est obstinée à suivre son maître : « Qué testarde! » Elle le regarde avec de longs yeux d'adoration. « Couche-toi et bouge plus! commande-t-il. Et tout à l'heure tu marcheras derrière, sans rien dire. Autrement je te frappe! » Il lève une main menaçante. La chienne se roule sur le dos dans l'herbe du talus et tend son ventre vers les caresses. L'homme se met à rire : « On peut pas lui en vouloir, elle est beaucoup baisarreuse. » Une vieille charrette verte, où tout grince, met à terre un couple vieux et grinçant comme elle, descendu de Bramafan.

Depuis sa chambre, Thérèse, qui n'a pas pu se lever, devine, dans la pièce du bas, le groupe sombre comme un paquet de fourmis. Autour de Pascaline clouée dans son cercueil, la femme du menuisier de Solliès, qui est nerveuse, sanglote à petits coups. Deux voisines de ferme pleurent sans bien savoir pourquoi, simplement parce que la mort est toujours triste. « N'oublie pas, toi qui es là, qu'où je suis, tu y viendras. »

La mère Aiguier se tient debout, petite et raide dans ses quatorze mètres de jupes, son visage sec est cerné par le tuyautage blanc de la coiffe. Cette Pascaline, elle ne l'a jamais aimée, ça lui est égal de la voir partir. Elle l'aurait bien tuée pour la santé de Thérèse. Mais ça s'est fait seul et Thérèse est restée malade quand même. Le père Toucas, l'oncle Aiguier, Venel, le Laurade du moulin à huile, tous ceux qui ont connu le berger à la noce d'Hélène, sont entrés par politesse dans la cuisine. Firmin Michel se tient avec eux. Nans est debout devant le corps de sa mère. Dans la chambre mortuaire dont on a fermé la fenêtre et voilé la glace avec un drap, les cierges finissent de brûler sur un piédestal de cire fondue.

La cloche de Belgentier sonne le troisième appel : « Tin, tin, tin-tin, tin, tin, tin! » puis un arrêt, puis « Tin tin! », puis « Tin, tin, tin! ». Aussitôt, comme décrochée par les sons, la pluie commence à tomber. On va enterrer Pascaline sous la pluie, dans une terre détrempée par la pluie d'hier. Et la pluie d'aujourd'hui va commencer tout de suite à gonfler le bois neuf du cercueil. Il y a ça dans la vie.

— Alors y pleut! dit la voisine.

— Hé oui! dit l'autre, on est pas assez malheureux, y faut encore qu'y pleuve.

— C'est l'heure de partir, dit la femme du menuisier.

— Après, ça va sonner pour l'autre.

— La belle-mère de la laitière?

— Oui. C'est rare de voir deux enterrements comme ça coup sur coup.

— Marcel, je sais pas s'il y est. J'ai vu Emile, mais pas Marcel.

Firmin Michel vient prendre Nans par le bras. Les hommes vont soulever la bière pour la porter dehors jusqu'au corbillard. Une ondulation parcourt le groupe noir. Les parapluies ouverts font un dais mouvant. La cloche sonne par trois gouttes tristes. La cour de la ferme s'est vidée. Les poules curieuses, une patte en l'air, y viennent picorer. La mère Aiguier remonte voir sa fille qui va lui dire :

— Alors, alors? Raconte-moi bien tout.

Pascaline a quitté le domaine. Une femme est entrée dans sa mort.

Ce matin, le bruit du marteau avait réveillé des gens avant le jour. « C'est le menuisier, avaient-ils pensé. Qui est encore mort? » Vite, ils avaient su que c'était la mère du berger de La Guirande. « Y faudra y aller, pour les Michel, avaient-ils dit, autrement ces Nans, c'est un peu des sauvages. » Puis, le menuisier était sorti de chez lui, poussant une large brouette sur laquelle il emporte le cercueil de sapin, sa femme chargée du vilebrequin l'accompagne jusqu'à la boulangerie où elle va chercher son pain. Une vieille sort d'une porte et court vite au menuisier. Avec une fausse modestie, elle lui confie une gerbe de fleurs, des narcisses, des anémones, une branche de lilas blanc au milieu. « Vous les remettrez de ma part », elle dit. Mais une autre vieille lui a couru après :

— Mais dis, fais voir au moins! L'emporte pas si

vite. Eh ben, elles sont belles! Y vont être contents!

Oui, ça a commencé comme ça ce matin. Après le passage du menuisier, quelques femmes ont fait groupe sur la place de Belgentier, avec des soupirs et des paroles à voix basse. Peut-être quelque maldisante a-t-elle rappelé que « dans un temps, il avait couru des bruits sur cette fille des hautes montagnes et le père Michel. Mais il y a si longtemps? Et qui le sait? Qui peut trier le vrai du faux? Y a tant de gens méchants. Pas vu, pas pris! ». L'heure est venue de rentrer dans les maisons, de s'occuper du manger, des enfants, ou d'aller au bien. Les bavardages ont cessé; s'ils reprennent plus tard, au long du cortège, Nans ni Firmin ne les entendront. Ils marchent en tête, Nans un peu en avant parce qu'il est le fils, mais Firmin tout de suite après, parce qu'il est le maître. Pour Nans, ce chemin semble ne jamais devoir finir. De La Guirande à Belgentier, de Belgentier au cimetière qui est de l'autre côté du Gapeau, il ne croyait pas la route si longue. Il est venu par les mêmes détours pour enterrer le père de Firmin. « Le père de Firmin, Laurent Michel, Laurent, Laurent, Laurent. » Son pas scande le mot, le nom, son pas rythmé le coupe en deux : « Lau-rent, Lau-rent, Lau-rent. » C'est à cause de ce nom maintenant que Nans a tant de soucis, tant de choses en tête qui tournent et se battent. « Le père de Firmin, oui, avant c'était ça, rien que ça, avant que Pascaline parle. La fièvre, le rêve, ça suffit pour vous faire sortir du fond de vous de pareilles raisons? Il n'y a rien, on soulève une pierre et les bêtes grouillent. Ça semble pas possible? O mère! si vous pouviez revenir! Pas longtemps, rien qu'une minute seulement, pour me dire que c'est pas vrai, que vous faisiez un rêve imbécile, que la fièvre du gros mal vous faisait déparler, mais que c'est pas vrai, que c'est pas vrai, que c'est pas vrai, que tout ça est pas foutu par terre. »

Le pas de Nans marche lourd et régulier derrière le cercueil, où le mouvement du cheval balance le corps insensible. Insensible? Qui sait si tout de la morte ne crie pas vers le fils : « Oui, mon petit, c'est vrai, tu es son petit. A la cabane de Grand-Cap où, triste, je soignais le parrain Nagi, un soir, tout nu, vêtu seulement de la force de son désir qui venait à la rencontre du mien, Laurent est entré dans la paillère où j'étais couchée. » Lau-rent, Lau-rent... Le cercueil va s'ouvrir peut-être, éclater, tomber sur la route, jeter sur la route une femme haletante, vivante, joyeuse, avec un corps plein de ronde chair, un visage de jeunesse, une bouche grasse qui criera : « Notre amour, ah! notre amour! Il a été si beau! »

Jusqu'à maintenant Nans aurait pu être heureux. Il l'était même, il ne le savait pas. A présent, c'est fini. Il croyait que son père et sa mère étaient à lui, comme ça se passe pour tout le monde et ce n'était pas vrai. Il croyait que sa mère avait toujours été brave et ce n'était pas vrai, c'est dur d'être obligé de se dire ça d'une mère qu'on respectait : elle avait menti, elle avait trompé, elle avait mangé le pain de Thérèse Michel en lui ayant pris son mari. Elle s'était assise avec eux, tous les soirs aux veillées, elle avait gardé contre ses genoux tantôt Pascal, tantôt Firmin. Devant eux, elle avait dit « Maître » à Laurent Michel et avec la même voix, quand elle était seule avec lui, elle lui avait dit des mots de soumission amoureuse. Avec les mêmes lèvres, elle avait embrassé son mari, son fils et cet autre homme à qui elle s'était donnée. Ah! elles étaient propres, les filles de montagne! Elles pouvaient se moquer des femmes chaudes de la Provence. Elles étaient pareilles. Et probable que toutes les femmes sont comme ça, putes, putes! Puisque sa mère, avec son air tranquille et ses yeux bleus, avait été capable de tant mentir. Cette autre jeune fille, qui a un air sage aussi et des yeux francs, sans doute qu'elle aussi, elle est comme les autres et qu'elle a pas attendu d'être mariée pour courir. Félicie... Elle a bien su venir le trouver près du puits, le soir de la noce? Peut-être qu'il aurait dû la bousculer, dans l'ombre des cyprès, peut-être que c'est pour ça qu'elle était venue le chercher? Elle avait bien dû se moquer de lui pour le voir assez bête de se contenter de lui tenir la main, comme un fada? S'il avait su se prendre un peu d'audace, elle lui aurait dit merci et un autre aurait pris la suite, pour baptiser ce qu'ils auraient fabriqué ce soir-là. Putes, putes! Qué cochonnerie! C'est ça qu'ils appellent l'amour? Eh ben alors, si c'est ça, si c'est ce mensonge, j'aime mieux pas le connaître. Au fond, mère, en m'apprenant cette mauvaise chose qui m'a crevé le cœur, vous m'avez peut-être rendu un grand service.

Les cordes ont laissé glisser la bière au fond du trou. La boue tombe sur le bois, par pelletées. Maintenant c'est impossible que Pascaline Arvin-Bérod se relève, pour crier la grandeur de son amour. Elle a trop de terre sur elle et de pierre et de millions de germes d'herbes, qui vont pousser et fleurir par-dessus elle, dans la force de ce printemps de demain.

A la sortie du cimetière, des gens attendent, pour serrer la main du fils, lui expliquer la part qu'ils prennent et faire leur adieu. Et puis, ils s'en iront dans leur maison. Ils retourneront à leurs veillées, à leurs mangeailles, à leurs travaux. Ils continueront leur vie avec leur femme, leurs enfants, leur mère qui est vivante, leur père qui est leur vrai père : « Moi, j'en ai eu deux de pères, je n'en ai pas eu un. Et maintenant ma mère est morte et avant de mourir elle n'a pas su s'empêcher de parler. »

— Monsieur Pascal...

C'est à lui? C'est à côté de lui, quelque chose qui l'interroge. C'est une petite voix timide, une petite main froide, un petit visage pâle, mouillé de pluie. C'est Félicie Venel.

— Monsieur Pascal, je voulais vous dire... Votre mère, je la connaissais pas, mais quand même, ça m'a fait beaucoup de la peine.

— Je vous remercie, vous êtes bien aimable.

Nans détourne son regard du petit visage mince où les yeux sont si tristes. Il a répondu d'une voix froide, son tressaillement s'est glacé de dédain. Il est encore tout entier dans le souvenir amer de la menteuse morte. Alors son mal lui crie : « Celle-là, qu'est-ce que c'est, celle-là? Encore une femme? Encore une pute? Sûr, elle la connaissait pas ma mère, alors qu'est-ce que ça peut lui faire, sa mort? C'est des mensonges. C'est des singeries pour me prendre. Elles sont toutes pareilles. »

— Je suis venue, dit la petite voix tendre, parce que j'ai pensé que vous seriez malheureux. J'ai pas dormi cette nuit. J'ai beaucoup de la peine.

La voix féroce de la rancune continue à crier dans Nans : « C'est pas vrai! C'est pas vrai! Tu es venue parce que tu avais envie de me voir, que tu voulais profiter de l'occasion de l'enterrement, comme tu as profité de celle de la noce. Et moi, ça me dégoûte de te voir mentir déjà, petitoune comme tu es. »

Firmin s'est approché :

— Merci, mademoiselle Félicie, dit-il, nous vous sommes bien reconnaissants de vous être dérangée.

Il regarde avec complaisance la jeune fille pâle. Il s'inquiète :

— Vous êtes venue comment, depuis Méounes?

« De quoi il se mêle? » pense Nans.

— Mon oncle m'a menée en voiture, répond-elle. Je le lui ai demandé parce que je tenais à venir.

Sa voix tremble et ses yeux cherchent ceux de Nans, mais Nans garde sa voix et son regard prisonniers, dans le dedans de lui, noir comme un fruit pourri.

— Et pour revenir? demanda Firmin.

— Je trouverai bien une occasion, dit-elle.

Firmin s'empresse :

— Je vous conduirai, moi, dit-il. Mon petit valet m'a suivi avec la jardinière pour le retour. Vous voulez bien que je vous ramène? Ça sera tout plaisir pour moi.

Du coup, le visage pâle de Félicie a rougi. Elle baisse la tête, elle regarde Nans, elle lui dit craintivement :

— Vous vouliez peut-être encore un peu rester sur la tombe de votre mère? Mais on vous attendra. Ce doit être triste de laisser les siens en terre. Je comprends bien...

— Qu'est-ce que vous voulez? dit Firmin, ça sert à rien de se désoler. Nous passons tous par ces mauvais moments. La vie, c'est comme ça. Heureusement qu'y en a des meilleurs. C'est à ceux-là qu'y faut penser. Moi, j'étais tout jeune quand j'ai perdu mon pauvre père, ça m'a peut-être moins fait, mais quand même... Tenez, il est là. On y a mis une gerbe tout à l'heure en souvenir, y sont pas loin l'un de l'autre.

Non, ils ne sont pas loin de l'autre, le patron et la servante, l'amant et la maîtresse, le trompeur et la menteuse, ceux qui, morts et détruits, empoisonnent encore de leurs vivantes présences la confiance d'un cœur neuf. Nans regarde la bande de terre qui s'étend entre le tombeau « Famille des Michel » et le tas de boue fraîchement remué, sous lequel on vient de mettre Pascaline. Ils ne sont pas loin. Quelque racine traçante va sûrement de l'un à l'autre à travers la terre. Pourtant ils sont séparés. Et pourtant, qui sait? Peut-être ils se sont rejoints dans leur éternité?

Firmin est impatient d'emporter Félicie. Il dit à Nans :

— Tu viens? Elle est enterrée ta mère, malheureusement. Tu vas pas rester là tout seul à te faire mal?

Nans le regarde. Firmin vient de dire : « Quand j'ai perdu mon pauvre père... » Nans aussi alors, il a déjà perdu son pauvre père? Celui qui est parti pour une guerre lointaine, alors ce n'était pas le vrai? C'est difficile de s'habituer à ces complications.

— Tu viens? répète Firmin. Nous raccompagnerons la demoiselle jusque chez ses parents. Nous boirons quelque chose. Ça te fera du bien.

Félicie attend. Elle les regarde. Elle voit le visage de Firmin, où perce le contentement. Elle voit le visage de Nans, dur et contracté de tristesse têtue. Elle comprend qu'il y a quelque chose entre eux deux. Elle ne sait pas quoi. Son cœur lui fait mal et deux étoiles de larmes s'éclairent au bord de ses cils.

— Allez-y seul, Maître, dit Nans. J'aime mieux rester là. Quand vous reviendrez, vous me reprendrez sur la route de La Guirande.

— Comme tu voudras, dit Firmin.

Il est tout décontenancé. C'est la peine qui rend Nans si drôle? A la fin, il ne peut plus retenir sa pensée. Pendant que Félicie s'éloigne un peu pour cacher son chagrin, il serre aux épaules son berger, son ami, son collègue d'enfance, auquel il ne comprend plus rien :

— Pourquoi tu me dis vous, maintenant? demande-t-il. Tu as commencé en m'annonçant la mort de ta mère : tu m'as dit « Maître ». Pourquoi tu m'appelles plus Firmin? Pourquoi tu me dis Maître?

Nans se dégage des mains qui le tiennent. Son visage est fermé. Il répond :

— Parce que maintenant, c'est comme ça.

Sa voix paisible et lourde se plante profond, comme une pierre tombée d'un volcan. Firmin reste les yeux grands ouverts. Il pense encore : « Ce Nans, le mal lui a dérangé la tête. » Il essaie de réfléchir, il n'y arrive pas. Il laisse retomber ses mains vides. Il dit :

— Bon. Alors, je pars. Je te retrouverai sur la route. Je comprends que tu veux rester un peu seul avec ta mère.

— Oui, c'est ça, dit Nans.

Il entend le bruit de départ de la jardinière. Il ne la regarde pas. Il ne regarde rien. Ses yeux, hors de toute vision présente, flottent sur l'air et s'en vont loin, dans du vague.

8

— La mort de ta pauvre mère t'a dérangé la tête, je l'ai dit le premier jour.

Encore une fois Firmin a pris Nans aux épaules pour bien le regarder en face.

— Peut-être... dit Nans.

— Quelle idée! Alors maintenant tu préfères coucher tout seul dans la bergerie?

— Oui.

— Et tu veux mener le troupeau dans les Alpes?

— Oui, dit Nans, si vous voulez.

— Ça, note bien, c'est pas une mauvaise chose. Mais rien que le nôtre, ça suffira pas?

— Je sais. J'ai déjà vu le fermier Gueydan, des Sénés, qui a trente têtes, le chevrier de Solliès-ville qui me donnera ses chèvres. Et si je passe au long de la vallée avec mon offre, je trouverai de quoi m'occuper. Ça vous irait?

— Moi, je veux bien, dit Michel. Il a jamais fait si sec que cette année. Depuis trois mois il est pas tombé une goutte. Tiens, l'enterrement de ta pauvre mère, ç'a été le dernier jour de pluie.

Il réfléchit :

— Oui. Même la procession pour l'eau, que d'habitude vers la fin elle se mouille, cette année elle a rien donné. La Sainte a fait toute sa promenade sous un soleil d'enfer. Alors, arrange-toi pour tout, moi je veux bien. Je te laisse faire, parce que je vois que tu as un peu besoin de changer de pays. C'est pas ça?

— Peut-être, dit Nans.

Cette conversation entre le berger et le maître de La Guirande est déjà vieille. Depuis, l'été est venu et avec, la sécheresse annoncée par les vieux. Dans le lit de la rivière, les pierres affleurent avec des dos où la mousse se défait en craquelures et les roseaux secs se heurtent dans un bruit de feuillage mort. Les jeunes pourront encore danser sous le pont de Solliès-Toucas, sans risquer la noyade. Mais Nans déjà sera loin, il sera dans ces Alpes toujours fraîches au plein de l'été. Il guidera son troupeau dans ces prairies où les bulbes de colchiques préparent pour septembre leurs fleurs de cire mauve. Il sera loin de la vallée, loin de La Guirande et du souvenir de sa mère, loin de Méounes et du souvenir de Félicie. Il en avait assez, assez! Il ne pouvait plus tenir.

Et déjà il en a laissé tout au long de la route, de ces idées qui le tourmentaient au printemps, comme ses moutons laissent des flocons de leur laine aux aubépines des talus. Ici, il n'est plus qu'un anonyme: « le berger », celui qui surveille les bêtes et semble, comme elles, vide de pensées.

Quand il se remet à ses réflexions, c'est pour se dire : « Comme j'étais heureux avant! » Avant quoi? S'il confiait cela à quelqu'un, on comprendrait que c'était avant la mort de sa mère? Et pourtant ce n'est pas ça. Avant, ça veut dire autre chose.

Oui, avant, quand tout était bien rangé autour de lui. Quand il y avait chaque chose bien à sa place comme des objets en ordre : Pascaline la servante; Nans son mari; Toussaint le berger; leur fils Pascal. Quand il y avait Laurent Michel, le maître; sa femme Thérèse Aiguier, la patronne, et leur fils Firmin, l'héritier du domaine. Et que Firmin et lui jouaient à s'envoyer à terre en égaux, parce qu'ils étaient égaux : l'un fils du maître, l'autre fils du valet. Tandis que maintenant où le fils du domestique sait qu'il est lui aussi le fils du patron, ça ne peut plus aller. Tout est retourné sens devant-dimanche. Tout est fichu en bas. Il faut se remettre par force à sa vraie place, celle qu'on devait avoir. C'est pour ça qu'il faut dire « vous » à Michel et lui dire « Maître ».

Oui, il était heureux avant, quand ça allait tout droit. Son travail, sa mère et l'espoir, venu après cette rencontre de cœurs, un soir de noce sous des cyprès, que peut-être Félicie pourrait l'aimer. Des fois, cela arrive dans la vie, que les choses marchent bien pour les gens. Et pour Félicie, il avait eu tout de suite l'idée que ça irait. Seulement voilà, au moment de mourir, une femme avait parlé. Trois phrases, pas beaucoup, trois de trop : « Mon Laurent, mon chéri, notre petit... » Et maintenant, plus moyen d'être heureux avec ce mensonge dans la tête, cette certitude que tout est mensonge, même deux bons yeux de fille, éclairés par les larmes. Non, y a que du mal partout, que du mal! C'est fini de croire. Le seul remède, traîner sa misère sur les routes, essayer d'en laisser un peu, oui, comme ses moutons, un bout de laine à chaque piquant d'aubépine. Mais parfois on laisse un peu de chair avec et on sent la blessure aiguë d'un arrachement.

Un samedi soir, bien après l'enterrement de Pascaline, après que les vêtements de la morte eurent été donnés à une voisine pauvre, quand il avait fallu finir par jeter les bouquets fanés déposés sur la tombe, quand Nans était arrivé à comprendre que sa mère ne reviendrait plus et qu'il passerait maintenant sans elle le reste de sa vie : un samedi soir, il avait écouté le conseil d'un garçon : « Hé, soûle-toi, celui-là avait dit. Y a que ça : Moi, y a une fille que je la voulais. Je l'aurais conduite à la mairie, tu te rends compte? Elle a fichu le camp avec un autre. La semaine, je travaille, j'oublie, je suis trop fatigué. Le dimanche, je me soûle, et comme ça, je pense plus. » Et Nans se taisant, il avait proposé : « Je vais chez une à Toulon. Si tu veux, je te mène? » Nans avait dit oui et le lendemain ils étaient partis ensemble, à pied jusqu'à la Farlède et de là, par la patache, à Toulon.

De cette journée, Nans a gardé un lourd souvenir de fièvre et de fatigue. Ils avaient bu tout le long à toutes les auberges et la grande affaire avait été de pisser et de rire. Tout était d'abord redevenu léger autour de Nans. Ç'avait été comme si sa mère était encore vivante, Firmin encore son collègue, et Félicie Venel, cette chair docile qui se serrait contre la sienne, ce cœur innocent, troublé d'amour, cette voix douce qui disait : « Pascal? C'est un joli nom. »

Il était entré dans ce café où son camarade l'avait conduit et, quoique tout neuf, il avait su faire tout de suite ce que les autres hommes venaient faire ici avec des femmes, pour des trois francs et des cinq francs. Le garçon s'était pris une petite brune mince qu'il semblait connaître. Mais une grande fille mûre, aux seins lourds, aux yeux noircis, s'était approchée de Nans et il s'était laissé aller. Ce café, dans la rue de la Glacière, avec, dans la salle du fond à gauche, cet escalier étroit, masqué d'une épaisse portière en velours rouge, il resterait dans sa tête comme son premier, son seul souvenir d'une chose à la fois dégoûtante et extraordinaire. Il ne pourrait pas oublier, mais il n'avait pas envie de recommencer. Pourtant ça lui revenait, certains soirs trop troubles, où il s'empêchait par force d'aller à Méounes chercher sur la place la belle maison des Venel, chercher sur la promenade la jeune fille qui devait y passer avec ses amies, chercher à la voir, coudre derrière sa fenêtre... Alors, quand il ne pouvait plus supporter son mal, il allait à Toulon.

Enfin, pour mettre plus de distance entre lui et son amour gâché, il était parti pour la montagne.

Maintenant il en revenait. Au long de cette descente des Alpes où il précédait ses moutons, il pensait à ce secours qu'il lui faudrait encore beaucoup de fois demander pour être calme, ce secours du vin et de l'eau-de-vie, de l'ariston qui moud sa musique, de la femme soumise à votre désir.

Un chien enragé le mordait au cœur, car il se rendait compte que ce n'est pas ça qu'il aurait voulu et que ce remède cesserait trop vite de guérir son mal. Ce qu'il aurait voulu de la vie, ah! c'était sa mère et Félicie, assises côte à côte dans une cuisine bien propre et lui, rentrant du travail avec la joie du revenir et l'attente des bonnes paroles : « Tu es pas fatigué? Tu as pas eu froid? (ou chaud selon la saison). » Mais tout ça c'était fini. Sa mère morte et perdue pour lui avant la mort, dans tout ce qu'il avait cru d'elle jusque-là, Félicie perdue pour lui, pire que morte, puisque dans la destruction de sa foi, il mélangeait sa mère et toutes les femmes, sa mère et toutes les filles, même celles qui avaient l'air sincère. Sincère? Ah! oui? Laisse-moi rigoler, collègue! Toutes du pareil au même je te dis. Qui a fait l'une a fait l'autre. Toutes putes et compagnie! Ma mère a été capable d'avoir deux hommes à la fois, alors tu penses, les autres? Et je me marierais? Tu veux rire!

Ce bavardage intérieur, cette sorte de ronronnement fait passer les saisons : après l'été, c'est l'automne qui est venu. Nans a connu le travail de la transhumance. Il a fait la route avec un vieux pâtre qui lui a enseigné les carraïres secrètes, les pistes à travers champs où il est permis de faire aller le troupeau. Ils sont trois bergers qui gouvernent. Le premier devant, qui marche tout de suite après les ânes porteurs, c'est Mile, le bayle de Barjols. Après, viennent les boucs et les chèvres, grandes cornes batailleuses prêtes aux sauvages assauts, petites biquettes fines, aux longs yeux dorés. Puis le premier scabot, le premier torrent de moutons, roulant les dos gris, épaissis de floques de laine, puis la voiture avec les têtes des nouveaux agneaux dépassant des cacolets, dans l'amoncellement des capes rousses, des limousines à carreaux, des provisions de route. Derrière la voiture, marche le second berger et c'est Nans. Il précède le troupeau dont il est chargé et qui compose le deuxième scabot. Il est fait des bêtes de Firmin Michel, de celles de Gueydan des Sénès, de celles de Féli de Signes. A la fin de tout, un troisième berger, Martin de La Tour d'Aigues termine le cortège qui passe sur les routes, tout tintinnabulant de ses redouns au son grave et de ses platelles légères.

Tout le village est sur les portes ou aux fenêtres. Ça fait toujours plaisir aux gens de voir les moutons. Les vieux s'arrêtent, s'installent sur leurs cannes et posent toujours les mêmes éternelles questions aux bergers : D'où ils viennent? Combien il y a de têtes? S'il faisait beau ou mauvais temps, dans les autres pays qu'ils ont traversés? Si les agneaux ont rendu et s'ils se vendent bien?

Enfin, de ces sortes de choses que les vieux sont toujours avides de savoir.

Les femmes sortent sur les portes des remises, mains rouges du coulis de tomate qu'elles étaient en train de passer dans la poche de toile pendue à l'espagnolette et qui est gonflée comme un pis de chèvre. Et c'est Briançon, où la neige commence à blanchir les sommets, c'est la vallée de l'Ubaye, qui cerne entre ses hautes roches une eau grise et un ciel gris, c'est Digne, avec ses arbres qui font le sombre sur la Promenade, c'est Forcalquier, tout en dégringolade au-dessous de sa Citadelle et maintenant, ce soir, c'est Mane, pour l'arrêt d'une nuit. Ça leur a fait un grand détour pour descendre vers le Var, mais ils se sont accompagnés ici, tous les trois bergers. Martin va s'en aller à présent par la Bastide des Jourdans, vers la Tour d'Aigues, Nans et Mile prendront à gauche vers Manosque, Valensole et Barjols où Mile quittera Nans qui descendra par Saint-Maximin, vers la vallée du Gapeau.

Et alors, à ce moment, il faudra se retrouver à La Guirande avec Firmin et tous les souvenirs?

Mais ce soir c'est encore du repos, de l'oubli, dans ce petit village où personne ne vous connaît, où personne vient vous dire : « Et ta mère, elle est morte, la pauvre? » ou bien : « On t'a plus vu depuis le jour de la noce d'Hélène? » Oui, on est bien ici.

On s'est arrêté sur la place de l'Eglise. Tant de troupeaux s'y reposent au moment de la transhumance et y laissent tant de boules noires que, pour les enfants, elle devient la « Place des pètes ». Les chèvres, les brebis, les béliers se couchent sur les bancs de pierre, contre les murs, sur les marches incurvées de la chapelle. Les bergers déroulent les bandes de toile qui entourent leurs pieds gonflés et chauds. Ils remuent les orteils dans le frais du soir. Ils sont fatigués. Les bêtes aussi. Elles ont le nez sec et les pattes brûlantes. Il y en a qui semblent mortes.

Reposés, les hommes font cuire leurs repas sur des feux de bois, ils mangent. Les chiens à côté attrapent les restes. Les hommes fument leur pipe, se lavent sous la fontaine, puis tout le monde s'endort.

Nans reste éveillé. Il a pris l'habitude, lui aussi, de fumer la pipe comme les vieux. Il est assis contre un banc de pierre, les yeux ouverts dans la claire nuit, il regarde tout et il pense. Il revoit ce qui a défilé de paysages devant ses yeux, pendant ce voyage qui va bientôt finir. Par ici, ce sont les marronniers qui laissent tomber leurs fruits durs, si bien vernis, sur la route. Dans les champs, il y a ces lourdes huttes rondes, bâties de pierres sèches; ces fines herbes d'argent qui volent sur le vent; ces pommes, ces châtaignes, ces noix chapardées au long des chemins, ces vignes abandonnées qui se traînent en longues branches, parsemées de grappes aux petits grains noirs; ce bois mort, tordu, lavé jusqu'à l'os et se dressant parfois en gestes tragiques au fond des torrents asséchés, où le courant, rongeant la pierre, a creusé de grandes lignes horizontales au long des bords.

Tout cela a été bien différent de cette vallée tendre où il est né. Ces vols de pigeons ardoise, s'enlevant comme des tourbillons de feuilles, du bord des pigeonniers aux carreaux rouges brillants, sur ce ciel toujours tourmenté, traversé de nuages montant derrière Lure. Et partout, ces toits délavés, ces torrents de tuiles d'un rose pâle, ces grandes fenêtres de pierre, traversées d'une croix sur le vide des ruines, ces portes tout en sculptures, ces énormes maisons. C'est drôle. Le château, là-haut, domine le village, ce château où y a une légende, je me rappelle pas bien ce qu'on m'a raconté tout à l'heure...

Des ruelles en marches d'escaliers grimpent vers la grosse poterne. Sur le mail, où déjà se dépouillent les platanes, la lune verse une lumière douce qui apaise la fièvre dans la tête du berger.

Qui sait, maintenant qu'il est devenu homme, peut-être il aura le courage de s'avancer vers Félicie? Mais alors il faudra tout lui raconter. Ne pas dire la vérité, ce ne serait pas possible : « Vous comprenez, demoiselle, mon père, celui qui m'a laissé son nom, c'est pas le vrai. C'est une chose un peu drôle, mais c'est ainsi. C'est pas ma faute. Seulement vos parents, peut-être, ne me voudront pas. Et vous? Peut-être même que vous, ça vous plaira pas de faire bavarder le monde? Ça s'est tenu secret, je crois. Je le crois, mais j'en suis pas sûr. Vous donner le détail de l'histoire, ça me serait pas possible, en toute sincérité. J'ai rien su jusqu'à la mort de ma mère. Ceux qui ont su, sans doute, ils sont tous morts. On peut pas aller les sortir de la terre pour leur demander la vérité! Alors, il faut simplement que vous croyiez ce que je vous ai dit. Pas plus.

« Et en parlant de croire, c'est moi qu'y faut que je vous demande pardon. Parce que je vous ai pas crue et parce que, maintenant, que j'ai digéré ma rancune et ma misère, je vous crois. Je le crois que vous m'aimiez et que vous étiez sincère, quand vous me disiez le jour de l'enterrement, en me serrant si fort la main : « Je suis venue parce que je pensais que vous étiez malheureux. » Oui, je vous crois et vous, si vous arrivez à me croire, nous pourrons encore être heureux. Y me semble que vos yeux me parlaient si doux, la dernière fois où je vous ai vue, au cimetière, là où j'ai été si méchant. Si vous vouliez, nous pourrions nous établir sur une ferme? Ma mère m'a laissé un peu des économies... »

Oh! qué bêtise, qué bêtise! C'est possible d'être si bête? Croire que cette petite qui est Mlle Venel, de Venel le Riche, va relever sa jolie figure timide, pour dire à son père : « Moi je le veux ce berger. Si vous me le donnez pas, je me jette dans le Gapeau! » Qu'y faut être bête!

Nans a un rire plein de grincements. Il regarde sa pipe qui s'est éteinte. Il la tape contre la pierre du banc, il la met dans sa poche : « Pauvre berger. » La demoiselle des Venel, elle doit avoir une chambre bien propre, bien en ordre, avec un lit en bois et des rideaux en dentelle aux fenêtres. « Pauvre berger, pauvre mesquin, toi tu es couché par terre dans la crotte de tes bêtes. Tu te vois entrer dans la chambre si propre, avec les pètes des moutons collées à tes semelles? »

Et ces étoiles, là-haut, comme elles brillent, ces

étoiles! On dit que c'est des mondes comme les nôtres, c'est difficile à croire. C'est des histoires à dormir debout et toi, de couché tu dors pas.

Alors y aurait des gens, là-haut, qui marcheraient? Comment y feraient pour se tenir en équilibre, sur ça, si petit? Et des fois alors, la tête en haut, la tête de côté, la tête en bas? Qué blague! En attendant, elles brillent ces étoiles. Et elles s'en foutent pas mal de nos histoires. Qu'est-ce que ça peut bien leur faire que ma mère aie pas pu garder sa langue et que j'aie su ce qu'y valait mieux que je sache pas? Elles brillent, c'est leur métier. Elles sont un troupeau peut-être? Et leur berger, c'est la lune qui les surveille. Et les étoiles filantes, alors, dans leur genre, ce serait comme des espèces de chevrettes, folles comme les nôtres, qui se mettent à danser tout d'un coup? Oui, y faudrait tout lui dire à Félicie. C'est une fille à comprendre avec son cœur. Mais si jamais elle se mettait à me mépriser ma mère? Ça je pourrais pas l'endurer. Moi, je pense ce que je veux, qu'elle a eu tort, ma mère, qu'elle aurait dû se tenir, que c'est pas beau pour une mère ce qu'elle a fait, moi je veux bien le penser tout ça. Mais qu'une autre le pense, me le dise? Non. Même cette Félicie qui a de bons yeux. Ne rien dire alors, laisser croire? Oui, c'est le plus facile. Demain on descend sur Barjols, on y couche, je quitte Mile, bientôt me voilà à Chibron, je m'y arrête pour rendre les premières brebis. J'arrive à la vallée par Signes et Méounes. Ce sera facile de m'arrêter sur la place. La demoiselle viendra voir le troupeau comme les autres. Nos yeux se parleront. Je le sais maintenant ce qu'on dit aux femmes et que les filles, même vierges, elles aiment bien ce langage. Puis je débarquerai à La Guirande : « Bonjour, c'est moi! » Et je tutoierai Firmin comme avant.

Nous rigolerons ensemble. Qu'est-ce que c'est que ces bêtises? Nous sommes frères, après tout? Frères de père, c'est quelque chose Allez, bonne nuit, à demain. Toutes ces lumières d'étoiles me tournillent dans la tête... Qui sait s'y dorment les gens qui habitent là-haut? Bonne nuit, moutons des étoiles! Bonne nuit, berger des étoiles! Pour le moment dormons, j'en peux plus de réfléchir. Demain, y fera jour.

9

Ainsi, de juin à septembre, tout un été s'est passé. Le troupeau va retrouver les prairies de la vallée du Gapeau, reverdies par les orages de la fin d'août. Il va continuer à brouter dans le Var, comme il broutait dans les Alpes, comme il broute n'importe où on le conduit, pourvu que l'herbe y soit juteuse. Comme ça, paisiblement, il broutera, jusqu'à ce jour où un boghei, une grande caisse vide peinte en rouge, entrera dans la cour du domaine, mettra à terre un gros homme en blouse noire, au sourire large et la poche pleine.

Cet homme boira avec le maître, dans la cuisine où couve un feu de souquets qui attend l'heure des repas pour revivre. Ils parleront, et puis ils iront tous deux dans l'étable. L'homme, avec sa dure main poilue, touchera le dos des moutons et, même s'il fait une moue de dédain, on le sait bien que les bêtes sont grasses. Celles qu'il choisit, on les fera passer par le petit portillon et, les pattes de derrière attachées, on les jettera sur un lit de paille, dans le fond du boghei couleur de sang.

Demain, sur la place de Solliès-Pont, en plein dans le gros soleil qui, brûlant d'orage, va s'éteindre comme un tison enflammé, jeté dans l'inondation de l'averse, il y aura une bête séparée du troupeau, ne comprenant plus rien à sa vie, regardant avec désespoir autour d'elle.

D'un côté, il y aura l'église, avec son petit cimetière : « L'idée de Dieu ». De l'autre, sur une devanture peinte en rouge comme le boghei, ces mots : « Boucherie Mazaugues. » Le mouton, comme toujours attaché trop court et sous la cuisson du soleil, mâchera une salive écumeuse autour de sa langue grise et criera son cri rauque de mouton malheureux. Un enfant, courant à son plaisir, le refera : « Mé-é-é... »

Le curé ne sortira pas du presbytère pour détacher le martyr et le ramener à sa prairie. C'est un curé intelligent qui sait que Dieu a créé les moutons pour être mangés par les hommes. Il ne viendra pas poser sur la tête lourde, une main de pitié. Personne ne viendra, sauf le boucher.

Arrête-toi de bêler, mouton, je vais te dire une chose, qui peut-être te fera du bien, dans ton gros mal. Mazaugues t'a laissé au plein du chaud, tandis que dans sa cour il aiguise les lames, pensant aux beaux rôtis, aux rôtis gras que tu feras. Sa mère a balayé le magasin, elle a gratté les taches vieilles où les mouches sont en moulons; elle a jeté partout la sciure des arbres, afin qu'elle soit prête à boire ton sang neuf. Les femmes disent : « On tue aujourd'hui. » Elles soupirent d'aise, elles sauront quoi faire cuire aux repas, pour nourrir leurs hommes qui ont toujours faim, toujours si faim. Le boucher qui sue t'apportera bientôt, raide et ouvert sur ses épaules. Il te pendra au croc, sur un frais linge blanc, brodé de ses initiales, au point de croix, coton D.M.C. lavable, qui porte encore les plis carrés du repassage, comme les propres draps où son enfant est né. Il mettra dans ton ventre une cocarde en papier rose et tes roses rognons, sous la dentelle de crépine et de papier fin découpé, te feront un beau ventre en fleur, joli à voir.

Ton sang s'égouttera lentement, d'un doux œil grand ouvert sur la mort, et le chien même, le bon chien, ne viendra près de toi que pour lécher ton sang qui s'écrase par terre et s'étale en étoiles.

Puis Mazaugues te coupera par le milieu, et puis chaque côté par le milieu encore, avec la scie et le hachoir. Et puis à gros morceaux et à petits morceaux, et ta forme, choisie pendant les sept jours de la création, par cette auguste main qui pétrit le soleil, la terre, les planètes, ta forme enfin, sera détruite à tout jamais.

La cliente se plaint :

— Mazaugues, il est bien gras!

— Madame, un beau mouton se doit d'être trop gras. S'il est pas gras, il est malade.

— Mazaugues, il est bien cher!

— Madame, c'est le prix, j'y perds.

— Mazaugues, vous m'en mettez trop. Je vous ai dit demi-kilo.

— Vaï vaï, vous le mangerez bien! Froid, c'est meilleur que chaud. Regardez cette graisse, c'est plus bon que la viande.

Et le boucher malin fera le poids au prix du maigre, avec un gros morceau de ton gras cadavre.

Toi, tu préférerais continuer à vivre. A la fin de ce feu qui brasille là-haut, l'orage tombera en pluie et l'herbe sera fraîche au penchant des talus. Les brebis laisseront monter d'elles une odeur pénétrante et il sera bon de brouter, sous un ciel clair et frais et tout en innocence.

Tu tires sur ta corde et tu te dis : « Pourquoi me laisse-t-on attaché là, au lieu de me ramener paître? » Tu ne vois plus le berger ton ami. Tu l'as cru ton ami! Tu vois des gens qui vont, qui passent, te regardent, des enfants qui te poussent, des filles qui te rient, se glissant des secrets qui les font toutes rouges et le curé, debout au seuil de son église, regarde le boucher dans sa cour, aiguisant ses couteaux, et lui crie : « Il est beau, Mazaugues, ton mouton. Garde-moi quatre côtelettes, je t'enverrai ma bonne. Bien tendres, hé mon garçon? » Il rentre et va chez lui, prier, dormir ou lire et réfléchir à Dieu.

Mais, écoute, mouton, car c'est maintenant que je voulais te dire. Tu sais, il mourra, le curé. Il mourra lui aussi et son gros ventre plein de viande, eh bien, il sera tout mangé par les vers, je le sais. Et le notaire aussi, le maigre distingué, à qui sa femme fait des pull-overs avec ta laine, il tremblera de peur quand ce sera sa mort, comme toi maintenant tu trembles, sur tes fines pattes nacrées. Il tremblera, malgré les pull-overs et toutes les écharpes que la laine a fournis qu'on a tondue sur toi. Et dans la terre il lui pleuvra dessus et il se pourrira. Et sa femme aussi, la mignonne, qui sait si bien nouer les mailles difficiles et se met des couleurs pour être plus jolie. Dans ses tout petits seins, si fiers d'aller toujours vers la vie devant elle, les lombrics ronds et gras creuseront leurs maisons, le nid de leurs amours, de leurs ripailles et de leurs joies. Et leurs fils et leurs filles et Mazaugues lui-même, qui vient de t'acheter, de t'attacher à la barrière et qui fait dans sa cour de grands éclats de lame, tous, tous, je te le jure, tu ne le croirais pas, pauvre mouton si doux qui tire sur ta corde et a peur de la mort, ceux qui disent de toi : « On l'a créé pour ça », tous ils mourront, c'est sûr et leurs os, quelque jour, mêlés aux os rongés restés de toi, pourriront, qui le sait, au même tas d'ordure.

Car pour eux tous aussi, un jour il passera, le Grand Boucher impitoyable, rouge charrette, outils aigus, cocardes de fleurs en papier.

Oui, pour ces gens aussi, le boucher passera. On peut le dire : il passe. Eux non plus ne le voient pas venir. Ils continuent à brouter, à manger du pain au lieu de l'herbe, avec la viande de ceux qu'ils tuent. Et le grand boucher blanc des hommes connaît le chemin de La Guirande. Il a fait sa visite pour Tistone, pour Laurent, pour Pascaline.

Nans, vingt fois s'est mis sur la route. Après ce qui lui est arrivé, il voudrait bien être choisi à son tour. Mais le boucher ne l'a même pas regardé. Alors, il faut continuer à vivre et c'est une chose parfois plus pesante pour un homme que pour un mouton, à cause de cette tête qui réfléchit trop.

Le passé, le voilà : après Mane, après Valensole, après Barjols, jour après jour, soir de fatigue après heures de marche, aube froide après nuit de repos, le berger va se retrouver à Chibron. Il sait qu'il y aura pour lui un bon lit dans la paillère chez le bayle du château qui, dans le temps, a connu le père Nans et l'a estimé.

Chibron, c'est déjà la vallée. Le Gapeau y sort de terre, petitou comme une flûte de roseau. Il traverse la route un peu avant Signes, joyeux et léger, torrent pour rire, qui saute de pierre en pierre en s'amusant, faisant des bulles de savon et des cascades en miniature. Là est son enfance. Mais un peu plus loin, sous le massif de Montrieux où le monastère prie gravement derrière ses paquets d'arbres, la rivière vit une jeunesse tumultueuse, pleine de parfums de forêts et de chants d'oiseaux. Là, une richesse de sève jaillit de toutes parts. La montagne, vêtue de vert et de roux jusqu'à son faîte, nourrit le tremble et l'arbousier, le figuier et le charme, le cyprès, le peuplier, le chêne-liège, le bouleau et le pin parasol. La prairie qui trempe dans l'eau a plus de narcisses que d'herbes et, au moment de la floraison, elle bout d'une odeur qui vous chavire. Dans les bois, toute branche est feuilles, fleurs, baies ou fruits. Et sous elle, la terre n'est que mousse, gonflée d'humide, verte, fraîche et vivante.

La rivière se plaît dans cette combe, elle y serpente en s'y frottant le dos, en s'y glissant comme une bête heureuse, elle s'y étale, elle s'y endort. Mais tout à coup, quand elle se retrouve au croisement de la route de Méounes, elle perd son mystère, elle sort au jour. Alors, là, c'est le travail qui commence. Les hommes des fabriques de papier et des tanneries l'attendent pour l'employer, l'user, se servir de sa jeune force. Et ainsi, quand elle arrive à Belgentier, elle porte sur elle, dans son eau claire au départ, d'un bleu transparent comme une aigue-marine, la souillure couleur de sang du tanin.

Mais Nans n'est pas encore arrivé à Belgentier. On ne va pas aussi vite qu'une rivière, sur deux jambes de berger avec un troupeau derrière soi. Ce n'est qu'en pensée qu'on va encore plus vite que l'eau. En pensée, on fait tout ce qu'on veut. On s'arrête sur la place de Méounes et on embrasse devant tout le monde une fille de riche, une fille toute de gentillesse, qui a dit à ses parents qu'elle voulait se marier avec le berger. « Autrement, je me jette dans le Gapeau! — Te jette pas, ma petite, ma belle Félicie! Te jette pas, va, tu l'auras ton berger. Après tout, pourvu que tu sois contente... » Il va vite le rêve, aussi vite qu'une rivière, bien plus vite que ces gros nuages orageux qui montent à l'horizon.

Et voilà ce qu'il dit encore, le rêve : mon troupeau se reposera à l'ombre des dernières feuilles. M. Venel m'offrira la blanche. « Bonjour, monsieur Pascal », dira Félicie. « Pascal! » Ce prénom, comme il me reviendra de loin. Mme Venel aura l'air brave. Elle sourira, elle parlera des robes qu'y faudra faire pour la noce. La couturière de la rue Haute reçoit le *Journal des Dames et des Demoiselles* qui s'imprime à Paris.

Quelle idée de penser à ce journal? Où j'ai pris ça? Ah! oui, c'est la notairesse de Barjols qui en parlait l'autre jour devant moi. Que je suis bête quand même. Non, mais c'est possible de rêver comme ça?

Pour courir aussi vite que ces rêves, il n'y a pas de route d'eau qui tienne le coup. Il faut un fleuve au moins, un de ces fleuves grossis par la fonte des neiges, un de ces torrents de montagne dont parlait ma mère, qui transportent des sapins entiers sur leur dos, qui arrachent des blocs de roche et les jettent dans les abîmes qui en précipitent la chute en bouillonnant. Ou, je vous le dis, il faut ces nuages, qui maintenant se sont rejoints, ramassent leurs forces, vont crever.

Mais les rêves, ça ne fait par marcher plus facilement les jambes fatiguées, au contraire, et quand on s'arrête de rêver, on est bien plus malheureux.

En vérité, le mauvais temps est déjà dans Méounes, quand Nans y arrive. Le ciel noir est lourd d'un gros orage. Il n'y a rien sur la place, il n'y a personne. Seulement deux hommes qui bavardent, mains dans les poches et qui, en voyant onduler la marge des moutons, crient au hasard : « Oh berger! — Oh! » répond Nans. Il passe. Il ne sait même pas quelle est la maison de Félicie, parmi toutes ces maisons. Entre ces quelques fenêtres, comment savoir laquelle est celle des Venel? Celle qui vous ferait, si on la connaissait, sauter le cœur comme un cabri?

Le village est vite traversé dans cette solitude. Nans, au sortir du pays, coupe à travers les champs, par les drailles qu'il connaît bien. Il sera bientôt rendu à Chibron. Le rêve de Méounes est terminé.

Voici la grosse ferme devant lui, la porte ronde est ouverte :

— Bonjour, dit-il, j'arrive.

— Oh! berger, c'est toi? Les bêtes vont bien?

— Oui, je vous les mets à l'étable?

— J'irai avec toi, dit le bayle.

Il est dans la cour en train de dételer le cheval. Il explique :

— Je me dépêche, parce que la chavane va pas tarder de nous tomber dessus. Tu l'échappes de guère! Et toi, ça va?

— Ça va, dit Nans. Pas de malades, pas de pertes. Neuf agneaux pour vous autres. Vous avez trois chèvres de pleines, les deux vieilles et celle de l'année.

— Y aura du chevreau au dîner de Pâques alors! dit le bayle. Tu dois être fatigué? Les routes sont longues. Allons ranger les bêtes, puis tu mangeras un morceau et après nous ferons le compte. Tu rentres à La Guirande?

— Oui, j'ai fini, dit Nans.

Il suit le bayle qui a terminé de dételer, il entre derrière lui à l'écurie, il le regarde confier le cheval au petit valet :

— Frotte-le bien, recommande-t-il, et mets-lui la couverture. Il a beaucoup sué et la nuit, après la pluie, sera fraîche.

Pendant ce temps, Nans a improvisé une passafourca, il trie ses moutons, il fait aller d'un côté ceux de Chibron, de l'autre côté ceux de Gueydan des Sénés et les siens. Le bayle vient les voir, les trouve beaux, leur fait jeter à manger et félicite Nans. Un gros coup de tonnerre lui coupe la parole.

— Le tambour des limaces, dit-il. Tu es rentré juste à temps. Viens à la cuisine.

Il l'entraîne dehors et lui jette une main sur l'épaule, avec un rire brave. Un éclair traverse le ciel.

— Eh ben, tu es content de revenir, qué? Les routes, ça a du bon, mais puis à la fin on s'en lasse, on languit après son coin. Allez, viens, on va un peu parler.

Nans entre dans la maison. S'il savait où il va, il se coucherait à terre et refuserait d'entrer. Mais il ne le sait pas, il est comme le mouton de Mazaugues, il a encore un peu confiance dans son berger.

10

Alors, il pénètre dans la maison. Elle est peuplée. Les ouvriers et les femmes qui travaillaient dehors sont rentrés devant la menace orageuse.

— Eh ben, y a du monde! dit Nans.

— Y se sont mis à l'abri, dit le bayle.

Le mauvais temps est monté du sud comme d'habitude, avec de grandes vagues brumeuses, qui ont toutes les formes et qui, tout d'un coup, n'en ont plus aucune. C'est toujours de derrière la courbe si régulièrement arrondie de la première colline qu'on voit s'élever les nuages. D'abord, ils ont flotté capricieusement, pareils à de légères fumées d'un feu de bois qui aurait pris au sommet; puis, ils se sont étalés, ils ont formé des volutes, ils se sont rejoints, ils se sont confondus, ils se sont épaissis et sont devenus lourds. Alors, ils se sont appuyés, dans leurs gros ventres gonflés d'eau, sur le bord de la terre, sur ce champ brûlé de soleil, ce champ d'herbes sèches, roux dès le début de juin, ce dernier champ le plus près du ciel, à l'horizon de la courbe. Enfin, ils ont fait des enfants à droite et à gauche qui, sans lâcher leurs pères, ont jeté de toutes parts de larges brassées d'écume blanche, vite devenue grise.

Ainsi, l'est s'est pris rapidement; puis, à son tour, le nord s'est empli d'un empâtement de brumes. L'ouest a résisté plus longtemps, dans une énorme bataille de stratus et de cumulus : ceux-ci éventrant ceux-là, en glissant vers eux comme des espadons, sur un lac d'eau bleue ou flottent les nimbus légers.

Un vent froid a commencé à faire se balancer les mains à sept doigts des marronniers. Les peupliers se sont mis à trembler de toutes leurs petites feuilles en forme de cœur, découpées dans un fin papier d'or; à trembler toutes ensemble, tandis que les grillons se sont mis à parler, tous ensemble eux aussi, avertis comme les feuilles des peupliers que quelque chose va venir. Les ceps de vigne dansent devant le seuil des logis.

Puis le vent se gonfle. Il se prend à tourner autour des arbres comme un fou, puis il se jette sur eux, il les saisit à pleines mains, il les secoue par leurs cheveux de feuillage, qu'il emporte, feuillages fragiles, desséchés par l'été. Dans leur grosse souffrance, ils crient, les arbres, par leur écorce rompue, par leurs tissus éclatés, par leurs masses de rameaux, exténués d'être jetés à droite, puis à gauche, en bas et puis en haut.

Et tout à coup, comme il est venu, on pourrait croire que le vent est reparti. Il s'est jeté sur le sol. Il y passe au galop, soulevant les graviers, les herbes, les poussières, qui montent en trombe dans les airs, avec des sifflements de serpents. Et, si encore tout à coup vraiment il n'est plus là. Il s'est couché à plat contre la terre, il rampe, on dirait qu'il est entré dans la terre même.

Alors, il s'installe un silence de quelques minutes. Une chose effrayante à vous faire claquer le cœur. Rien, pas un bruit. Silence du grillon immobilisé sous sa touffe, comme la feuille sur sa branche. Rien. Une torpeur immense sous un ciel uni, pesant comme un morceau de plomb.

Et de ce couvercle de métal en fusion, un feu de forge tombe sur les gens. Ils se regardent d'un air perdu, ouvrant une bouche haletante d'où les paroles semblent sortir en fumant. Ils tiédissent l'eau dont ils arrosent leur gorge altérée, où ils trempent leur visage et leurs bras. Ils se battent en grognant contre les mouches harcelantes qui piquent leur peau en sueur. Les hommes s'asseyent pour souffler, la chemise grande ouverte sur la poitrine, les jambes écartées sous le ventre qui a chaud. Les femmes ramassent en hâte leur linge sur les haies. Au passage, elles rappellent leurs enfants, éparpillés au hasard des jeux :

— Rentrez, petits, il va faire du vilain.

Les petits pleurent, tapent du pied, se font traîner. Rouges, décoiffés, lourds de révolte, ils sont insupportables. Les mères, énervées, les giflent, les pères disant :

— Laisse-le, c'est l'orage.

Et à présent l'orage éclate.

Au premier roulement parti de l'est, le ciel a semblé se fendre d'un bout à l'autre. Et de cette longue fente mince, un éclair a jailli, blanc, vert et rouge à la fois. En même temps, les premières gouttes tombent. Elles s'écrasent à terre, en ovales gros comme des feuilles d'acacias. Elles crépitent sur la route dure, elles glissent contre les troncs blancs des bouleaux, elles rejaillissent sur les écorces rugueuses des poiriers, elles font de petits geysers avec l'eau de la rivière. Se rejoignant sur le sol mouillé, elles forment des ruisselets qui passent sous les portes.

Le mauvais démon de l'orage est déchaîné.

A la ferme de Chibron, la maîtresse se désole. Elle crie :

— La pluie qui entre dans la maison !

Aidée par les servantes, elle éponge à pleins bras. Elle commande :

— Allez chercher les sacs à la remise.

Ça, ce sont les courageuses. Les autres, celles qui ont peur des tonnerres, elles se sont groupées dans le recoin le plus éloigné de l'entrée, le dos tourné au jour, avec un morceau de leur tablier sur la tête. Elles se mettraient dans le placard si elles osaient !

Parmi elles, Léopoldine, la vieille sœur du bayle, ressaute des épaules à chaque éclair. Dès que le ciel est devenu noir, elle a allumé une bougie devant la Vierge qui est dans le coin de la hotte et elle marmonne à travers les tremblements de ses lèvres flétries, la meilleure prière pour les mauvais jours :

Sainte Barbe, Sainte fleur,
par la croix de mon Sauveur,
quand la foudre tombera,
Sainte Barbe me protégera.

Mais elle frissonne rien qu'à prononcer le nom de la foudre. Il lui semble qu'en parlant d'elle, elle va la faire venir.

Nans est assis avec le bayle, au milieu des femmes. Ça sent chaud. Clémence, qui était là pour la lessive, et Françoise, qui fait un peu de tout dans le ménage, écoutent d'un air pincé bavarder les filles et les garçons. Les filles sont contentes, parce que les jeunes, ne pouvant plus travailler au-dehors, sont tous là dans la cuisine. Ils font les forts devant les peureuses. Ils proposent :

— Si vous voulez, je vous servirai de paratonnerre?

Les filles rient en dessous, chatouillées par ce que la plaisanterie a d'équivoque. Elles ne craignent guère l'orage, celles-là. Non plus les hommes, vous pouvez le croire! Elles trouvent que c'est amusant d'être si nombreux. Juste, il y avait les maçons qui montaient un nouveau hangar et quatre cueilleuses de haricots qui sont vite rentrées avec leurs paniers pleins; une voisine, surprise par la pluie; avec ça, la tante Dine qui habite deux pièces à elle dans le jardin, mais qui a si peur de l'orage qu'elle est venue dans la grosse bâtisse avant que tout commence. Elle dit :

— Depuis ce matin, je le sentais arriver, ce saligaud! J'avais mal dans toute la tête.

Le bayle ordonne de sortir le vin de noix et l'eau-de-vie. Nans et lui trinquent à l'amitié. Françoise et

Clémence se tirent de leur *Oremus* pour chercher les biscuits dans l'armoire. On boit, on mange, on rit, on se serre dans les coins, ça tourne à la fête. Dehors, ça s'est un peu arrêté, encore une fois, dans un grand silence tragique d'attente de toute la nature.

— C'est fini, dit un jeune.

— Si je partais? dit Nans.

— Oh! c'est pas fini, va! dit la tante Dine. Je le sens dans tous mes os que c'est pas fini!

— Tu as bien le temps, dit le bayle. Tu coucheras ici.

Un énorme éclair les fait sursauter. Et tout de suite, un tonnerre, comme si on déchargeait une charretée de gros cailloux.

— Mon Dieu! crie la tante Dine en se cachant la figure.

— Hé, n'aie pas peur, dit le bayle, tu risques rien, tu es avec nous!

Maintenant, ça recommence à tomber et, cette fois, c'est de la grêle. Des grêlons gros comme des noisettes. Et qui tapent partout et qui tapent!

— Fermez les volets, dit un maçon, ça va casser toutes les vitres.

— N'ouvrez pas la fenêtre, supplie la tante Dine, vous allez faire entrer le tonnerre!

Les jeunes sortent pour aller fermer par le dehors. La grêle s'abat sur le sol, serrée comme un rideau de neige. On ne distingue plus rien qu'elle. Les petits, massés devant la porte, assurent qu'ils voient des oiseaux assommés par des grêlons gros comme des œufs. On allume la lampe à huile, parce qu'on n'y voit plus. La gaieté s'en va, on finit par se sentir mal. Ça tape de partout et de grands éclairs pâles illuminent la cheminée.

Pour un qui est comme si la maison entière flambait dans une explosion, la tante Dine qui est malade des nerfs penche la tête sur son épaule et on croirait qu'elle va mourir. Des claquements de dents secouent sa figure qui est devenue blanche. Elle frotte ses deux mains crispées contre son estomac en gémissant :

— Oh, j'ai mal... oh, j'ai mal...

Enfin, un gros vomissement de bile lui sort de la bouche avant que personne ait pu l'aider, et les grosses larmes lourdes, jaillies de ses yeux, se mêlent à ça, au long de son corsage.

— C'est terrible, l'effet que ça peut lui faire, dit le bayle qui l'aime bien.

On la fait allonger sur le canapé et on lui donne à se passer sur la poitrine le fer qu'on avait mis d'avance à chauffer sur le fourneau.

Tout le monde conseille en même temps des choses différentes :

— Faites-y boire l'infusion de tilleul.

— Un peu de blanche, ça la remontera.

— Tenez-la chaude.

— Relevez-y la tête avec un autre coussin.

— Frottez-y l'estomac, ça lui calmera les nerfs.

Pendant ce temps, les parents occupés, les jeunes poussent les filles contre les murs et profitent de les embrasser. Honteuses de la peur d'être surprises, mais flambantes de joie et toutes défaites dans leurs sens, elles font semblant de se défendre. Elles jettent aux garçons trop hardis de grandes claques qui les ratent et elles les bousculent pour revenir s'intéresser hypocritement à la malade :

— Alors, ça va pas mieux, tante Dine?

La tante Dine secoue la tête sans répondre.

Dehors, il pleut à présent. Pleinement, calmement,

comme s'il n'avait pas plus depuis des années, comme s'il devait pleuvoir ainsi pendant des semaines et des semaines, sans jamais s'arrêter.

La laveuse Clémence dit :

— Quand même, c'est pas naturel, des temps pareils. C'est le bon Dieu qui se retire de nous. Avec toutes ces guerres et ces révolutions, nous lui faisons peine et voilà le résultat.

— Tu crois pas qu'y s'en fout un peu de tout ça? réplique le bayle en haussant les épaules.

— Justin, parle pas mal, dit la maîtresse.

— Y a pas eu d'été, dit Clémence. Avant, on te séchait des lessives de quarante draps dans une journée.

— Et on mettait le chapeau de paille pour Pâques. Ça, moi, je peux le jurer : si pour le dimanche de Pâques j'avais pas mis la robe blanche en broderie et le chapeau Jean-Bart avec le ruban, ma mère, elle serait devenue folle! Et mes frères, le costume marin en toile, avec le col...

C'est une cueilleuse de haricots qui a parlé, mais Clémence l'interrompt pour assurer :

— Malgré tout, comme aujourd'hui, tu le vois pas souvent!

— Oh! dit Françoise, moi qui cours dans les septante, vous pouvez croire que j'en ai vu et que j'en ai vu de ces gros orages qui vous démolissent le monde. Quand ce serait que celui...

— Celui qui a tué Gilbert Desroziers? interrompt Clémence.

Et vite, de peur que Françoise ne lui coupe son histoire, elle commence :

— Moi, j'ai été une des premières à voir le corps. Il était ouvert par le côté comme un de ces saules, vous savez, fendu par le tonnerre. Et c'était tout pareil. Moi, je le connaissais bien, ce Gilbert. Il était de mon village. Il était riche et c'était son habitude de faire le fier. Garçon, il avait eu des poulettes tant qu'il en avait voulu. Au retour de son service, il s'était marié avec la Finette, de l'entreprise Madon, une qui avait des sous plus gros qu'elle, avec des parents que les trois quarts des faubourgs de Toulon ça leur appartenait. C'est vous dire s'il s'était bien placé, ce petit!

Clémence regarde autour d'elle. Elle voit que les femmes se sont massées pour l'entendre, que la tante Dine est attentive de tous ses gros yeux effrayés, que le bayle lui-même, appuyé contre le mur, fume sa pipe et l'écoute comme les autres. Satisfaite dans son orgueil, elle continue :

— Ce petit, je dis... Il avait déjà vingt-quatre ans. Mais moi j'ai gardé la grosse habitude de dire ce petit, parce que je l'ai vu pousser. Alors, vous comprenez, c'est les manies de vieille.

« Vous pouvez croire qu'il avait tout pour être heureux, celui-là! Et Finette, son épousée, la voilà encore plus riche et plus belle que lui, avec des yeux qui lui faisaient trois fois le tour de la tête et des manières à conduire en enfer tous les curés du monde! A peine les neuf mois après la noce, je crois, ils ont un petit, un magnifique, plus beau que le père et la mère, avec une figure comme un soleil. Tout le pays s'est soûlé au baptême. Les hommes, à cause du vin blanc, ont tant pissé contre la façade que la clématite du seuil en est venue sèche! Le petit marchait déjà quand le malheur est arrivé. Ça me fait froid dans les os de me rappeler la chose. J'étais grosse de mon premier et avec ça, dans mes seize ans, j'avais été folle du Gilbert!

« Alors, donc, ça lui est arrivé un matin comme

maintenant vers les onze heures et demie. Depuis trois jours, il faisait un soleil qui vous brûlait la peau sous les habits. Le foin avait bien pu mûrir sur pied et, comme tout le monde, Gilbert revenait de mettre son champ par terre avec la faux. Il était tout gai comme une pie. Y en a qui ont voulu dire que de ces jours, y rencontrait la petite Junie de Ferme-Rousse, dans la grange de son bien des Trois-Ponts. C'est peut-être des mauvaises paroles, j'en sais rien. En tout cas, ce qui est sûr, c'est qu'y avait pas plus content que lui. Preuve qu'en passant devant le café du Gros-Tilleul, il avait crié : « A la soupe! » en riant et puis il avait continué sa route avec son valet, Ludion. Lui portait la faux, toute brillante, sur son épaule et Ludion portait la musette du déjeuner, pleine d'un gros lapin, assommé par eux dans le passage du bois.

« Le matin, de bonne heure, le soleil avait été chaud comme d'habitude, mais vers le plus tard, ça s'était couvert de vilain comme aujourd'hui. Le valet voulait marcher un peu vite, mais le maître avait dit : « Pour quatre gouttes? Tu as peur que ça te fonde ta graisse? » Et Ludion avait été forcé d'obéir. C'est lui qui a raconté tout ça après et aussi que Gilbert manœuvrait pour retrouver au croisement Junie, qui s'en revenait par l'autre chemin. Mais c'est vrai, c'est pas vrai, qui le saura? Enfin, quoi que ce soit, ils sentirent l'orage sur eux vers le Font-Morte et les éclairs et les tonnerres faisaient tant d'embarras que Ludion se mit à avoir peur et que Gilbert lui dit : « Tu as pas besoin de craindre avec moi, je suis verni. » Le pauvre! Il avait pas fini de parler que la foudre lui était dessus...

Ici, Clémence s'arrête pour voir l'effet.

— S'il avait pas trompé sa femme, ça lui serait

pas arrivé, dit sèchement Louise de la Verne, qui sait que son mari en voit d'autres.

Jean, de la scierie de Signes, éclate d'un gros rire en répliquant :

— Si le tonnerre tombait sur tous ceux qui font ça, il aurait du travail !

Lui, parbleu, marié d'un an à une fille de Grandris, il couche avec Marceline Barthe, une des cueilleuses de haricots. Le vieux qui est son mari et qui est jaloux d'elle, la regarde pour voir ce qu'elle pense, mais celle-là, les yeux baissés sur son tricot, se garde bien de montrer son visage.

Le bayle retira sa pipe de la bouche :

— Tu nous la fais longue, dit-il. Malheureusement qu'y pleut toujours et qu'on a du temps à perdre à t'écouter.

— Moi, ça me fait peur, dit tante Dine.

— Allez, vite la fin! réclame le bayle.

— La fin? dit Clémence, hé, je vous l'ai racontée au commencement, la fin! La foudre s'est embrochée sur la faux de Gilbert et elle s'est ouvert sa route dans le côté du garçon. Le valet est resté raide de l'effroi, mais lui y n'a rien eu. Qu'une peur à vous faire perdre la parole! Des gens d'une charrette de foin, qui suivait derrière, sont venus au secours. On a installé dedans le pauvre brûlé et c'est comme ça que Finette s'est vu revenir son beau mari. J'étais avec elle dans sa cuisine. C'est pour ça que je peux dire que j'ai été une des premières devant le corps.

Clémence s'arrête de parler parmi le silence de tous. Sur les dalles de la cour, on entend le piétinement de la pluie. Enfin la conteuse termine d'un air satisfait :

— Il était mort, naturellement.

Une femme de Grange-Haute, qui a écouté tout

le temps avec la bouche ouverte, dans le regret de ne pas avoir placé son histoire la première, veut commencer d'un ton fiévreux ;

— Et moi, mon cousin? Dix-huit ans. Il était sur la porte de sa remise. Sa mère lui disait : « Rentre, Justinien. » Le feu du ciel est tombé...

— Oh! non, assez, assez! coupe tante Dine. C'est des choses à vous tuer de la peur, tout ça!

A ce moment, la maîtresse se lève et va vers la porte :

— L'orage est fini, dit-elle, maintenant c'est plus que de l'eau qui tombe petit petit. On va en avoir pour toute la nuit.

On commence à rouvrir les volets, on éteint la lampe, la ménagère économe referme la boîte de biscuits et le bayle parle du travail à faire dans les étables, pour occuper les garçons. Nans pense qu'il pourrait partir. Mais piétiner avec le troupeau dans cette boue?

— Même si la pluie s'arrête, c'est trop mou pour piocher, dit le bayle à Nans.

Puis il ajoute :

— La vigne doit être propre!

Toutes les mines s'allongent à la pensée de la récolte perdue : grains de raisins crevés, fruits gâchés, tout le mal que viennent de faire ces quelques minutes de grêle et ces heures de grosse pluie. Enfin, c'est ça la vie de la terre, les paysans le savent bien. Pourtant, parfois, il se révoltent.

— Ah! nom de nom! jure le bayle, debout devant la porte, ouverte sur les champs détrempés. Tout doit être au sol, les poires, les pêches dernières...

— Je ferai de la confiture, dit la maîtresse pour le calmer.

— Et du foin pourri, tu en feras de la confiture aussi, pour nourrir les chevaux cet hiver?

Il crache au-dehors, dans une flaque, son dégoût et sa lassitude. Il sait bien que ce n'est pas la faute de sa femme. S'il lui a mal répondu, c'est qu'il est mécontent, pas plus. Ce n'est la faute ni de lui ni de personne, chacun a fait son ouvrage en son temps. C'est seulement la faute de celui qui est là-haut, du moins les prêtres vous le disent, et qui gouverne tout comme il lui plaît. Et des fois, ah! des fois, vous vous demandez s'il a bien toute sa raison? Ou s'il est comme les gens, s'il a perdu la tête? Parce que des fois, ça va si mal qu'on n'arrive plus à comprendre.

Les hommes, sortis derrière le bayle, regardent le ciel. L'est est toujours bourré d'un paquet noir qui charrie ailleurs ses masses destructives.

— Maintenant, c'est sur la vallée, dit le bayle.

— J'aurais pu partir, dit Nans.

— Oui, et tu aurais tout attrapé en route.

Le côté du sud, par où l'orage est venu, et l'ouest, sont nettoyés. Une longue écharpe de bleu reprend lentement la place du gris. Elle étale ses franges, dénouées par une petite brise fraîche, dans laquelle les feuilles se secouent, comme des mains qui diraient boujour. Tout semble plus clair, plus neuf, mais dans leurs caissettes de bois vert, sur la terrasse, les fleurs de capucines sont hachées en morceaux couleur de feu.

La tante malade s'est relevée. Traînant ses fichus de laine et appuyant toujours de la main le fer chaud sur son estomac, elle ose venir devant la porte, parce que la maîtresse a dit que c'était fini. Elle regarde le ciel livide et l'endroit où le soleil reparaît dans un lac paisible. Elle lève les yeux et fait un signe de croix :

— Sainte Barbe, merci à vous, dit-elle.

— Tu en es pour un cierge, dit le maître en souriant.

— Je le porterai, va, et sans regret encore!

Une fille de quinze ans, celle que le berger des Mounes a pressée dans un coin et qui, pour la première fois, a senti se durcir ses jeunes mamelles, cette fille ne peut plus retenir sa gaieté, elle éclate et tante Dine, sévèrement, lui dit :

— Y a bien de quoi rire, tête sans cervelle! Toi aussi tu viendras vieille.

Les petits, passés entre les jambes des grands, sont déjà sortis et jouent à s'éclabousser d'eau sale. Ils sont encore giflés par les mères, mais avec moins d'énervement.

— Ah! moi je rentre à ma maison, dit la voisine, qui, surprise par l'orage, s'était réfugiée à la ferme. Ma mère est restée seule, elle a dû avoir une belle peur! Au revoir, et merci de l'abri.

— Au revoir, répondent les femmes.

— Moi, je retourne à ma lessive, dit Clémence. Je commencerai d'étendre dès que la pluie s'arrêtera.

Elle attache sur son corps maigre le dur tablier de sac.

— Françoise, donne-nous les panières, commande la maîtresse, on va trier les haricots.

Les femmes s'installent. Le bayle décroche sa grosse veste de cuir, doublée de mouton.

— Prenez vos pèlerines, dit-il aux garçons, et allons un peu voir les dégâts.

— Je vais avec vous, dit Nans.

— Non, va, reste, que tu es fatigué. Quand je reviendrai, nous mangerons.

Pendant toutes ces histoires, tous ces bavardages de femmes, cette beuverie et ce temps perdu, le bayle n'a pensé qu'à ses vignes encore chargées, fuyant comme des cavaliers forcés, sous la lourde pression de l'orage. Et il a le cœur qui lui fait mal.

C'est pour ça que, tout à l'heure, il a rudoyé sa femme.

Maintenant il la regarde qui se remet déjà au travail. C'est une bonne femme. Il sait qu'elle pense la même chose que lui et que le soir, quand ils seront dans les mêmes draps, sans lumière et leurs corps rapprochés, comme d'autres demandent : « Tu m'aimes? » elle lui demandera : « Et la vigne, elle a beaucoup souffert? » Pour le moment, elle ose seulement conseiller avec un long regard tendre qu'il ne voit pas :

— Te fais pas trop de mauvais sang, au moins.

Tante Dine referme la porte sur les hommes, puis elle hoche la tête, pousse un soupir et s'approche des trieuses de haricots pour les aider.

Assises en rond, elles ont entre elles cinq hauts paniers qu'elles appellent des banastes et, à terre au milieu, un grand morceau de toile, vieux drap tout en coutures, qu'elles appellent un fleurier. Sur lui, un énorme tas de haricots, mélangés par la dernière cueillie avant l'arrachage des plantes. Il y a les gros Soissons vernis qui s'échappent des cosses ouvertes, les petits Cocos blancs, bondissant comme des perles, les « Saint-Fiacre » à grains bruns, les « Sabre » à cosses recourbées. Il y a le « Rose marbré », le « Bicolore du Pape», le « Souvenir de deuil ». Il y a les tout petits, fins comme des fils verts, qui sont nés de la récente remontée des plantes et qu'on trie soigneusement, parce qu'ils se vendent cher. Il y a ceux qu'on appelle ici « Mongette », qui sont de tout temps, de toutes terres, qui supportent les pluies, les vents, la sécheresse, sans prendre les poux ni la maladie, qui sont longs, durs et si colorés que l'eau devient verte où ils cuisent.

Les femmes se baissent, se relèvent, font le tri, jettent des poignées à droite et à gauche. La maîtresse reste soucieuse. Elle pense à l'orage et à son mari :

— Je vous aide? lui propose Nans.

— Volontiers, accepte-t-elle. C'est un gros travail.

Elle sort de ses réflexions pour sourire au berger et, en guise de remerciement, elle lui demande :

— Alors, tu as pas trop fait mauvaise route?

— Pas trop, dit Nans. Le temps s'est gâté juste en arrivant par ici.

— Ah! ces débâcles de fin septembre, ça fait du mal, soupire-t-elle.

Et pour se tirer de ses pensées, et encore par politesse, elle demande :

— Combien y a que tu es parti?

— Trois mois, dit Nans.

— Tu auras juste manqué la noce, alors?

Nans, enfoncé dans ses idées, relève la tête.

— La noce? Y a eu un mariage dans la vallée?

— Comment, tu l'as pas su?

— Non, j'ai rien su.

— Où tu étais vers le début du mois?

— Début septembre? Attendez. J'étais au-dessus de Briançon dans les pâturages. Les bêtes y ont une herbe si belle qu'elles la quitteraient plus.

— Ah! C'est pour ça, tu étais loin? Tu as pas pu l'apprendre, pardi! Tu as rencontré personne de la vallée?

— Non.

— Tu as pas su la mort alors, non plus?

— La mort? Qui?

— Ta patronne, Mme Thérèse? Oh! ç'a été un malheur : deux à la fois! Elle, de son mal qui la tenait au lit, tu le savais bien? Et sa mère, la pauvre Mme Aiguier, que de l'émotion de sa fille, elle en est tombée raide.

Le groupe des femmes a un frémissement.

— On les a enterrées en même temps. Ça c'était en fin juillet. C'est ce qui a décidé ton maître au mariage. De se voir seul, ce pauvre garçon...

— Le maître? Firmin? Y s'est marié?

— Mais oui, je te le dis : avec...

« Ah! tais-toi, voix! Je te ferai taire, je gueulerai plus fort que toi, plus fort que le vent, que la grosse pluie, que l'orage, que toute la chavane de la terre et du ciel. Je le sais ce que tu vas dire, voix, et je veux pas entendre, j'entendrai pas! »

— Avec Félicie Venel, de Méounes. Tu dois bien la connaître?

Voilà, c'est fait. Le calme tombe d'un coup sur le cœur de Nans, comme tout à l'heure il est tombé sur la terre, ravagée par le mauvais temps.

Et sa voix est froide comme le vent qui se lève après la pluie.

— Ah! dit-il, non, je ne l'ai pas su. Je la connais, en effet, je l'avais vue à la noce d'Hélène Toucas. Y s'est bien placé.

— Bien placé? Je te crois. Elle a des sous! Et La Guirande va en profiter. C'est dommage que tu étais pas là. A cause du double deuil, ils ont fait les choses en tout simple, mais quand même, y s'y est bien bu et bien mangé. Nous étions invités, mais y avait trop à faire, tu comprends, c'était le moment du battage.

« Parle, voix, parle maintenant, laisse tomber les gouttes d'eau fraîche sur la brûlure que tu as faite, qui s'enfonce à présent dans la chair et commence sa purulence. »

Les mains des trieuses jettent des poignées de haricots. Ça fait un petit bruit régulier qui endort le mal. La porte s'ouvre, le balyle rentre, suivi de ses valets. Il quitte ses bottes trempées de boue.

— Qué saleté! dit-il. L'eau s'est fait un chemin sous la loge à porcs et les derniers petits étaient à la nage. Y va falloir tous les rempailler. Mangeons vite que nous crevons de faim et on ira tout de suite après.

Pendant ce temps, Françoise a mis le couvert. Le feu brûle dans la cheminée haute. Il fume un peu parce que le bois s'est mouillé, mais c'est bon quand même.

Le bayle invite Nans :

— Allez! Approche-toi de la sainte table. Rangez-vous un peu pour lui faire place, il a gagné sa soupe plus que tous vous autres, bien sûr, tas de feignants! Té, assieds-toi près de moi.

Tout à coup, il le regarde en face :

— Mais tu es bien pâle? C'est la fatigue de la route? Ou la chavane, ou quoi? Tu es comme ma sœur, comme les femmes, tu crains l'orage? Bois un coup avant de manger, ça te remettra. Allez, Marthe, donnes-y un peu de blanche.

— Merci, refuse Nans.

C'est tout ce qu'il a la force de dire.

La femme du bayle lui tend un verre. Il ne peut pas le prendre : ses bras, ses mains, ses doigts sont attachés, ils n'ont plus la force de rien. Cette bouteille, ce verre, c'est un nuage qui les lui tend et qui les lui retire et c'est un nuage qui l'entoure, qui l'emporte, qui entre en lui. Le nuage devient lui et lui devient le nuage. Et le nuage glisse doucement et Nans glisse puisqu'il est le nuage.

— Oh! crie le bayle, qu'est-ce que tu as? Y te prend mal?

— Poussez-vous, crie la maîtresse, y lui prend mal!

— Non, dit Nans doucement. Ne vous dérangez pas.

Il jette un œil hagard autour de lui :

— Ça va mieux, merci, dit-il.

— Alors, mangeons, dit le bayle.

Le soleil, à présent, éclatant de sa dernière force du soir, joue à travers la fente horizontale des lointains stratus rouges. Il accroche un bout de rayon à chaque goutte d'eau. Le monde est plein de petites lumières de joie.

ANTOINE

1

Le destin est capricieux envers les hommes. Il les laisse tranquilles pendant des années, comme s'il avait oublié qu'ils sont vulnérables, ou simplement mortels. Puis un jour, il passe sur leur chemin de vie, il les regarde et il se met à s'occuper d'eux. Alors tout tombe en mélange, le mauvais et le bon. Plutôt le mauvais, parce que le bonheur est une chose difficile à réussir.

Firmin Michel et son berger Nans font la veillée dans la vaste cuisine de La Guirande. Ils sont assis contre la haute cheminée. De temps en temps, Firmin pousse la bûche d'un coup de talon pour faire tomber les cendres et ranimer le feu.

Dehors, janvier gèle le cœur des plantes. Les bords du Gapeau se cristallisent, dans les recoins où l'eau reste immobile. Un sévère clair de lune révèle le moindre aspect du paysage momifié.

Tout le monde est couché au domaine, sauf le maître et le berger. La nouvelle mariée de cinq mois doit trouver le temps long, seule dans son lit froid, où peut-être elle s'est endormie, où peut-être, impatiente, elle attend l'arrivée de l'homme qui porte l'amour avec lui.

Les chambres de domestiques sont bien occupées. On y loge le petit valet, la fille de basse-cour, la femme de cuisine et encore un garçon laboureur.

— Tu comprends, explique Michel, je voulais te parler pour le travail, t'expliquer comment j'ai besoin de toi. Les autres, c'est de l'aide que je me suis donnée, de l'aide payée, pas plus. Toi, c'est pas pareil, je te mets pas au rang des autres. J'oublie pas que nous avons été petits ensemble. De toi, j'attends un service d'ami, de parent presque. Tu comprends? L'embêtant, c'est que tu sois aussi sauvage et qu'y ait jamais moyen de tirer une parole en dehors du travail. La mort de ta mère t'a beaucoup assombri. Et déjà, avant, tu parlais guère. Tu aurais dû te marier. Ta femme se serait tenue à la cuisine, ça nous aurait aidés et toi tu aurais été plus heureux. Ça soulage, une femme, tu sais? Le soir, tu y dis tes projets, tes embêtements, elle t'écoute, on se raisonne tous les deux. Puis ça plaît d'avoir cette peau douce contre la sienne et de se sentir caressé.. Félicie, elle est comme toi, elle est un peu sauvage, pas parleuse. Ça se formera, c'est tout neuf. La passion de la chose, ça y fait un peu peur. Tu as sommeil, tu veux aller te coucher?

— Non, dit Nans.

— Tu as fait un mouvement pour te lever?

Nans se rassied.

— Ah! que je t'explique alors. Je voulais te dire que, moi aussi, quand ma pauvre mère a été trouvée froide dans son lit et que ma grand-mère est tombée morte, ça m'a donné un rude coup. Juste tu étais dans les Alpes. Je me suis vu seul. La mort de mon père, je m'en étais guère rendu compte, j'étais petit, ça m'a éprouvé. L'occasion de l'enterrement m'a fait revoir Toucas et les Venel, et tout de suite ils ont été là à me pousser : « Marie-toi! Qu'est-ce que tu vas faire seul comme un chien perdu, dans ta grande baraque? Une femme, ça vous tient les pieds chauds. » Et je sais, moi? Des rigolades, des conseils, puis à la fin, du sérieux. Cet Antoine Venel avec ses sous et son bon goût de la terre, il est venu me voir ici, il a fait ses combinaisons : où on défoncerait, où on mettrait la fumure, où on planterait les nouveaux pieds de vigne qu'on ferait venir... Oui, tout ça et encore des autres projets à occuper des années. Y m'a entraîné. Tu sais, que toujours ç'a été mon rêve de voir grandir mon domaine. Cet homme, y me donnait sa fille, son argent, son expérience, j'ai tout pris, je le regrette pas. Félicie est brave. Un peu froide pour le moment, elle a pas l'habitude de l'homme, mais elle se fera, je te dis. Quand elle aura quatre ou cinq petits autour d'elle... Je veux des enfants, moi, tu comprends? Mon idée c'est de fonder une grosse famille, que les Michel de La Guirande, ce soit quelque chose qui dure : du solide, du riche, pas de la pète de mémé. Et que les petits continuent après moi, et puis les enfants de leurs enfants, tu as compris?

« Alors voilà, j'ai besoin de toi parce que toujours on a marché côté à côté et je sais que je peux compter sur ton service. Pas vrai?

— Je vais partir soldat, dit Nans. Vous oubliez que j'ai tiré un mauvais numéro?

— Je m'en fous, dit Firmin. Je t'achète un remplaçant. Moi, j'ai eu un bon numéro, nous resterons tous les deux.

— Y a aussi que les moutons me prennent tout mon temps.

— Ça, je l'arrange, j'ai choisi un jeune que tu formeras pour les garder à ta place. J'aime mieux que tu sois avec moi. Quand je veux quelque chose, je sais m'organiser.

Il lance un coup de talon dans une bûche d'olivier qui s'écroule en feu d'artifice. « Partir, pense Nans, dans la torture de son esprit, partir loin, me retrouver sur la route de Forcalquier à Mane, comme au temps où je ne savais pas encore ce qui m'était arrivé... »

Ce mirage de la fuite qui habite tous les malheureux tourne dans son cerveau troublé : jeter sa peine sur son dos, comme ce carnier de cuir à franges qu'il s'était acheté à Rians et qui est devenu le compagnon de ses courses. Les trimbaler ensemble sur les chemins, où tout s'use dans le frottement des cieux nouveaux. Marcher entre les moutons, sous les marronniers dont les feuilles d'or gaufré tendent toujours une main vers vous, faire rouler du pied les marrons vernis, siffler un air de musique parce que, à la fin de tout chagrin, l'espoir est revenu, ou bien, même sans aucun espoir cette fois, repartir, berger ou soldat, sur la pierraille ou vers le danger. Aller se faire trouer la peau chez les Prussiens ou chez les Russes, enfin, de toute manière, s'en aller. Ne plus entendre cette voix, ne plus savoir que là-haut, au-dessus de lui, la petite demoiselle timide, qui tenait sa main sous l'ombre des cyprès, attend que son mari vienne lui faire l'amour.

Emporté par le bouleversement intérieur qui l'emplit, il se trouve debout encore une fois.

— Tu veux te coucher? redemande Firmin. J'avais encore beaucoup à te dire. Tu veux plus m'entendre?

La tête de Nans s'égare. Il se rassied encore une fois. La main de Firmin pèse sur son genou. Il se force à répondre :

— Tous vos projets, vous savez, moi ça me trouble un peu. Je me sens guère capable... Je suis mieux fait pour mener le troupeau au fil des collines que pour faire des grandes combinaisons.

Firmin se courbe vers lui tellement que leurs têtes se touchent. Nans sent sa chaleur :

— Mais écoute, écoute! Laisse-moi te dire! Tu écoutes pas, tu te lèves, tu te rassieds, tu me laisses pas le temps de t'expliquer les choses! Tu auras du travail, oui, de la responsabilité, oui, comme moi, autant que moi, oui! Mais je te choisis parce que personne d'autre peut te remplacer. Et que j'ai besoin de toi comme de personne. Ecoute, tu comprends, y faut que nous mettions beaucoup des arbres. Les pêchers, tiens, ça vient bien ici? Ça se vend bien, les pêches? Eh ben, je veux en planter tout le morceau qui va de la maison à Gapeau, cinq cents, mille, tant qu'il en ira! Et dessous, on fera un enclos, on lâchera des canards, des poules. Ça mangera seul, tu comprends? Le haut, je veux le mettre tout en cerisiers, y en a jamais assez de cerises pour la vente. Y faut refaire la luzernière, les lapins sont demandés au marché, nous pourrons en nourrir cinquante de plus. Y faut cimenter le tour des loges et en faire deux neuves pour les porcelets, ils sont trop à l'étroit. Y faut réparer le toit de la grange, qu'un de ces jours y tombe sur la paille. Le maître maçon de Belgentier va venir commencer le travail. Tu le surveilleras pendant que je ferai marcher la terre, hé, c'est entendu? Tu seras un autre moi-même. Hé? Réponds-moi!

— Y vaut mieux que je reste à ma place, dit Nans,

je connais mon métier de berger, c'est tout, laissez-moi le faire.

Il a répondu d'une voix si paisible que Firmin, désarçonné, tombe du haut de son ardeur.

— Oui, enfin, tu te fiches de me voir dans l'embarras? Je te remercie!

— Vous êtes pas dans l'embarras. Vous avez du monde autour de vous, du meilleur que moi.

— C'est toi que je veux! appuie Firmin qui reprend de la force.

Et il appuie sa main en même temps que sa voix. Et il insiste, et il secoue le genou qu'il tient.

— Est-ce qu'on a pas toujours été d'accord tous les deux, dis? Est-ce qu'on s'est pas toujours bien entendu? Est-ce qu'on a pas toujours été comme deux frères?

« Non! non! crie le souvenir de Pascaline dans la secrète rancune de Nans. Non, non! Pas comme deux frères! Un qui a rien, un qui a tout : le domaine, le nom, la femme, le bonheur! L'autre rien. »

Et il répond seulement, d'une voix de lassitude :

— Je sais bien, mais...

— Alors, La Guirande, elle t'intéresse pas? Qu'on peut dire que tu y es né comme moi? Que tu marchais pas seul quand ta mère y est venue? Et c'est tout le goût que tu as pour elle? Tu es un bel ingrat, tiens! Je viens te dire : « J'ai besoin de toi en conseilleur, en collègue, en frère »; et tu préfères mieux t'en aller seul dans tes drailles de montagne, marcher au cul de tes brebis? C'est gentil de ta part! Mais je peux pas te croire. Tu réfléchiras, ou alors, c'est vrai, tu es qu'un ingrat. J'aurais pensé qu'en souvenir de mon père qui t'aimait, tu aurais jamais eu idée de quitter le domaine, mais je vois que cette saleté du goût de la route t'a pris et que tu cherches qu'à foutre le camp.

Firmin Michel, contrarié, s'est levé à son tour. Grand, osseux, il domine Nans depuis les épaules. On sent que sa colère gronde, mais il la dissimule. Il arrange le feu avec de petits gestes soigneux. Demain matin, la femme de cuisine trouvera de la braise chaude pour le café.

— Allons nous coucher, dit-il à la fin.

Nans attend qu'il ait fini. Il a de la peine de l'avoir peiné.

Ce petit travail de rapprocher les bûches et de les recouvrir de cendres avec la pelle et de se relever et de s'étirer, ça a duré quoi? Une minute peut-être? Pendant cette minute, le mouvement des astres s'est poursuivi, la terre a continué à tourner autour du soleil, comme les livres enseignent que ça se passe. Soixante secondes de vie pour les hommes ont disparu dans le gouffre et soixante secondes de mort se sont mises à leur place. Cet air d'adoration heureuse de Pascaline, quand elle disait, perdue dans son rêve : « Mon Laurent, mon chéri... » Qu'elle serait fière, sans doute, si elle était ici ce soir, d'entendre le fils de Laurent, le fils légitime, mendier l'aide du fils caché, de celui qui devrait être appelé devant tous : « Pascal-Laurent-Albin Michel » et qui ne porte que ce nom faux, collé après sa chair : « Le berger Nans ». Si elle était ici, si elle pouvait parler encore, avec sa bouche vivante, elle dirait : « Reste là, petit, reste là, mon fils, c'est ta place. Si le nom n'est pas tien, les pierres sont tiennes, les pierres de la maison et les pierres de la terre. Et les grains de cette terre et les arbres qui poussent dessus. Et les fruits de ces arbres sont à toi aussi bien qu'à ton frère. Et moi, je ne veux pas que tu partes courir, valet loué, sur des routes de fortune. Ce bien de La Guirande, tu me dois de le rendre plus prospère, tu y retrouveras tout ce que j'y ai laissé, ma jeunesse et mon chagrin. Et mon orgueil de fille que j'y ai enterré chaque jour plus profond, pendant des années. Si la peine rendait riche, je t'aurais laissé un million. Et tu veux quitter tout ça qui porte ma trace dans chaque chose et tu veux t'en aller? Pourquoi? Parce que là-haut, qui dort bien tranquille, sans penser à toi ni à lui, il y a celle que tu aurais voulu prendre pour femme? Et que le hasard a donnée à Firmin au lieu de te la donner à toi? Et alors? Tu as qu'à faire comme si tu la connaissais pas. C'est la maîtresse, c'est Mme Michel. Toi, tu es Nans. Tu vas, tu viens, tu fais ton ouvrage, tu fermes ton cœur avec un cadenas, s'il se mêle de dire son mot. Quand elle passe, tu gardes tes yeux chez toi. D'abord, elle dans la maison, elle cuisine, elle coud, elle repasse, toi tu es dans le bien, tu laboures, tu sèmes, tu aides les maçons, tu rentres le soir, tu es fatigué, tu manges vite ta soupe et ton bout de fromage, et tu vas te coucher : « Bonsoir tout le monde! » Après, tu t'endors. Tu as travaillé, tu es fatigué, tu t'endors. Et le lendemain, tu recommences. Et comme ça, toute la vie passe. Tu verras comme elle passe vite. Moi, y me semble que c'est hier que j'étais à La Jouvaine avec maman et ton oncle Albin. Pourtant, je suis morte depuis près d'un an. Alors, tu vois si ça passe vite? Ça te fera tout pareil. Tu n'auras même pas le temps d'un peu souffrir, que ce sera fini. Alors, à quoi bon t'en aller? Aller ailleurs? D'abord où? Partout c'est pareil. Partout on trouve son bien et son mal. Les bonnes herbes et les mauvaises, sur toute terre, sont en mélange. Ici tu as l'habitude. Firmin est brave dans son genre, un peu brusque, mais bon. Elle? Je te le dis : ne la regarde pas. Ou alors, regarde-la en face, une bonne fois : Félicie Venel oui, c'est elle, Félicie. Elle a une figure comme les autres : deux yeux, un nez, une bouche. Elle n'a jamais pensé à toi, tu t'es fait des illusions. Tu as été un peu nigaud dans cette histoire. Allez! Oublie-moi tout ça, va! C'est des bêtises. Y en a d'autres, de femmes, tu en trouveras. Les deux ménages iront d'accord et vos petits s'amuseront ensemble, tous ensemble, tous les petits-fils de Laurent, mon Laurent, mon chéri... »

Oui, il y a ça. Mais il y a la route et l'oubli. Les auberges où on peut boire comme le premier soir où il a couché avec une fille à Toulon, dans la rue de la Glacière. Ce café avec son escalier derrière le rideau de velours rouge, la caisse brillante de l'ariston sur la table du milieu, autour, les femmes en chemise courte qui laissaient voir leurs cuisses nues. Des seins qui se baladaient sur tout. On sortait pisser dans la cour quand on avait trop bu. L'air frais vous lavait les dents, on rentrait dans un feu de forge. Sur le lit dur, le corps mou de la brune, les trois taches noires sur sa peau, ses yeux qui tournaient, sa bouche qui laissait sur celle de Nans de la peinture rouge... Ça alors? Non, pas ça non plus. Saleté. Plutôt la route, le cul des brebis, comme dit Firmin, les pètes noires collées en pâte sous les semelles, la compagnie des arbres de chaque côté du troupeau, et un à un on les dépasse et ils semblent se retourner pour vous regarder. Le plaisir des villages venant à votre rencontre, avec leurs fumées sur les toits, leurs bruits de voix et de rires, les portes ouvertes sur leurs maisons et leurs femmes aux fenêtres qui s'annoncent l'une à l'autre : « Le troupeau, le troupeau! » puis rappellent les enfants qui se jettent au milieu, pour saisir les moutons par leurs floques de laine. Mais le soir, sur les places désertes, la vaste solitude des étoiles qui ne s'occupent que d'elles, qui n'ont pas un regard pour vous, pour votre misère de cœur. Ça aussi, c'est dur. Alors, quoi? Alors, rester ici? « Tu as l'habitude », a dit le souvenir de Pascaline. Oui, l'habitude. Se coucher tout du long dans ce lit de rivière : « L'habitude » et laisser l'eau vous couler dessus, lentement, lentement. Une eau qui lave tout, qui use la plus dure roche, qui emporte, morceau par morceau, quoi que ce soit que tu lui abandonnes : tout, la joie, la souffrance, l'amour...

— Eh bien, tu calcules? demande Firmin d'un ton brusque.

Nans relève lentement la tête. Il revient de loin. Il dit :

— Oui, je resterai ici avec vous.

C'est sa voix qui a parlé? Il ne le sait pas.

— Ah! tu es brave! dit Firmin. J'étais sûr et certain que tu me laisserais pas tout seul. Je le savais! Nous ferons du bon travail ensemble, tu verras.

Il a saisi Nans aux épaules. Il lui parle en plein visage, joyeusement :

— Où tu voudrais aller, dis, pour être mieux, fadôli? D'abord, c'est ta maison ici. Mon père t'aimait beaucoup, je me tue à te le répéter. Et ta mère, je me la suis vue autour, plus que la mienne. Tu as pris ce genre de m'appeler « Maître » et de me dire « vous », je te laisse faire puisque c'est ton idée. Et aussi à cause des valets. Mais tu sais bien que nous restons toujours pareils comme quand on était petits? On aurait été frères, on serait pas plus d'accord, c'est pas vrai?

Nans, d'un coup nerveux, dégage ses épaules.

« Frères? Encore ça? Encore cette histoire de frères? »

— Je reste votre ouvrier, dit-il d'un air froid.

— Si tu veux, accorde Firmin en haussant les épaules. Et maintenant, allons nous coucher. Je suis bien content. Je vais le dire à Félicie, tout ce qu'on va faire. Elle aussi sera contente. Elle est pas parleuse, mais elle t'estime.

Nans ne répond plus. Il est déjà dehors dans la nuit. Firmin insiste :

— Ça te fait pas plaisir de savoir qu'elle t'estime, ma femme? Oh dis, réponds? Ça te fait pas plaisir?

— Oui, dit Nans.

2

Et les travaux de la terre se poursuivent, comme toujours, selon le rythme des saisons qui reviennent régulièrement. C'est le calendrier qui commande : 21 mars, le printemps; 22 juin, l'été; 23 septembre, l'automne; 22 décembre, l'hiver. A la fin, ça recommence. Que tu ries, que tu pleures, que tu souffres, que tu perdes les tiens ou que tu mettes des enfants au monde, il faut marcher. La terre, elle est pire qu'une femme qui a envie d'un enfant. Il faut la satisfaire, même si tu t'y brises les reins. Il n'y a que le cas où tu es mort. Là alors, tu t'arrêtes. Et encore? Non, tu ne t'arrêtes pas, puisqu'elle se met à te manger petit à petit, à se nourrir de tes sucs et de ton corps, comme elle s'était nourrie de ta force vivante : la terre ce monstre.

Pendant que se remplacent les quatre faces du

temps, l'homme s'use à les utiliser. Avant que viennent les grandes pluies de mars, Michel veut faire défricher cette partie du domaine qui depuis longtemps est restée inculte. Nans et lui la nettoient d'abord avec la dent des moutons, ensuite avec la hache, pour ce qui touche la forêt. Après, ils y font passer la charrue tirée par quatre chevaux pour défoncer profond. Ils déterrent de vieilles racines noircies, grosses comme leurs cuisses. Ils les jettent au loin. Un petit valet et une fille d'aide les ramassent, les joignent au bois taillé dont ils font des fagots. Avec les brouettes, ils transportent tout vers la maison et montent un tas énorme.

— Ça fera du sec pour allumer les feux, dit le maître. Nous dresserons un hangar où l'abriter. Trois rangées de branches de bruyère sur quatre poutres, ça suffira.

— Non, dit Antoine Venel qui est là, y faut faire carrément une bonne bâtisse couverte de tuiles, pour ton bois, tes outils, tes légumes de semence et toutes les provisions des Michels.

— Peut-être, dit Firmin.

Il ne sait pas que par cette simple phrase on vient de changer le nom de sa famille.

Les maçons creusent les fondations. Tout le monde vient regarder :

— Ça sera grand, dit Nans.

— Ça se remplira si ça marche comme je crois, dit le beau-père. D'ici trois ans, que les arbres donnent, nous éléverons un fruitier là-dessus. Y faut des murs solides qui tiennent le coup.

Dans le terrain neuf, ils ont planté la vigne. Pour le moment, ce ne sont que des petits bouts de bois qui ne font pas beaucoup d'effet. Entre eux, tous les six mètres, il y a d'autres bouts de bois, plus longs, avec deux branchettes ou trois. Ce sont des pêchers. Il y en a dix rangées. Au prochain mois d'avril, quelques fines feuilles vertes s'ouvriront, peut-être parci par-là une fleur en étoile rose, ébauchant un fruit, qui pour cette année ne tiendra pas. Pour l'année prochaine non plus. Il faut trois ans de patience avec les arbres.

Les gens disent :

— Il se plante sur les terres des Michels!

Bon, voilà plus de huit éminées mises en valeur. Maintenant, il y a tout le terrain du bas : il paraît que dans les temps, il y avait là les murs de la première Guirande, avec sa bergerie et son four à pain. Mais la rivière, qui, souvent était grosse et mal endiguée, inondait tout. Alors les Guirand avaient reconstruit plus haut. Il ne reste que quelques pierrailles et le vieux four à pain qui ne sert plus, maintenant qu'on a le four banal. On dédaigne ces ruines que les ronces et les taillis de noisetiers ont envahies. Autour, les prairies qui descendent de la maison au Gapeau ont été négligées, faute d'argent. La mauvaise graine les mange. De grandes plaques de chiendent étouffent par-dessous, le trèfle et la luzerne dans les filets blancs de leurs racines. Il faut retourner, fumer, ensemencer avec de bonnes herbes qui feront du foin pour les bêtes et du regain, si c'est soigné.

— On irriguera, dit le maître, et Nans n'aura plus besoin de trimbaler le troupeau sur les routes.

Là aussi, ils plantent des arbres, des tiges lisses et minces de figuiers, que Firmin tient debout dans les trous, tandis que Nans, à genoux, amasse délicatement la première terre autour des racines. Au bord de l'eau, une longue rangée de pommiers mettra son ombrage. Là-dessous, on pourra laisser courir les poulets. Ils feront leur dessert des figues tombées et des pommes pourries. Michel voit ça en rêve, pendant qu'il tient bien droites les tiges des jeunes plants. Nans ne dit pas à quoi il pense. Il fait son travail de bon serviteur. Ses bras sont au domaine. Mais sa pensée est à lui. Elle lui appartient.

Le travail avance. Quand le temps se gâte, vers la mi-février, quand tout est en terre, alors les deux hommes se font maçons. Le petit valet leur sert de manœuvre. Au long de la maison, côté est, à l'abri du mistral, là où le vent ne porte pas l'odeur, ils ont bâti, sous le large auvent de la gênoise en tuiles rondes, un poulailler avec ses nids et ses perchoirs, une rangée de cases séparées pour des lapins, et par-dessus ça, un pigeonnier carré.

Les gens disent avec envie :

— Il se construit sur les terres des Michels!

— On devrait mettre quelques carreaux vernis jaunes autour des trous, propose Nans. J'en ai vu du côté de Mane, ça fait joli.

— Mettons-les, accepte Firmin.

Ils sont bien d'accord en tout. Leurs gestes se complètent, leurs regards se rencontrent franchement, l'effort de l'un aide l'effort de l'autre, d'un geste naturel. Et les murs montent, se lissent, se couvrent des tuiles, s'enferment dans des clôtures; les lapines mettent bas, les pigeons s'accouplent, les poules font des œufs. Puis les œufs se cassent en deux, un jour, les poussins sortent, courent partout. Les pigeonneaux essaient leurs ailes sur le bord des toitures, les parents, tout de suite, font d'autres œufs et se remettent à couver. Les jeunes lapins secouent leurs oreilles, s'asseyant sur leur derrière, dévorent des montagnes d'herbes, deviennent gras, on leur donne un coup de poing entre les oreilles, puis on les saigne, en leur faisant sauter l'œil à la pointe du couteau, on les suspend par la patte, on leur tire leur peau chaude, leurs entrailles molles tombent à terre en fumant. C'est pour faire ça qu'on élève des bêtes. Ou alors, on les emporte au marché, tout effrayés, avec les pigeonneaux et les œufs. L'argent rentre. Il ressort tout de suite pour le fumier, les journées de valets, le maïs, le son, les semences. Mais s'il s'en va, c'est pour mieux revenir dans ce coffret de merisier que le père Venel a donné plein d'or à sa fille, quand il l'a mariée.

Les gens disent avec jalousie :

— L'argent doit rentrer dans la bourse des Michels!

Vers avril, les hommes commencent à dresser d'autres loges à porcs : deux pour les truies, une pour le verrat, une pour les cochonnets. Et là encore, peu de temps après, ça grogne, ça grouille, ça pousse. Le fumier est enlevé par plaques épaisses, il chauffe, il sent fort, les poules se font jeter des pierres parce qu'elles viennent l'éparpiller pendant qu'on le transporte à la suie. Mais cette suie n'est qu'un trou dans le sol. Il faudra en faire une en bâti, avec un puits à purin au-dessous, pour engraisser l'eau d'arrosage. Patience! Tout ça viendra.

Pour la litière des bêtes, on achète la paille; c'est criminel, on la vend cher. Michel convoite un morceau de terre qui touche à La Guirande et appartient aux Toucas. Ça ferait un beau champ. Justement, le vieux propriétaire vient de mourir et la veuve, qui habite avec sa fille, accepte de céder le bien. L'affaire est conclue. Pour cette année, c'est trop tard, on ne pourra y mettre que des pommes de terre. Mais l'an prochain, le blé y ondulera en larges nappes et donnera de la belle paille d'or.

Le domaine s'élargit, s'agrandit de partout. Vieille

poule couveuse entourée de ses petits, elle a mis au monde de nouvelles bâtisses et de nouvelles cultures. Les voisins hochent la tête avec la rage du pauvre contre le riche :

— On peut dire qu'elle monte, cette maison des Michels !

« Firmin, il est bien tombé, de se prendre cette fille avec des sous, un beau-père qui s'intéresse et encore cette chance d'un bon berger. »

Et le chaud de l'été revient. Les agneaux de l'année précédente sont devenus moutons. Ils commencent à tirer la langue, la bave mousse aux coins de leurs lèvres, quand ils mâchent désespérément l'herbe sèche.

— L'hiver prochain, dit Michel à Nans, nous ferons sans faute les travaux d'irrigation des prés et le troupeau aura de la fraîcheur. Mais pour cette fois, il faudra encore le conduire aux Alpes. Je vais le donner à quelqu'un qui monte. Je tiens à avoir des beaux moutons cet automne.

— J'irai, moi, dit Nans.

Cette fois, il a levé la tête, il a parlé net. Il a affirmé sa volonté. Il n'en pouvait plus. Michel s'inclinera parce qu'il n'y a que ça à faire. Il croit que Nans a gardé la nostalgie de la transhumance et de la route. Il ne peut pas savoir.

Donc, il accepte qu'en juillet Nans reparte vers la montagne. D'ailleurs, il n'y a pas grand travail dans le domaine en été, les arbres fruitiers ne donnent pas encore. Le maître et le beau-père ont décidé de s'occuper eux-mêmes de la cave, de la préparer à recevoir dignement le vin de l'ancienne plantation, en attendant celui des nouvelles.

— Tes tonneaux sont en mauvais état, reproche Antoine Venel. Crois-moi, le vin on le soigne jamais assez! Surtout par ici on est négligent. Regarde ton voisin Lysée, son vin est toujours aigre par sa faute. Si tu voyais ça du côté de Tain-l'Hermitage, ma sœur est mariée là-bas avec un producteur. Là oui, c'est soigné, gardé comme une fille vierge, dans des caves d'une propreté que tu mangerais par terre. Aussi, ça rapporte des sous. Fais comme eux, va! Plus tard, tu me remercieras de la peine : « Suffit pas d'aimer la terre, y faut la gagner », le proverbe le dit.

Firmin le remercie déjà. Il accepte les conseils et les sous. Il est content de se voir un gros propriétaire, avec les boutons d'argent à sa veste de velours. Félicie porte les boucles d'oreilles, la chaîne en or et le châle de l'Inde. Les dimanches, quand son mari lui donne la main pour qu'elle saute de leur jardinière neuve, devant l'église de Méounes, les jupons empesés de ses dessous font un nuage de blancheur. Les femmes qui les regardent disent :

— Parle-moi du genre des Michels! C'est riche...

Ces jours-là, le jeune couple mange le soir chez les parents et n'en revient que tard, par la route tout éclairée de lune.

Ces jours-là, Nans est complètement tranquille. Il est soulagé de savoir qu'elle n'est plus dans la maison. C'est une vacance pour son mal. Il s'est habitué, bien sûr, il a fini par s'habituer. Parce qu'on finit toujours par s'habituer. Mais quand même, les autres jours, il évite de passer devant la porte où elle se tient à coudre, contre la vitre ouverte. Il fait le tour par la cour de derrière. A table, il mange vite, les yeux dans son assiette et il s'en va, avant tous, reprendre l'ouvrage.

— Ce Nans, dit Michel, c'est un bourreau de travail.

Il en faut des coups de pioche pour tuer un imbécile de cœur qui ne veut pas oublier.

Particulièrement, ce soir de début d'août. Nans est soulagé. Enfin il va pouvoir partir. Il a eu ses bêtes malades. Il a fallu attendre. C'est demain, au petit jour, qu'il prend la route. Il va s'en aller pour deux bons mois, il marchera au milieu du troupeau, la cape rousse jetée sur son épaule, il dévidera l'invisible fil d'oubli qui le rattache à La Guirande. Coule oubli, coule fil d'oubli, coule derrière moi et déroule-toi et casse-toi à la fin et que je puisse siffler et rire comme les autres hommes.

Le dimanche soir, la nuit venue, Firmin dételle la jardinière. Nans, assis au seuil de la remise, attend, pour le cas où le maître aurait encore une recommandation.

— Oh! Nans? dit Firmin.

— Maître?

— Dis-moi, y a quelque chose de changé : y faut que je parte demain matin de bonne heure. Je vais à Brignoles avec le beau-père : une occasion de cheval extraordinaire. Je serai de retour demain soir. Alors, tu attendras mardi pour t'en aller. Ça ne fera qu'un retard d'un jour et je veux pas laisser ici sans toi ni moi.

— Bon, dit Nans.

— Je ne rentrerai peut-être que dans la nuit, mais je rentrerai. Pars à la première aube mardi sans t'occuper de moi et si je te revois pas, alors en octobre, qué?

— Entendu, dit Nans.

— Bonne route, soigne bien les bêtes, ramène-moi-les toutes en bon état et toi aussi. S'y t'arrivait quelque chose, fais-moi-le savoir.

— Entendu, dit encore Nans.

Ils se font un bon sourire de collègues bien d'accord. Firmin entre dans la maison. On l'entend fermer la grosse porte. Félicie est montée directement. Pendant qu'il parlait avec Firmin, Nans a vu s'éclairer la fenêtre du premier. Il va rester trois mois sans plus voir s'éclairer cette fenêtre de la chambre, cette lumière qui, tous les soirs, lui tord le cœur comme un de ces chiffons que les laveuses pressent dans leurs mains pour en épuiser l'eau. La fenêtre, la chambre, la nuit, le grand lit de bois sculpté que Firmin, si fier, lui a montré un jour. La commode, la glace, la couronne d'oranger sur le coussin de velours bleu, sous la coupole de verre qui la protège. Un petit châle... Est-ce que ce n'était pas celui qu'elle avait le jour de la noce d'Hélène? Le souvenir, ce poignard lancé droit et toujours trouvant son but, comme un poignard de jongleur à la foire, ah! qui le lui arrachera?

Qui? Rien. Personne. On est seul. Les moutons, ça ne nous comprend pas. Les gens, c'est méchant : « Tu as vu, ce mesquin de berger de La Guirande, qui avait l'air de vouloir fréquenter Félicie? — Pardi, les Venel ont des sous. » Imbécile! Ils ont bien raison, les gens. Les chiens? Oui, les chiens, des fois, on dirait que ça comprend : « Michel, Vigilant ». Les chiennes : « Pimpante, Michelle ». Oui, les chiennes surtout. Ça a de longs yeux tendres, pleins d'humide doré, avec dedans quelque chose de têtu qui veut sortir, qui veut trouver une réponse : « Je t'aime, je sais ce que c'est que d'aimer. Ecoute-moi, mon maître, je le sais. Deux fois par an, je suis folle de vouloir qu'on m'aime. Je veux un mâle qui me cherche, qui me caresse, qui me morde, qui me force et je veux avoir des petits chiens qui me têtent, qui me sucent toute ma vie, qui se mettent tous en tas, au chaud contre mon ventre. Je veux aimer, je veux qu'on m'aime, je suis immense d'amour. Alors toi, je comprends. Laisse-moi mettre ma tête sur ton genou. Même si je te salis, si je te pèse, si je bave un peu, parce que toi aussi, je t'aime. Pour toi, je quitte mon mâle et je lèche ta main qui a noyé mes petits. Appelle-moi au secours! » Oui, le secours des chiens, il y a ça : « Michelle! Vigilant! Ici! Oui, vous êtes de bons chiens, oui! Après-demain, on prend la route, nous cinq et les moutons. Michel? Pimpante? Eh bien, où tu étais, toi? Encore à courir, garçasse! Allons nous coucher. Après-demain on prend la route. » La fenêtre est encore éclairée. C'est l'heure de dormir pourtant, tout le monde dort, la nuit, c'est fait pour dormir. La fenêtre est encore éclairée. Ils sont couchés, tous les deux, à côté l'un de l'autre. Pourquoi ils ne dorment pas? Qu'est-ce qu'ils font? « Pimpante! Ici, ma belle. Oui, tu es belle, oui, tu es brave... »

Un contre l'autre, y sont couchés, qu'est-ce qu'y font? Ah! si j'étais jamais allé à cette noce, au moins! J'aurais mieux fait de me jeter dans le Gapeau ce jour-là. Si quelqu'un vous prévenait, au moins? Si quelque chose? Mais non. On est seul. Un chien dans ce cas-là, on sait même pas s'il a la voyance. Et puis, s'il essayait de se faire comprendre, on le croirait pas. C'est comme pour l'incendie ou pour le tremblement de terre : le chien veut te sauver, y veut te sauver : « Allez! couché, dit le maître. Fous-moi la paix. Y a rien. Tu es un couillon! » Le couillon, c'est l'homme. Il ne le sait pas, il est plus bête que la bête.

Enfin, que faire? C'est comme ça. C'est la vie. Ça serait trop beau que ce soit tout rangé à mon idée. Dormons. Qu'est-ce qu'y font, nom de Dieu? La fenêtre est toujours éclairée. Y dorment ou y dorment pas? Je m'en fous. Je le dis. Si c'était vrai seulement? Si je pouvais... Ma mère, elle a dû en passer, des mauvaises nuits, quand le père Michel était couché avec sa Thérèse et qu'elle me portait dans son ventre. Ou peut-être qu'elle le prenait bien? Mais ça m'étonnerait. Nous sommes d'une race de gens qui sait cacher son mal. Les hautes montagnes, ça vous rend dur, ça vous serre sur vos secrets, on est pas comme le Provençal, ouvert à tous les vents. Ah! c'est bien avançant de tant réfléchir! Y faut que j'aille voir cette brebis qui a encore le mal, savoir si elle pourra suivre ou non. Et demain, puisque je serai encore là, je profiterai de réparer ce lapinier, que toujours les petits sortent par le coin du grillage. Un de ces jours, une fouine entrera, et adieu mes beaux lapins!

Ah! la fenêtre s'est éteinte. Nom de Dieu! c'est pas trop tôt. J'en avais assez de cette lumière des Michels.

3

Nuit. Silence.

Chant des crapauds au bord de la rivière, comme la pulsation même de la vie de la nuit. Puis silence de nouveau, soudain épaissi. Une de ces fées qui n'existent plus frôle la prairie, laissant traîner sur elle son écharpe de lune. Les crapauds se taisent, extasiés. Leur gorge jaune bat comme un cœur malade, le feu de leurs yeux s'effile sous leurs paupières, leur chant devient intérieur comme un râle d'amour.

Quand Firmin s'est levé pour partir à Brignoles, Félicie a été mal réveillée. Le baiser de son mari a glissé sur sa joue, sans trouver la bouche pressée contre le drap. Elle ne s'est pas bien rendu compte. Elle a cru qu'elle allait se réveiller en plein, puis non, elle s'est rendormie. Mais quelque chose avait dû glisser dans sa tête, parce qu'elle s'est trouvée jetée d'un coup dans un rêve extraordinaire : dans ce rêve, qui semble être de la vraie vie de tous les jours : son mari parti, elle vient de se lever. Sur sa chemise de toile, elle a attaché la ceinture de son jupon de basin et par-dessus elle a mis sa camisole bleue. Elle a descendu l'escalier sans bruit. Elle est seule d'ailleurs, dans la grosse maison. Le petit valet, la femme de cuisine et la fille qui aide couchent sur le derrière de la bâtisse, tout en haut. La chambre de Félicie est au premier étage, sur le devant de la maison. C'est dans cette chambre où Thérèse Aiguier a mis Firmin au monde, où elle a vécu prisonnière de son mal, où elle est morte.

Dans son rêve qui semble si vrai, Félicie arrive au bas de l'escalier et trouve ouverte la lourde porte d'entrée. « Tiens, Michel ne l'a pas fermée? » En sortant, elle la tire à elle, avec ses petites mains dures. « Ah! mon Dieu! » Qu'est-ce qui lui arrive? Michel était dehors, devant la porte, son mari. « Qu'est-ce que tu fais? — Moi? Rien. — Où tu vas? — Nulle part. — Où tu allais? — Nulle part. — Pourquoi tu t'es levée? — Je sais pas. — Tu allais bien à un endroit? — Non. — Tu allais bien chercher quelque chose? — Non. — Alors qu'est-ce que tu faisais là, à fermer cette porte si doucement? — Tu l'avais laissée ouverte, alors je la fermais. — Tu la fermais en sortant au lieu de rester dedans? Hé? Au lieu de remonter te coucher? C'est ça? Au lieu de remonter te coucher, tu sortais? C'est ça? Coureuse! Où tu allais? — Me serre pas le bras comme ça, tu me fais mal! — Je te serrerai, je te ferai mal, je te tuerai, tu diras où tu allais? — Mais à aucun endroit. Ecoute, Michel... — Pleure pas, ça sert à rien. Où tu allais? Ah! tu me croyais parti? Et tout de suite tu allais courir? Tu as quelqu'un, qué, c'est ça? Tu as quelqu'un que tu allais retrouver? — Ecoute, Firmin! — Mais moi, je m'en doutais de tes idées. Ah! je t'ai bien fait croire : Brignoles, le cheval extraordinaire à acheter... Tu as tout pipé. Que c'est bête, les femmes! Et lui aussi, ton imbécile, il l'a cru que j'allais m'en aller, vous laisser tous deux seuls avec la nuit. Tu pensais que je m'en étais pas aperçu depuis des mois, de vos manigances? Que je le savais pas que le jour de la noce d'Hélène, vous vous étiez serrés de près, sous le paquet d'ombre des cyprès, contre le puits? J'y étais, moi aussi, ce soir-là, dans le noir des arbres, caché. Je vous ai vus. Je vous ai regardés et depuis je vous regarde faire vos dédaigneux, vos insensibles, vos ceux qui se foutent l'un de l'autre. Seulement, tout le temps vous vous cherchiez. Tout le temps, même sans vous en rendre compte. Vous êtes à trois mètres l'un de l'autre, à dix mètres, à cent mètres et toujours vos figures se touchent et vos corps sont mélangés. Puis avec moi, tu fais la rebelle. Alors, je t'attendais cette nuit, je savais bien que cette nuit où je serais parti, tu pourrais pas faire autrement que d'aller le retrouver, ton imbécile de berger, c'est pour ça que j'étais derrière la porte et maintenant je vais le tuer. — Michel! »

Félicie a crié, ça l'a réveillée. Elle est dans son lit, dans sa chambre. Le peu de lumière de lune qui entre par le trou rond des volets éclaire la paix nocturne de la commode où règne sa couronne d'oranger sous la coupole de verre brillant. Le peu de lumière éclaire mollement le mince visage où les longs yeux vont vers les tempes, où le petit front doux et têtu s'arrondit dans le cadre des épais cheveux tirés en arrière. Il éclaire la bouche épaisse qui sait garder les secrets. Félicie pousse un grand soupir. Elle défait des deux mains la corde de sa chemise roulée qui s'était serrée autour de sa poitrine. Elle rejette les couvertures, elle étouffe, elle est brûlante, elle est moite de sueur, son cœur tape plus fort que la gorge haletante des crapauds. Elle passe ses doigts dans ses cheveux qui sont gras, qui sont lourds, qui lui pèsent, qui sont trop longs, trop fournis, qui se sont défaits sur ses épaules et qui lui tiennent chaud et qui lui font démanger toute la tête.

Quel rêve quand même! Aller rêver des choses comme ça, c'est drôle! Il est bien parti, Michel. Dans le demi-sommeil, Félicie a entendu le roulement de la jardinière sur le chemin du domaine et son écho ensuite, sur la route. D'abord, pourquoi il ne serait pas parti? Quelle raison il aurait eue pour douter d'elle? De la soupçonner? Elle n'a rien à se reprocher depuis qu'elle a accepté de se marier avec lui. Elle est encore un peu rétive à cause de son ignorance, pas plus. Et comment elle n'aurait pas accepté? Comment refuser, quand on est une fille seule contre toute une famille? Un père, une mère, un oncle, des tantes, des voisines? « Hé, tu dois être contente? Tu te places bien! Il a de belles terres, ce garçon. Et il est fils unique. Avec ça, il est charmant. » Oui, il est charmant, il a de belles terres et des qualités. Mais c'est l'autre qu'elle aimait, l'autre dont elle avait envie, celui qui n'a rien, ni des terres ni de beaux habits, et qui garde les moutons d'un maître, celui qui n'est pas « le fils des Michels », mais « le berger », pas plus. Quelle drôle d'idée de vouloir juste celui-là... Mais depuis qu'elle a épousé Firmin, elle n'a jamais rien fait où il puisse trouver à redire. Si elle n'a pas encore de petit, ce n'est pas sa faute. Elle s'est forcée de ne plus penser à Nans, pour ne plus souffrir. Elle se souvient du jour de l'enterrement de Pascaline, au cimetière, elle était venue avec son amour tout neuf, tout sincère, et elle n'avait pas trouvé le garçon qu'elle aimait. Elle avait trouvé un homme dur, froid, resserré sur lui-même, un homme comme les autres, qui ne l'avait presque pas regardée et qui l'avait laissé partir seule avec Michel et c'était comme s'il avait dit : « J'ai tout oublié. » Et comme s'il avait dit : « Je te donne à un autre. » Oui. De sa blessure de ce jour-là, elle a gardé une plaie saignante et ensuite le reste est si vite venu! Son oncle d'abord, le docteur de Solliès : « J'espère que tu es contente? Je t'ai trouvé un bon mari? — Oui, l'oncle, merci », elle a dit, et sa tante l'a embrassée. Puis il y a eu les projets de son père sur La Guirande. Il était tout bouillonnant d'idées : « Je ferai ci, je ferai ça... Ce Michel, c'est un gros travailleur. Avec lui, je suis tranquille, mon argent ne sera pas perdu. » Non, l'argent des Venel ne sera pas perdu. Seule sera perdue, sera gâchée, une sensibilité de fleur qui s'ouvrait au premier soleil et qui, déchirée par un vent d'orage, referme sur eux-mêmes des pétales blessés.

Pourtant, il ne faut pas exagérer. Elle a vécu depuis. Elle a bu, elle a mangé, elle a dormi, elle a ri avec ses compagnes de village, elle a été contente d'étaler les belles robes que sa mère lui a fait faire. Surtout celle du mariage, blanche, en pongé, à petits volants, qui soutenaient, en le faisant mousser, le tulle fin du voile. C'était bien agréable d'être habillée avec cette jolie soie toute neuve, de se sentir parée des pieds à la tête, des fines bottines de chevreau blanc à la coiffure frisée, d'avoir des bas brodés à jour et les mitaines assorties et que tout sur vous soit si blanc, si riche, si frais.

Elle a accepté d'être la femme de Firmin. Elle a tendu la main vers l'alliance. Elle a donné son corps. Et Firmin n'a pas été méchant. Ses amies mariées avaient un peu effrayé Félicie, avec cette histoire du soir de mariage. Mais elle, elle avait bien compris à quoi il fallait s'attendre. Elle avait vu les pigeons et le coq avec sa poule, tous les mâles et toutes les femelles des champs. Quand elle avait eu peur de tout ça, c'était beaucoup plus loin de son enfance. Après, elle avait seulement trouvé que c'était drôlement arrangé, que le bon Dieu, puisque c'était lui, aurait pu organiser ça pour les gens autrement que pour les bêtes, que ce soit plus joli, moins brutal. Et puis, à la fin de tout, elle avait accepté. Surtout, elle avait vite compris, probablement parce qu'elle était fabriquée comme ça, que, la première surprise passée, ce n'était pas une chose désagréable, que sous son air de n'être qu'une chose de corps, ça allait toucher à des endroits autres que la chair et où c'était bon de sentir l'amour. Elle a laissé faire ce qu'il fallait pour avoir des enfants. Elle a été une fille sage avec sa mère, elle est une bonne femme avec Michel. Tout le monde est heureux autour d'elle : ses parents, son oncle, sa tante, son mari. Et elle? Mon Dieu, après tout, elle n'est pas malheureuse. Ça continuera comme ça. Elle aura sa maison, ses petits. Toutes les femmes vivent très bien de cette façon, même avec, dans le fond d'elles-mêmes, un mauvais petit souvenir qui ne veut pas s'en aller. Pascal, ses yeux clairs, la tristesse de sa bouche, la douceur de sa bonne main... Ah! oui, c'est ça qu'il lui aurait fallu pour être heureuse. Ça oui. Elle n'est pas malheureuse, non, mais elle n'est pas heureuse. Et lui? Qui l'a consolé de la mort de sa mère? Michel disait : « Il a beaucoup de peine, y sort plus. » Puis Michel a dit : « Il est parti pour les Alpes, mener les moutons. » Elle a encore un peu résisté, son père s'est fâché contre elle. Sa mère a pleuré. Alors, elle a obéi, pensant que Pascal l'avait oubliée en plein, et elle a accepté le mariage. Mais ensuite, quand ils se sont revus, elle a compris tout de suite qu'ils n'avaient rien enterré, ni l'un ni l'autre, de leur passé de quelques heures. Seulement, dans leur honnêteté, ils se sont raidis tous les deux, ils ont bardé de fer ce qui restait sensible chez eux, de passion qui voulait vivre, ils ont tordu le cou à l'oiseau chanteur de leur accord secret et ils ont pu croire qu'il était mort.

Pourquoi, tout d'un coup, cette nuit? Ah! pourquoi cette nuit? Ça se préparait depuis longtemps, alors, sans qu'elle s'en doute? Dans le mystère du dedans de moi, ça se préparait? Et il est venu, ce rêve qui l'a emportée toute chaude vers celui qui l'attend? Oui, il m'attend, oui, j'en suis sûre. Il a les yeux ouverts et les bras et le corps jetés à ma rencontre, comme j'ai le cœur et la bouche et tout mon corps ouverts à sa rencontre. Si j'ai rêvé cette chose, c'est qu'il fallait qu'elle arrive. J'ai fait ce que mon oncle a voulu, ce que mon père a voulu, ce que mon mari a voulu. Et ce que Félicie veut, moi, Félicie, alors je pourrais jamais le faire?

Une fois, une seule fois, à lui, dans ses bras. Sa main là où je tiens la mienne et sa chaleur dans ma chaleur. Qui m'empêcherait? Que je suis bête. Il est bien parti, Michel, il est sur la route de Brignoles. La nuit n'a pas encore laissé le jour prendre sa place. D'ici qu'il fasse matin, j'ai deux heures devant moi. Deux heures avant que le petit valet et la fille se lèvent, deux heures avant que je sois de nouveau Mme Michel pour toute la vie. Quel mal je ferais? C'est à moi, ce que je veux donner, c'est à personne d'autre. Le contraire, c'est des balivernes. Ma mère me giflerait, si elle le savait. Mais personne le saura. « Le bon Dieu voit tout », on me disait au catéchisme. Eh ben, si le bon Dieu me voit, s'il me gronde, je lui répondrai : « Qu'est-ce que vous voulez que j'y fasse, moi? C'est vous qui avez tout arrangé, puisque vous arrangez tout. Y fallait pas le mettre sur mon chemin, ce berger, et que depuis, son souvenir, ce soit comme une goutte qui creuse, qui creuse... » ou bien je répondrai rien. Tant pis pour moi, je brûlerai dans l'enfer. Où j'ai mis mes bas? Oh! pas besoin de bas. Y fait chaud. Je brûle et je claque des dents. « Je vous salue, Marie, pleine de grâce, protégez-moi, portez-moi bonheur, que j'y arrive, que je le trouve, qu'une fois je sois dans ses bras... » Je suis folle! Non, je suis pas folle, c'est pas vrai, je fais ce que je veux, parce que je le veux, pas plus. Mon père disait toujours : « Tu es testarde! » Oui, je suis testarde, je suis têtue, y me l'ont pas donné, mon chéri, eh ben, je me le prendrai. Une fois, une bonne fois, puis je jure de ne plus recommencer, mais il le faut qu'y sache que jamais je l'ai oublié, il faut que je le lui dise. Je peux pas le laisser malheureux comme il est, car je le vois bien à ses yeux, qu'il m'aime. Cette porte, comme elle est dure et qu'elle est agaçante de tant grincer. Elle fait un bruit à réveiller des morts. Si j'avais su, j'y aurais mis de l'huile avec une plume de poule. Mais qui aurait deviné? Moi-même, je croyais bien de pouvoir me tenir. Et lui, qui sait s'y le sait que je viens? Pascal, mon Pascalou... Combien il y a de la noce d'Hélène! Hou, comme il fait jour! Elle est beaucoup claire cette grande cour à traverser sous la lune, je vais suivre le mur, y fait sombre sous lui, sombre comme sous le paquet de cyprès. Pourvu que personne me voie? Si je rencontre quelqu'un, je dirai que j'avais mal au ventre, que j'étais malade, que je suis descendue. Voilà la bergerie. Il dort la porte ouverte. Les chiens... Chut, Pimpante, couché, ma belle! Allez coucher, Michelle, allez, mes braves chiens! C'est rien, c'est moi, c'est la maîtresse, taisez-vous. A bas! Vous allez me faire tomber, que déjà je tiens guère droite... Mon Dieu, j'ai le cœur en morceaux. Berger, ne criez pas! Chut, faites le silence, autrement vous me perdez. C'est moi, je suis folle. Oui, c'est moi, Félicie. Je suis venue. Je sais pas... Je suis venue.

« Pascal, écoute, Pascal, écoute, ne me fais pas partir. Je suis venue, tu comprends, j'en pouvais plus.

4

Le berger a repris la route de la montagne, la route de sa vie. Avec une tête pleine de pensées, avec une brebis qui boite, avec quatre chiens fous de joie, avec un corps brûlé par sa révolte intérieure, avec des paroles emmêlées dans le trouble du cerveau : « C'est bien tombé que je parte. Ça a mieux valu. Au moins, si j'étais parti en juillet comme je devais! Il a fallu ces trois bêtes malades pour m'empêcher. C'est beaucoup tard, les moutons ont déjà senti le sec. Les choses sont écrites. D'abord, si j'étais pas parti, je foutais tout en l'air. Je montais dans la chambre ce soir, je me couchais dans le lit avec elle. Lui, je le jetais par la fenêtre. Le domaine est à moi autant qu'à lui. La femme est à moi autant qu'à lui. Je suis le maître autant que lui, même par droit d'amour, c'est moi que je suis le vrai maître de tout. Y vaut mieux que je sois parti. Je me calmerai. La route, ça calme, la fatigue, ça calme. Qui aurait prévu qu'une chose pareille me tomberait dessus? Je suis pas un homme pour toutes ces histoires, moi! Je me croyais bien qu'elle m'avait oublié, elle avait tout pour ça, l'argent, le mari, la famille, la situation. Et puis, non. Allez comprendre d'où ça lui est monté, ce courage de venir me trouver comme ça, au bout de la nuit, avec le danger d'être vue, d'être rencontrée? Jamais, moi, j'aurais osé me prendre une audace pareille. Y faut une femme pour ça, je crois. Quand je me remets dans la tête tout ce que ma mère a dû faire de pareil pendant son histoire avec le père Michel et que ça a duré des années, de sûr, sans que personne le voie, puisque personne en a parlé, je me dis qu'y faut que les femmes aient un sacré courage de putes pour arriver à ce qu'elles veulent? Personne en a parlé... Du moins à voix haute. Mais qui sait si personne l'a su? Ce serait bien extraordinaire. Ce parrain Nagi de la cabane de Grand-Cap; cette Tistone, la vieille tante du Nans qui m'a laissé son nom, ces deux-là, pour le moins, ils ont dû la connaître, l'histoire de ma naissance? Mais c'est pas eux qui me le diront. Les vers ont mangé les lèvres de leurs figures de morts, comme ils mangeront les miennes. Et ces autres lèvres aussi, si chaudes et puis si froides, contre ma bouche cette dernière nuit, elles aussi, elles feront silence dans la vie et dans la mort. Je le sais.

Et voilà. Je vais retrouver ces espèces de grands plateaux des Alpes, que si tu les avais jamais vus, tu oserais pas te les imaginer, avec leurs vents et leurs pluies dans leur désert de buis roussis. C'est une chose terrible, c'est ce qu'y me faut maintenant. La vallée, ma vallée de Gapeau dans les manières gentilles de son eau claire et de ses prairies calmes, c'est trop doux pour moi. A la fin de penser, je m'assiérais sur un talus et je me mettrais à pleurer, j'en serais capable. Et de revenir à La Guirande avec mon troupeau derrière et de dire à Firmin toutes les bêtises que j'ai dans la tête : Et « je suis ton frère ». Et « ta femme, elle m'aime ». Et « donne-la-moi. Toi, tu as les moutons, les terres, les bâtisses. Garde tout, je m'en fous, la femme, tu me la donnes. Fais-la venir, elle te le dira. C'est pas qu'elle te déteste, mais moi, ellc m'aime, tu comprends? C'est pas pareil. Demandes-y, tu verras. Elle aura le courage de te répondre que c'est vrai. Va sous sa fenêtre de chambre et appelle-la, fais-la descendre, dis-lui : « Félicie, la vérité? Qui c'est que tu veux comme homme, lui ou moi? » Tu verras. Elle est folle. Cette nuit, si j'avais accepté, on partait ensemble, sans rien, les frusques dans un mouchoir à paquet. J'ai pas voulu. Je veux pas que tu passes pour ridicule, parce que j'ai des raisons pour ça. Alors je lui ai refusé, à elle qui pleurait contre ma poitrine.

« Seulement, tu en conviendras avec moi, tu es trop raisonnable pour pas en convenir, c'est pas possible qu'une chose forte, une chose de conséquence, cette chose qui a fait que pour nous être parlé deux fois, nous sommes toujours comme restés ensemble, tu comprends bien que c'est pas possible qu'elle finisse comme ça? Alors, décidons un arrangement.

— Un arrangement? Qué arrangement? Je suis Firmin des Michels, tout est à moi. Toi, tu es Pascal Nans, le berger, fils du berger. Reste à ta place, je reste à la mienne. Tu es brave, j'ai estime pour toi, pour ton travail. Je te paie ce qui t'est dû, pas vrai? Alors, fous-moi un peu la paix avec tes histoires de ma tante la borgne. Ma femme, elle est à moi, comme La Guirande elle est à moi. Tu as que de t'en prendre une, si tu as le cul chaud. Il en manque, sur les chemins, des filles à basculer? Tu en as jamais voulu et maintenant tu te découvres la passion? Moi, tout ce que j'ai à te dire, c'est ça : ma femme, tâche de pas trop la regarder au plein de la figure, parce que tout frères que tu dis qu'on est, ça ferait pas long feu que je t'abîme la débêloire. Tu as compris, couillon de la lune?

— Oui, j'ai compris! Oui, monsieur Firmin des Michels, j'ai compris. Moi, pauvre mesquin, j'ai compris. Y faut se taire. Je me tairai. Les moutons se taisent bien toute leur vie. « Bè... Bè... », c'est tout ce qu'y peuvent dire. Leur naissance, leur vie, leurs amours, leur mort, c'est ça : « Bè... » C'est tout ce que le bon Dieu leur a permis pour se parler entre eux et pour nous parler à nous, ce bon Dieu qui, là-haut, a tant d'étoiles qu'y doit plus savoir sur laquelle habiter.

Ces étoiles, regardez-les, elles continuent leur travail de briller et d'arranger leurs dessins. Des carrés, des de travers, des droits, qu'on dirait qu'on les a tirés au cordeau. Le morceau de bois du cordeau, il est planté à l'angle, là où ça brille le plus. Le vieux de Forcalquier, l'an dernier, m'avait un peu appris leurs noms, mais c'est beaucoup difficile à retenir. Je me souviens que de trois : « La Grande Ourse, la Vierge, le Chariot »... Oui, c'est ça. La Grande Ourse, c'est drôle comme nom. Des ours, y paraît qu'y en a encore dans les forêts, du côté de l'Espagne. Comme dessin, cette Grande Ourse, on dirait une belle pièce de terre, mais pas bien carrée, mal coupée, avec un chemin qui passe de biais chez les voisins et qui vient juste tomber au coin. Y va de lumière en lumière, ce chemin et le bornage de cette terre, il est fait comme avec des feux de plein air, quand ils ont fini de brûler leurs branches, de fumer leur fumée et qu'y sont plus qu'une boule rouge qui vous dévore les yeux.

Ça brille, tout ça, dans le ciel, de tous les côtés. Je le crois pas que Dieu habite là-haut, dessus, sur ces sortes de brasillades. Je le crois pas. D'abord, s'il y en a un seulement? Savoir? Je sais rien, moi. Cette nuit, elle me disait de sa petite voix, toujours tremblante comme une feuille : « J'ai pensé à tout, j'ai même pensé au bon Dieu, et qu'il me demanderait compte du mal que j'ai fait en venant te trouver. Et je l'ai fait quand même, parce que j'en pouvais plus. » Et moi, j'ai dit : « Te ronge pas de mauvais sang pour ça, va. S'il y est, le bon Dieu, y comprend les choses, et s'il y est pas, tu es tranquille, y t'arrivera rien. » Elle s'est serrée contre moi, je l'avais dans toute sa peau qui a l'odeur des giroflées de devant la porte. Je l'avais toute nue, de haut en bas, avec ses cheveux dans mon cou qui me glissaient contre la joue. Ces cheveux, ces tresses de femme, ces couleuvres d'eau, elles sont froides et elles sentent une odeur de chaud qui vous lève le souffle. Alors, j'avais ses cheveux, et elle en a beaucoup, y sont gras et durs et ils ont le parfum de cinquante mille giroflées. Et j'avais sa bouche qui me touchait la poitrine, une bouche ronde toute mouillée avec des dents et une langue et qui me tétait la mamelle, comme un petit enfant. Puis, elle la mettait sous mon bras, là où c'est chaud et elle me léchait doucement...

Je veux plus penser à ça. Je me casserai la tête contre une pierre si je m'arrête pas de penser. Je peux plus. Ça fatigue trop. J'ai toute cette route à faire et tout ce travail des moutons, voilà à quoi y faut penser, tu entends, imbécile de tête? Quand j'aurai marché la fin de cette nuit et tout demain, et puis toute l'autre nuit, j'arriverai bien à penser à autre chose qu'à ces caresses. Encore aux étoiles, par exemple. Les étoiles, elles s'en foutent pas mal de ce qu'on peut souffrir. Je me rappelle une de ces nuits, que ma mère était malade. J'étais sorti dehors respirer l'air et je les ai regardées, les étoiles, elles brillaient comme ce soir, entre les nuages qui traînaient la pluie. Elles brillaient, elles me regardaient, elles me clignaient un petit œil d'amitié. Trois jours après, ma mère était morte. Elles s'en foutent bien, les étoiles, qu'une mère vive ou meure, qu'un homme soit malheureux ou content, qu'est-ce que ça peut leur faire, à celles-là? La nuit dernière aussi, elles brillaient dans le petit matin quand j'ai quitté le domaine, quand je marchais comme soûl, comme si je marchais sur moi tout coupé en morceaux au long de la route. Et j'ai marché tout le jour, et le soir elles brillaient. J'ai rien mangé, depuis que je suis parti. J'ai fait que boire : à toutes les sources, à tous les bassins. Les chiens me regardaient. Ils devaient se dire : « Il a la pépie ». Surtout Pimpante, que tout ce que je fais elle s'intéresse et regarde avec sa tête de côté. Chaque fois elle venait pour essayer de boire pareil. A la fin, elle m'a laissé faire seul. Elle était gonfle. Elle comprenait pas pourquoi je buvais encore. C'est qu'elle a pas cette bouche qui brûle comme la mienne. Cette dernière fois où je viens encore de boire, les étoiles étaient dans l'eau. Tout le jour y a eu le soleil, le vent, les branches des arbres dans l'eau; ce soir, y a les étoiles. Elles brillent toujours. Y en a une qui touche la montagne. Peut-être c'en est pas une, peut-être c'est une lumière de maison. En marchant droit devant moi toute la nuit, j'y arrive juste. Peut-être c'est vers Mane, ce village que j'y ai passé l'an dernier et qui me plaisait tant? Que j'ai couché sur la place de l'Eglise, la place des pètes, que la chevrette blanche s'était allongée sur le banc de pierre et que les enfants s'étaient tous amassés autour de nous à la regarder dormir et à nous parler.

Et si je retournais? Je retourne. Je le monte quatre à quatre, l'escalier de leur chambre. J'arrive au premier étage. Je jette la porte par terre d'un coup de poing. Je rentre. Bonjour, c'est moi! Le mesquin, le berger, l'homme. Ah! tu avais cru que ce serait fini comme ça? Que tu t'étais débarrassée de moi? Que je tiendrais mes doigts fermés sur l'aumône que tu m'as donnée et puis que ce serait tout? Tu t'es trompée, ma belle! Tu m'attendais pas, mais je suis revenu. Viens ici : Explication. Et que Firmin se mette pas au milieu. Je l'esquinte. Après tout, c'est ma place autant que la sienne, d'être dans ce lit. Ah! mère! Comme vous auriez bien fait de rien me dire. Vous pouviez pas vous taire, non? Garder ça toute la vie sur le cœur, puis le lâcher la veille de mourir, c'est plus qu'imbécile. Les femmes, c'est des imbéciles. Celle-là, vous croyez que c'en est pas une imbécile, encore? Celle-là qui me parle doucement, avec des bonnes paroles, des bons yeux, qui me donne des idées qui me seraient jamais venues, puis qui me lâche, qui se marie. Qui va en aimer un autre? Se coucher avec un autre? Elle a bien dû lui mettre sa lourdeur de cheveux dans le cou, à Firmin aussi? Et sa bouche dans le mouillé du dessous de bras? Je retourne, tant pis je fous tout en l'air, je crie mon droit. Je les emmerde tous, Michel et Venel, et toute la famille! Elle est à moi, je me la prends, je me l'emporte, si elle veut pas, je la gifle, je le dis devant tout le monde ce qu'elle a fait, venir me trouver dans la nuit, d'elle-même, toute déshabillée comme une putain des rues. C'est joli ça, vous croyez? Un homme, tu lui fous le feu au corps, et puis tu retournes à ton mari. Pardi, c'est simple! Tu lui démolis tout à cet homme, et puis tu reviens bien tranquille dans ta maison, c'est commode! Toi, on te salue, on te respecte, on te dit : « Madame Michel » gros comme le bras; lui, y reste là, brûlé de partout, plus bon à rien. Saloperie! Je retourne? Non, je ferais un crime. Heureusement que j'ai bu que de l'eau tout le jour, que je me suis gardé mon raisonnement.

Je retournerai pas. Au contraire. Y faut que j'aille de l'avant. Si je trouve un chemin qui fait le tour du monde, je le prends. Je m'y jette avec tout le troupeau, avec les chèvres, avec les chiens. Fais route, fais route, berger! Au moins ce sera fini. Allez, Vigilant, tu files, nom de nom? Pimpante, Michelle, qu'est-ce qui vous prend de traîner comme ça? Je vous casse la tête avec mon bâton si vous obéissez pas. Allez, marchez! Les étoiles, elles brillent toujours là-haut, elles s'en foutent. Moi aussi. Merde pour tout le monde.

5

L'automne est là. L'automne, il est comme le chagrin, il finit toujours par arriver. Il y a des années où le printemps est si neuf, où l'été est si dru qu'on se dit : « C'est impossible que tout ça soit détruit, ces jolies feuilles, ces belles feuilles, ces feuilles du tilleul, du marronnier, toutes vernies, toutes poissées de sève gluante, ces feuilles de lierre en toile cirée d'un vert propre et si bien découpées, toutes pareilles sur la base d'un triangle. Et celles de l'acacia, ces vingt ou trente sœurs jumelles se nourrissant à la même tige, fine comme un fil... Tout cela, au printemps, paraît si heureux de cuver les gros bourgeons caparaçonnés de cuir noir! Et l'été, quel plaisir tout cela semble prendre à se balancer dans l'air, à mimer, sous le soleil, des danses extasiées de joie. Mais la joie elle-même s'épuise et les feuilles sont déjà lasses quand août les prive des rosées matinales qui les douchaient de fraîcheur. Le vent d'octobre n'a plus qu'à tirer sur le pédoncule qui les retient à la branche et il le fait. Et il les secoue si elles résistent, et il les emporte entre ses dents, au bout de sa course, au fond du ciel, ou bien il les jette à terre, de ses méchantes mains.

Dans la vallée du Gapeau, l'automne est d'une magnificence incroyable. Cela vient de ce que beaucoup d'arbres divers sont mélangés par la nature et par les hommes, sur les pentes des collines et au long de la rivière. En bas, au fond, dans les creux toujours humides où elle s'attarde, des essences jaillissent qui ne sont pas du Midi : des troncs lisses et blancs, des trembles, des frênes, des bouleaux. Sur la rive même, des saules immenses, largement étalés comme des nefs de cathédrale, laissent retomber de là-haut des guirlandes de feuillage d'argent qui viennent traîner sur l'eau et y baiser leurs images. Des taillis de noisetiers et de tilleuls accrochent leurs racines aux grosses pierres du bord sous lesquelles les écrevisses entrent à reculons pour se cacher.

Plus haut, les prairies tiennent toute la place possible à prendre entre la rivière et la route ou la rivière et la montagne. Il y a des endroits où le pied de la montagne plonge directement dans la rivière. Alors, cela fait des reflets sombres qui noircissent les fonds.

Dans les prairies, les hommes ont planté beaucoup d'arbres : des cerisiers surtout, des pêchers, des pommiers, des figuiers, des poiriers, des abricotiers. Si, au printemps, c'est un fleuve de lumière et de parfum qui court en serpent de fleurs de Signes à Solliès-Pont, à l'automne, c'est un serpent de feu. Des écailles d'or et de pourpre se défont sur la terre, des ailerons de flammes s'envolent dans le vent. Avec de grands bras nus et désespérés, les énormes cerisiers abandonnent leurs feuilles rougies où le sang se caille dans les nervures; les pommiers gardent plus longtemps les leurs, rondes et dures, qui se tavèlent de brun par morceaux racornis; les poiriers flambent vivants du haut en bas, leurs feuilles solides s'acharnent à ne pas tomber et restent encore saines, quand elles sont à terre, en découpures de cuir. Les feuilles des abricotiers n'ont pas de force. Légères et multiples, elles partent, ainsi que des barques à voiles, l'une après l'autre, au fil du vent, au fil de l'eau. Les feuilles des acacias de la route sont encore plus légères, encore plus faibles, encore plus désarmées. Elles s'entassent dans les creux de vallons et, tout de suite, sont pourries. Les feuilles des figuiers, par contre, demeurent attachées à leurs rameaux jusqu'au milieu de l'hiver. Elles se tiennent paisibles dans l'air et nagent sans bouger, comme ces larges poissons plats qui ondulent mollement, entre deux eaux. Avec la pluie, avec le vent, avec l'usure, avec le refroidissement de la sève dans leurs tiges, elles deviennent d'un jaune pâle et transparent d'anémie, elles filtrent les rayons obliques des derniers soleils de novembre, elles s'affinent jusqu'à ne plus être que d'immatérielles mains de malades qui restent tendues à demander un secours. On s'émerveille de les voir encore insistantes. Mais un matin de janvier où la nuit a gelé le sang végétal, elles se laissent tomber toutes ensemble, d'un seul coup et s'enterrent patiemment les unes les autres, au pied de l'arbre. Et le figuier alors hurle de désespoir, tord son corps noir et noueux, crie vers le ciel et se jette contre la terre et fait un tourbillon dans le verger par le gueulement de ses imprécations. Il faut qu'on s'occupe de lui, il n'y a pas à résister, il ne peut pas supporter son inaction. A chaque aube, il crie plus fort que la veille, puis il se calme, il pleure, il saigne, par grosses gouttes d'ambre sur sa peau grenue de lézard. Enfin, un jour de février, cette peau s'éclaircit, elle devient gris clair, elle se gonfle de pustules rondes. Le figuier crie : « Mes petits, mes petits! » Ce sont les figues. Elles poussent, elles fusent de partout en désordre, avec un air naïf et attendrissant, tandis que les autres arbres dorment encore leur sommeil d'hiver.

Après les acacias de la route qui ne servent à rien qu'à sucer la poussière au moment des floraisons, alors on monte dans les arbres sans couleur. Les oliviers gris, les lauriers-tins d'un vert métallique, les cyprès noirs, les pins. Là, c'est la colline, puis la montagne, puis la roche nue.

Les oliviers sont beaux en toute saison. Seuls ne le savent pas ceux qui ne les ont pas assez regardés. Leurs feuilles portent à l'envers leur plus précieuse couleur. Leurs fleurs sont d'une finesse extrême, avec la collerette blanche autour du bouquet d'étamines, d'une ordonnance féerique, comme des cristaux regardés au microscope. En mai, la couronne de la vierge tombe et l'olive apparaît au centre, grosse comme une tête d'épingle et déjà solide à vivre. Tout l'été, elle se nourrit, elle s'engraisse, et l'arbre autour d'elle est une famille de feuilles drues et serrées qui la protège. A l'automne, son vert uni se tache, elle noircit, un jus violet la gonfle que l'hiver fige. Elle se ride comme une vieille femme et si on oublie de la cueillir, elle tombe. Elle est longue à pourrir, à se laisser pénétrer par l'humidité des pluies, et il faut longtemps attendre que sorte d'elle la tige têtue qui sera un nouvel olivier.

Mais sans feuilles, sans fruits, l'arbre suffirait à être beau. Parce qu'à lui seul, il est un monde de gestes et d'immobile mouvement. Il se dresse sur un miroir. Le socle de ses racines est aussi puissant que le socle de ses branches. La même écorce rugueuse recouvre les branches et les racines d'un bouillonnement de lave. Et on pourrait croire qu'il sait l'harmonie, parce qu'il est lui-même l'harmonie personnifiée. Un rythme sans faute le bâtit, une musicale organisation ordonne sa façon de s'augmenter et de s'agrandir. La main du Temps s'attarde sur lui avec prédilection. Il regarde mourir les plantes et les hommes et les regarde renaître et remourir encore et il est toujours là et, tous les mois, il fait pousser de quelques millimètres une petite branche. Il a cent ans, il a deux cents ans, il a mille ans. Les maisons s'écroulent qu'il a vu bâtir, l'herbe reprend vie dans les pièces d'où le ciment l'avait expulsée, les hibous nichent dans les cheminées sans feu, les couleuvres cherchent dans les pots abandonnés l'odeur du lait qu'ils ont contenu. Les ronciers couvrent les marches de pierre, crèvent les portes et se jettent dedans. Les squelettes de ceux qui s'abritaient entre ces murs sont devenus nets comme la nacre et toute chair a été mangée par une nouvelle avidité de vivre : plante ou insecte. L'olivier est là, il est toujours là. Qui le tuera un jour? La foudre avec son arme en zigzag de feu? L'homme stupide avec sa hache de fer? Si la foudre le touche au cœur, il peut rester debout encore un siècle, debout seulement sur la muraille ronde de son écorce, avec tout le milieu de lui dévoré par le feu du ciel. Si l'homme le taille en pièces, le coupe en morceaux, il faudra que la hache, le pic, la pioche travaillent dur et profond, pour ne pas oublier, au plus secret d'un trou de cinq mètres de tour, un éclat de bois qui rejaillira bientôt en vingt tiges neuves, une de ces racines qui, sans doute, puise sa force au centre brûlant de la terre.

Et son feuillage échevelé sera long à pourrir. Et il criera encore comme des cheveux vivants, quand on le flambera. Et il fera une si belle flamme qu'on aura des remords. Voilà l'olivier.

Le cyprès, lui, c'est autre chose. On trouve qu'il est triste. Oui, dans le Nord, sur des cieux gris, oui, peut-être qu'il est triste. Parce que, en général, on le plante autour des cimetières et que, détestant la mort, nous détestons ce qui accompagne l'idée de la mort.

Mais le cyprès, dressé d'un seul jet pur, arrondi en fuseau, brodé de ses boules en pattes de chien, toujours allègre et vif, toujours prêt à s'accorder à la chanson du vent, dès le matin saluant de sa tête haut levée le paysage neuf, le cyprès, jeté vers le ciel comme un élan de cœur humain, comme un cri vers ce qui dépasse la terre, lui, il a sa beauté personnelle qui ne se compare pas.

Ses racines, il les cache. La naissance de ses branches, il la cache. Son corps est droit comme s'il montait avec la souple facilité d'une flamme. Il dépasse le toit de la maison, le sommet de la colline. Les pigeons, pour lui, sont des moineaux; les hommes, des pigeons à terre. De temps en temps, il voit venir un nuage de loin, du lointain de l'horizon. Alors, il agite la tête, il fait signe : « Il y a un nuage qui vient là-haut. » Il se dresse devant le soleil. Quand le soleil est à son couchant, il lui dit : « Je te dépasse. » Et il se grandit encore de toute son ombre couchée sur le sol, jetée sur le sol comme une écharpe, et la plante, dans cette douceur, respire enfin un air moins embrasé et pense qu'il fait bon. Pour le remercier, elle laisse courir le fil de sa racine, elle jette une tige, elle accroche une fleur rose ou bleue à la plus basse branche du cyprès : « Voilà, elle dit, tu es décoré! Tu es décoré de l'ordre de la reconnaissance. » Elle rit. Le vent de la nuit effeuille la fleur. Le cyprès ne l'a pas vue de son étage. Il ne peut pas se pencher. Il est obligé de vivre là-haut tout seul. Il est trop grand pour lui.

C'est seulement et vraiment la nuit qu'il est à sa digne place. Toute l'horizontalité du monde est plaquée contre la terre. Lui seul est debout. Il se balance, appuie parfois son front contre la boule noire de la lune et s'en éloigne. Puis, il se remet à chantonner la chanson d'air coulant entre les masses de petites tiges que sont ses feuilles. Et c'est frais, et c'est doux, cette chansonnette qui s'égrène petit à petit, goutte après goutte, comme une eau de fontaine. Son chuchotement mystérieux finit par l'engourdir lui-même et il s'endort, là-haut tout seul, debout près de la lune qui roule autour de lui.

Le pin, c'est un peuple. Il s'est installé ici et aussitôt c'est devenu une pinède. Les enfants sont à côté des parents. Tout petits, malingres, tortueux, ils essayent de grandir entre les autres qui les serrent, qui leur disputent leur terreau, leur bout de soleil ou de pluie.

Ce peuple de branches abrite un peuple d'oiseaux. Les nids sont solides quand ils sont tissés avec des aiguilles de pin. Et on se sent bien à l'abri, au centre de grosses branches feutrées, dans l'épaisseur de cette pâte résineuse que font les frondaisons. Les pins chantent aussi, par toute leur masse. Ils orchestrent le vent, ils n'en ont pas peur. Ils étendent et enchevêtrent leurs toits d'un vert foncé au-dessus de la terre et, sous ces toits, l'herbe pâlit et meurt. Et leurs racines de vingt mètres de long vont étouffer dans la prairie voisine un jeune baliveau qui s'élançait.

La colline au-dessus de la rivière, dans la vallée du Gapeau, est faite de ces arbres : figuiers, cyprès, oliviers. Mais du milieu de leur touffe sombre, souvent une vieille branche tortueuse se dresse et tend le poing, sorcière noire vêtue de loques déchirées qui pendent, pourrissantes. Le tout premier printemps passe, à peine né, à peine attiédissant le monde d'un souffle d'espoir et le miracle se produit : la sorcière noire jaillit de son écorce rude et voici qu'au bout de son bras noueux, de son poing menaçant, elle tend à la neuve saison un éclatant bouquet de pétales, une merveille de miel et de chair, une candeur de rose et de blanc. Et le printemps gronde : « Pas encore. C'est trop tôt, tu t'es trompé! » Mais l'amandier a fleuri. Tant pis, si c'est trop tôt. Il n'a pu attendre davantage.

Et tous les ans, c'est pareil. Aussi, à l'automne, il perd ses feuilles dans la plus grande paix. Il sait bien que, pendant qu'elles se détacheront, encore vertes ou jaunes, sans couleurs définies, sans beauté précise, sans valeur, il couvera secrètement le feu de ses prochains bourgeons. Il sera déjà dans sa grossesse de printemps. L'hiver, ce n'est rien pour lui. Il faut bien se prendre la patience d'être enceinte avant de faire des enfants? A l'automne, au milieu des pins, des oliviers, des cyprès toujours vivants, l'amandier noir et sec semble mort, alors que l'habitent déjà un millier de fleurs et de fruits.

L'automne est venu. Les feuilles de tant d'arbres roulent et sautent en torrent au long des pentes, roussies, emportées, affolées, désespérées. Dans les cours où elles pourrissent, les herbes rejailliront plus hautes : existences qui se détruisent par la mort. Existences qui renaissent par la mort.

Ce soir d'octobre, Nans est dans la cour du domaine. Il est revenu hier avec le troupeau, de ces Alpes où il n'est resté que deux mois. Il ne pense plus à rien. Il travaille, ça calme. Il y a toujours à travailler dans une ferme. Firmin arrive. Il pose ses outils auprès de Nans. Il s'assied, bien à son aise, les jambes écartées, les mains sur les genoux, à côté de son berger, avec un air d'amitié et aussi avec un air d'importance. Nans comprend tout de suite qu'il est venu là exprès. Il a un visage de joie, il regarde Nans au plein des yeux, pousse un soupir, commence un sourire. Enfin, il dit :

— Quelque chose de neuf à t'apprendre. Je suis bien content. Je crois que ma femme m'a commencé un petit.

6

Il y a de ces périodes où on ne se sent pas vivre. Après, plus tard, on se dit : « Qu'est-ce que j'ai fait pendant tout ce temps? Cependant, j'ai bien dû faire quelque chose? » On n'arrive pas à se souvenir, c'est curieux. Ce sont les périodes où l'on souffre.

Pas celles où l'on souffre violemment. Non, dans celles-là, au contraire, on se sent vivre jusqu'au fin fond de son corps. On a mal partout, on a un nerf au bout du pied qui crie et un nerf au bout du crâne qui lui répond, on a le poumon plein d'eau, le foie qui s'étouffe, les reins en fer, l'estomac révolté, le ventre douloureux, la tête qui éclate. On a l'angine de poitrine, l'asthme, la paralysie, on est traversé par des coups de lame qui vous saignent à vif, on n'a plus qu'à mourir. Ça, c'est quand on a ce qu'on appelle un grand chagrin. Et jamais on ne sent la vie aussi puissante en soi.

Mais dans certaines peines, qui sont comme une maladie chronique, la souffrance est une masse immobilement lourde. Elle s'accroupit sur l'organe-cœur et elle appuie ses dures mains pesantes sur le gros tuyau où passe le sang. Le matin on s'éveille, elle est déjà là. Le soir, elle ne s'endort pas, elle reste assise sur vous, la nuit elle vous secoue pour vous prouver sa présence, et de temps en temps elle vous griffe, à longs traits d'ongles savants qui vous blessent sans vous tuer. Cependant, on continue à vivre, on apprend à supporter cette harpie, on sympathise même avec elle, on est écrasé, on est engourdi, on vit et on ne le sait pas.

Plus tard, oui, tout d'un coup, on se rend compte :

« Comment est-ce que j'ai vécu? Est-ce que je n'ai pas été mort sans le savoir? Et depuis? Est-ce que je suis redevenu moi, ou bien j'ai continué à être mort? »

Les bras, les jambes, la pensée même, c'est si obéissant, si bien habitué. On leur dit : « Travaille », on leur dit : « Marche », on leur dit : « Réfléchis ». Ils travaillent, ils marchent, ils réfléchissent. Ça se fait tout seul. Les heures passent, les journées, les mois, les années. Un jour, on est frappé par tout ce qu'on voit, on dirait qu'on dormait et qu'on s'éveille. Tout paraît neuf.

Pour Nans, ç'a été comme ça. La ronde des saisons a ramené, immuablement semblable, la ronde des travaux. Goutte à goutte, la force de son sang est passée dans ses bras, la force de ses bras est passée dans la terre, la terre a fleuri, la terre a fructifié, le domaine de La Guirande est le plus beau de toute la vallée, il en devient le plus grand. Il s'augmente d'enfants. Après un an et demi d'attente, le premier fils de Félicie est né le quatre mai, juste neuf mois après qu'elle était venue retrouver Nans dans la bergerie. Mais elle couche aussi avec Firmin, alors, n'est-ce pas, on ne peut pas savoir? Le jour de la naissance, les Venel et les Michel ont incendié le pays de leur joie. On a appelé le petit Antoine, comme le grand-père qui est le parrain. On lui a acheté tout de suite une terre qui sera son héritage : « Plan-Bernard », un beau morceau planté de jeune vigne. Après, il est venu un autre fils : Sébastien. Pour faire justice, on lui a acheté « Les Fumades ». Un troisième fils : Pierre. On lui achète « Combe-noire ». Une fille. Ah! ça fait pas de mal quand y a trois fils! Marguerite. Plus tard, viendront encore une fille : Louise; puis un fils Florestan, à qui on achètera « Les Trois-Chênes », et enfin une dernière fille : Rosine.

— Hé! Félicie, ma belle, tu travailles bien! On le croirait jamais, petitoute comme tu es, que tu es si bonne pour pondre?

Firmin a de gros rires qui secouent son ventre de propriétaire, lorsqu'il va déclarer ses enfants. Et à chacun, comme au premier, il dit au secrétaire de mairie, d'un ton glorieux :

— C'est un petit des Michels!

— Bravo, dit le secrétaire.

Et il écrit :

« Antoine, ou Sébastien, ou Pierre, ou Marguerite, ou Louise, ou Florestan, ou Rosine Desmichels. » La transformation du nom est faite.

Celui qui fut un maigre garçon de père pauvre, maintenant, est plein de tout : de graisse, de santé, d'argent, d'orgueil, comme son domaine est plein de fruits, de vin, d'huile, de blé, de moutons. Il appuie sur l'épaule de Félicie une main qui est pesante. Elle sourit vers lui d'un sourire un peu pâle et, après, elle relève ses cheveux qui sont toujours épais. Tout semble lourd à cette petite femme mince.

Nans ne la regarde pas. Il ne l'a pour ainsi dire plus regardée, depuis ce jour de son départ sur la route des Alpes où il a manqué devenir fou. Ce jour-là et pendant tout le voyage de la transhumance, il a bien soupesé le pour et le contre, sur cette balance secrète que chacun porte en soi. Il a bien pris la mesure de son destin. Toutes les nuits il voulait revenir. La fièvre de ce qui, en lui, ne savait pas oublier, le mettait debout. Une rage ressuscitée lui montait dans la tête. Il jetait sa cape sur les épaules, il se criait à voix basse : « J'y vais. Je m'en fous. J'y vais, je raconterai tout. On verra bien. » Il allait dehors, il regardait la nuit. La nuit de Mane, la nuit de Riez, la nuit de Serres, la nuit de Briançon, tant d'autres nuits, il les avait regardées comme ça, avec des yeux de fou. Et avec des paroles de fou, il avait parlé aux étoiles comme dans la nuit de son départ : « Vous vous en foutez, vous autres, saloperies ! » Puis, il étendait sa cape par terre, il se couchait dessus, il réfléchissait dans le froid des aubes qui lui gelaient son feu intérieur, il regardait ces fameuses étoiles s'éteindre une à une, mangées par l'aurore qui fleurissait de rose les glaciers lointains. Il regardait ces montagnes, ramassées dans leur puissance, au-dessus des hommes, comme d'extraordinaires bêtes prêtes à bondir. Il pensait : « Depuis que le monde est monde, elles sont là, ces montagnes, à fabriquer la glace qui fait l'eau, l'eau qui fait les torrents, les rivières, les fleuves, les mers. Et le soleil et la mer font les nuages et tout se met à recommencer. Et depuis que le monde est monde, il en est passé devant tout ça, des hommes qui souffrent à cause d'une femme et ça ne l'a pas empêché de continuer. » Alors, il se mettait à rire tout seul. Parfois, les autres bergers pensaient qu'il avait quelque chose de démoli dans le cerveau et peut-être que c'était vrai. Il riait de se dire qu'il y avait de quoi se foutre de soi, à penser que lui, petit ver, pas plus important que celui qui sortait de son trou dans l'herbe de l'alpage, vivant juste deux minutes, avant que le mouton, ce mouton, le destin, ne l'écrase sans le voir; lui, Nans, prétendait changer quelque chose dans l'ordonnance générale de la terre, parce que, dans sa vie, ça s'était mal arrangé. Quand il avait assez ri pour que sa bouche ait pris le pli amer de la bouche qui mâche du poison, il se jetait debout, il crachait une salive amère comme le fiel, puis il allait droit devant lui, suivi de ses chiens, coupant de son bâton sifflant les têtes des marguerites blanches. Quand il n'en pouvait plus, le soir, il sombrait dans le sommeil. Vers la fin d'août, un jour où le gros soleil brûlait l'air, il était tombé sur la route. On l'avait emporté dans une ferme. Les maîtres l'avaient soigné. La nuit après sa chute, un sang noir lui avait coulé au coin de la narine et il avait craché un caillot violet comme un pruneau. Il paraît que ça l'avait sauvé de voir sa tête éclater, telle une pastèque trop mûre. Il s'était guéri, il avait repris sa cape, sa pipe et son troupeau, il avait repris sa route.

Quand il était revenu, ayant bien remâché son mal et qu'il avait su qu'il allait naître un enfant à La Guirande, il avait pensé que peut-être il était de lui. Un grand mouvement de joie orgueilleuse l'avait traversé et puis, avec son habitude de se calmer dans l'humilité, il s'était dit que Félicie avait été toutes les nuits la femme de Firmin et que Firmin n'avait pas besoin de lui pour faire un enfant à sa femme.

Et la preuve en était venue avec les autres grossesses. Maintenant, c'était toute cette famille Desmichels qui commençait à se dresser et lui, de plus en plus, il devenait petit, maigre, obscur, un rien du tout au milieu de cette tribu triomphante. Lui aussi, il était un Desmichels, mais qui le savait? Qui sait même si sa mère, à la dernière heure, n'avait pas radoté, n'avait pas menti? C'était vieux, toutes ces choses.

Parfois, il lui prenait envie de s'en aller en plein, pour toujours. Il pensait qu'il avait encore à lui ce morceau de broussailles au flanc de Grand-Cap et cette cabane d'une pièce. Il avait envie d'y aller vivre tout seul, avec quatre brebis, un bélier et un chien. Il se débrouillerait pour manger. D'abord, il avait des sous, à force de ne rien dépenser. Et il trouverait du travail s'il voulait. Il se ferait bûcheron. Oui, il partirait un jour ou l'autre. Toujours voir ce gros Firmin et cette Félicie, qui soi-disant l'aimait autrefois et se laissait fabriquer tous ces enfants par son mari, y avait de quoi cracher à terre de dégoût.

Comme en ces jours des Alpes où il se disait : « Je vais foutre un bastringue terrible à La Guirande », il jetait en désordre ses deux chemises dans une petite malle venant des Arvin-Bérod, étroite et longue comme un cercueil, avec du poil de chèvre sur son dos bombé. Puis il haussait les épaules encore une fois et il se disait : « Mourir là, mourir ici, c'est pareil. Va, va! Le temps finira bien par passer.»

Il passait, le temps. Il passait si vite qu'Antoine était arrivé à avoir dix ans. Il commençait à s'échapper des jupes de sa mère, occupée avec les autres petits, et à venir traîner au milieu des travailleurs du domaine. Il ressemblait à Félicie, par son gros paquet de cheveux massé au-dessus d'un front fin et des yeux tendres. Il aimait bien Nans qui lui faisait des flûtes de roseau et le menait garder le troupeau avec lui. Les prairies étaient irriguées maintenant et les moutons broutaient tout l'été une herbe grasse. Antoine traînait ses pieds nus dans les ruisseaux d'arrosage, enlevait les vannes avec ses mains robustes, se laissait tremper par l'eau, puis courait après elle, la commandait, la battait. Nans riait comme lui, avec un cœur débarrassé de sa tourmente, un cœur qui redevenait un cœur d'enfant. Et le mal d'autrefois s'apaisait, se perdait dans le chemin des jours et des années.

Un matin, où le cœur de Nans était plus particulièrement calme, où il faisait une douceur de miracle sur le monde, une de ces journées de paix lumineuse qui vous font aimer de vivre, le berger, ne pouvant savoir quelle grande main le poussait, s'avança vers la remise et, sur le seuil, s'arrêta étonné.

Antoine était là, assis à l'intérieur contre le battant de la porte. Il tenait serré, dans sa main gauche, quelque chose qu'il taillait de la main droite avec un couteau. De petits éclats sautaient autour de lui. Il était tellement enfoncé dans ce travail qu'il ne leva pas la tête devant Nans. Au bout de quelques minutes seulement, conscient d'une présence, il arrêta le mouvement de ses doigts, comme s'il avait honte.

— C'est moi qui t'empêche? demanda Nans.

— Non, dit-il.

Et il rougit.

— Qu'est-ce que tu faisais?

— Rien.

— Tu faisais bien quelque chose, un genre de travail sur ce bout de bois? Je t'ai vu.

— Je m'amusais.

— Je le comprends que tu t'amusais, mais tu t'amusais à quoi?

Antoine baissa la tête, puis la relevant brusquement, il planta ses yeux vifs dans ceux de Nans :

— Je faisais un pastre, dit-il.

— Un pastre? Un berger?

— Oui.

— Dans le bois?

— Oui.

— Avec ton couteau? Fais voir.

Nans prit dans sa main le morceau encore informe. Les contours grossiers d'un visage et ceux d'une cape s'y dessinaient à peine par des creux et des reliefs. Le bois était chaud d'avoir été tenu dans les doigts de l'enfant. Il devait y avoir un bon moment qu'Antoine était plongé dans cette ébauche, tandis que les autres jouaient sur la terrasse.

Maintenant, c'était Nans qui tenait le bois serré dans sa main et qui ne pensait plus à s'en aller, ni à chercher dans la remise ce qu'il était venu y prendre.

Et tandis que son corps restait immobile devant Antoine dont le regard l'interrogeait, son esprit repartait loin, en arrière, à rebours sur la route de sa vie. Il se revoyait à l'âge de ce petit, écoutant sa mère évoquer pour lui ses souvenirs de Savoie : la vallée du Giffre, le Criou, La Jouvaine, l'oncle Albin... Quand l'oncle Albin allait à l'inalpage au long des pentes herbeuses de Croix-Maudite, quand il restait des matins, des journées et des soirs, seul avec le bruit des clochettes de vaches, il ne s'ennuyait pas : « Non, tu comprends, disait Pascaline, il ne s'ennuyait jamais, ton oncle, parce qu'il savait travailler le bois. De tout petit, il avait appris à le faire avec notre grand-père Arvin et ça lui avait toujours plu. Même, il s'était taillé une canne superbe qui doit être encore à la maison. Après l'accident, maman l'avait pendue près de la cheminée. Il faisait aussi des têtes de bœuf, de chien... D'abord, dans nos hautes montagnes, c'est fréquent, ce goût, et chez nous, en plus, ça vient de famille. Plusieurs Arvin étaient sculpteurs sur bois et chez les Bérod, du côté de mon père, il y en avait beaucoup. »

Ça vient de famille chez ce petit, chez ce fils de Firmin et de Félicie? Chez ce petit-fils de Venel? Chez ce petit Desmichels? Ça vient de famille? Voyons, voyons... Les idées tourbillonnent dans la tête de Nans, mais, en leur pâte aussi informe que l'ébauche qu'il serre dans ses doigts, une intuition soudaine éclate comme une lumière éblouissante. Une intuition qui est une certitude, quelque chose qui explose, qui écrase, détruit ce qui rampait et se dresse, en criant, la victoire au bout du poing.

Nans rend le morceau de bois à la petite main inquiète. Et sa main à lui tremble, en lâchant cet objet sans valeur, cet objet de si grande valeur, cet objet qui est le signe du destin. Il a encore la force de demander d'un air indifférent :

— Qui t'a appris à faire ça?

— Personne, dit Antoine.

— C'est pas possible. Quelqu'un t'a donné l'idée?

— Non.

— Quelqu'un t'a fait voir?

— Non. C'est pour m'amuser.

— Pourquoi tu mens?

— Je mens pas, c'est pas vrai! C'est moi tout seul.

— Et pourquoi tu l'as fait?

— Je sais pas. Ça m'est venu.

— C'est beau, dit Nans d'une voix humble.

— Oh! j'en ai d'autres! dit le petit tout content. Seulement, je les cache. Y sont dans une vieille panière, au poste à feu. Je te les ferai voir si tu te moques pas de moi.

— Oui, tu me les feras voir, dit Nans avec tendresse.

Sa voix se casse dans sa gorge serrée. Une grande chose heureuse, un immense oiseau de joie bat des ailes en dedans de lui. Ce serait possible ça? Ce serait possible? Mais alors y a un Dieu?

Il met sa main tremblante sur la tête d'Antoine. Il lui relève cette tête, par la masse des cheveux qu'il tient doucement à pleine poignée. Au plus profond des yeux fiers de l'enfant, il plonge ses yeux qui sentent venir les larmes. Puis il abandonne son butin d'amour, il se détourne, il s'en va. Son courage intérieur le tire par force de ce danger de serrer son bien contre lui, de se le prendre, de se l'emporter, en gueulant à la face du monde que c'est son fils.

Il s'en va. Il marche dans la campagne du soir, au hasard de ses pas qui chancellent. Sa tête est vide comme un pavot égrené. Il attend. Enfin, les lourdes larmes de dix ans de peine s'échappent de ses paupières, roulent sur ces joues d'homme qui ne sont guère habituées à elles, font un ruisseau sur la veste usée : « Depuis la mort de ma mère je n'avais plus su pleurer », pense-t-il. Sa mère, son fils... Et lui, étiré, déchiré, de ce pôle à cet autre pôle, lui, brave, honnête, loyal, perdu dans cette bourrasque de mensonges, de colères, de douleurs, de passions et de joies, lui tout seul, mon pauvre homme tout simple dépassé par son destin, mon pauvre berger, mon pauvre Nans.

« Maintenant ça va, ça peut aller : je peux vivre. »

J'ai cette chose.

Avant j'avais rien. Je voyais les autres bien manger, bien se chauffer, moi je crevais de faim et je me gelais. Je veux dire pour l'histoire du cœur que jamais personne en parle, crainte d'avoir l'air bête, et que pourtant ça a tant d'importance.

Maintenant j'ai cette chose, moi, qui fait comme quand on éclaire la lanterne dans l'étable. Avant, y avait rien. On éclaire la lanterne, tout d'un coup y a les yeux des moutons. Pour moi, c'est pareil. J'étais dans le noir, maintenant je suis dans des millions de lumières. Et tout ça pour un bout de bois. Tout ça pour une idée d'enfant. Ça fait chaud et clair autour de moi.

Quand j'étais dans le fond de mon gros désespoir, dans ce temps où je m'arrêtais pas d'engueuler les étoiles, dans ce temps de mon gros mal, je me disais : « Y a pas de Dieu. » Maintenant je finis par croire qu'y en a un. Qui c'est, autre que lui, qui se serait pris la peine de donner à ce petit le goût de la sculpture sur bois, ce goût qui lui vient des Arvin-Bérod, pour me faire comprendre qu'il était mon fils?

Y faut une trop grande intelligence pour ça. Ça

peut pas être le hasard. Ou alors, Dieu, appelle-le hasard, si ça t'arrange.

Enfin, quelle main que ce soit, elle a allumé la grande lanterne dans mon étable et maintenant j'y vois loin. Je vois que toute cette combinaison a été préparée pour que moi, qui suis rien du tout, j'aie ma joie comme les autres et que je passe ma vie à dire merci pour cette joie. Vous viendrez me répondre que si j'avais épousé Félicie, le petit aurait appartenu rien qu'à elle et à moi? C'est encore vrai. Et que je l'aurais montré au grand jour? C'est encore vrai. Mais entre pas l'avoir du tout et l'avoir dans le secret, je peux choisir que la seconde manière.

7

Je sais ce que c'est, un secret. J'en ai porté un pendant ces années dernières et je l'ai porté seul. Du dedans de ma pauvre mère, il s'est versé dans mon dedans et j'en ai été alourdi d'un coup. Elle avait bien eu le courage, ma mère, de le porter toute sa vie? Il a fallu que son raisonnement de tête l'abandonne, pour qu'elle le laisse tomber d'elle, autrement je sais bien qu'elle l'aurait gardé.

J'en ai deux, moi, de secrets : celui de ma mère, celui de mon enfant. J'ai été bien chargé! Y se passe des drôles de choses, dans la vie. J'étais un petit Michel et par le mensonge je suis devenu un petit Nans. Comment ça s'est fait? J'en sais rien. On m'a pas demandé mon avis et j'oserais plus juger ma mère. Avant oui, je la jugeais, avant d'avoir connu ce que la faiblesse d'amour pouvait faire faire à un homme et à une femme. Avant, je disais : « C'est pas bien, c'est pas propre. Mère, vous me faites honte. » Maintenant, je pense plus rien, je dis plus rien. Avant, je coupais, je tranchais dans les pour et dans les contre, avec une grande arme de certitude. Je voyais pas que cette viande vivante saignait de tous les côtés. J'avais les mains rouges d'un boucher et je croyais que je faisais la justice. C'est la jeunesse qui est cause de ça. Etre vieux, c'est pénible, mais être jeune, c'est bête. Tu les vois, tous les jeunes, dans les agneaux, dans les chiens, dans les petits chats? C'est joli, ça a des façons qui vous font rire, mais ça n'a pas d'idée. Ton chien, y court en avant, y regarde derrière : Pan! Y se tape la tête contre la charrette. Y pleure, y crie, y gueule, y vient se plaindre. Le lendemain y recommence. Et je t'en citerai des mille et des cents d'exemples comme celui-là. Alors tu es forcé de te rendre compte que la raison, c'est ce qui est le plus long à venir dans les cervelles. Et ta raison, elle est faite de quoi, à bien dire? De ta souffrance, de ton mal, de ton plaisir aussi, tout ça mêlé ensemble. Ça fait une pâte qui fermente comme celle du pain. Ça bout, ça travaille, ça crève en bulle, puis ça tombe en repos. De ce jour c'est bon à manger, tu pourras te nourrir avec ce pain d'expérience. Jusque-là, tu as eu rien que des fringales et des indigestions, des envies et des dégoûts, des folies de mangeailles et des vomissements.

Par le mensonge, moi, un petit Michel, fils du maître du domaine, de celui-là que ma pauvre mère appelait : « Mon Laurent, mon chéri », je suis devenu un petit Nans. Par le mensonge, un petit Nans est devenu un petit Michel. Un plateau de la balance était en haut, l'autre en bas. Une main, cette grande main, s'est appuyée sur le plateau du haut et sa force l'a chargé et il s'est descendu au niveau de l'autre. Maintenant, y sont pareils, chacun a ce qui devait lui revenir. C'est ce qui me ferait croire qu'y a un Dieu.

Peut-être, tout ça, Antoine me l'expliquera un jour. Il commence à bien apprendre chez les Frères, à l'école de Solliès. Quand y sera grand, y sera savant, non pas comme Firmin et moi, qu'on nous a même pas montré l'alphabet. Quand je trouve ses livres, le dimanche, je les ouvre, je regarde dedans, je vois des petites bêtes noires qui se courent l'une après l'autre, comme les cacarinettes de nos plants de lis. Je regarde, mais je ne comprends rien. Je suis ignorant de tout. Les choses que je sais, je les sais de les voir autour de moi à toutes les heures : les chiens, les moutons, les étables, la lanterne, les outils du travail, le four du pain, je vois pas plus loin que ça. Et depuis quelque temps, j'ai compris que c'était pas beaucoup loin.

Y s'en passe, des découvertes, dans le monde, où je mettrai jamais le nez. Ce berger de Forcalquier qui m'expliquait les étoiles, il avait voyagé, lui. Il avait vu les Amériques et Paris et y m'en parlait, mais c'est trop difficile à comprendre, je me souviens de rien. Les mots s'embrouillent dans ma tête. Quand je me mets à penser, elle bourdonne comme un nid de frelons. Ma comprenure, elle est à son aise rien que dans les choses de la campagne. Je suis pas un notaire, moi, comme M. Carlioz, ni un docteur comme l'oncle de Félicie, que rien qu'à voir ma mère il a su où était le mal, mais par ignorance on est pas obligé d'être bête. Les gens de Toulon qui viennent, le dimanche, se promener en calèche dans notre vallée, y se figurent que nous pensons rien parce que nous savons pas dire des belles phrases comme eux. Seulement, eux, ils prennent le blé pour de l'herbe et y piétinent dedans, ces imbéciles, et y croiraient que les marronniers portent des nèfles, si tu le leur disais! Ça les empêche pas de se figurer qu'y nous sont supérieurs et de croire, dur comme fer, que nous sommes pas capables d'enfiler deux idées à la suite. Ah! ça te ferait rire! Y savent pas qu'il en faut de l'intelligence pour comprendre la terre et les bêtes. Et les saisons avec tous leurs arrangements et leurs dérangements. Et que si on les mettait, eux, ces gros malins, au milieu d'un bien à gouverner, y resteraient couillons sans savoir s'y reconnaître.

Note que je te dis pas du mal de l'instruction. C'est une chose qui peut servir. Je suis content de savoir que mon Antoine, il aura les deux genres : le savoir de la terre et les leçons du maître d'école. Avec ça, y peut faire un bon homme. Et je suis content aussi de cette chose : que l'héritier des Desmichels y soit le fils d'un berger comme moi et qu'il ait le sang pauvre de ma mère mélangé au sang de Venel le Riche. Ça lui fera pas de mal. Peut-être que des fois, tout à coup, dans le centre de son contentement d'orgueil, il lui viendra comme une sentie de la misère du malheureux, de celui qui cueille la salade des champs : la rouquette, la costeline, pour s'en faire son dîner avec une frottée de pain d'ail. Alors peut-être il aura la pitié du mesquin, resté mesquin toute sa vie. Et ça lui évitera le mauvais cœur de celui qui se sait le ventre plein. Ça me fait plaisir.

Un jour peut-être qu'il se demandera d'où ça lui tombe, ce sentiment de bonté? Qu'il se dira : « Le père de ma mère, Antoine Venel, c'était un gros orgueilleux. Le père de mon père, Laurent Michel, il était tout en ambition. Alors, d'où ça me vient d'aimer autant le pauvre que le riche? » Ça lui viendra de moi, mais il en saura rien. Ça lui viendra comme le goût du bois lui est venu, depuis les grands-pères

Arvin et les grands-pères Bérod, à travers moi qui ai beaucoup pris de son côté.

Pourtant, du sang des Michels, j'en ai, moi aussi, dans les veines. Mais ça m'a pas beaucoup marqué. Une fois seulement je l'ai senti bouillir, ce sang de gens de Provence, c'est quand j'ai pris ma colère tout seul sur la route. Ça m'a pas duré. Depuis, j'ai su garder le calme de ma race savoyarde, froide comme nos glaciers de la montagne. Et je me suis fermé sur mon malheur et je resterai fermé sur mes secrets, tant que je voudrai. Je resterai entier. Je serai comme un arbre qui meurt debout. Ma mère m'a dit que les arbres du Criou gardent leur sève les trois quarts de l'an, sous l'écorce morte. Et que là-haut, dans les étés courts, des fois leurs feuilles n'ont pas le temps de s'ouvrir. Je serai comme ça, moi, je viendrai à la mort sans avoir eu mon printemps, sans avoir ouvert mes feuilles au soleil...

Mais maintenant, quand même je suis content. C'est mon petit qui la prendra, cette place. Ce gros Venel qui a toujours l'air de me mépriser, qu'est-ce qu'y dirait s'y savait que son héritier, c'est moi qui le lui ai fait? Mais y le saura pas. Personne le sait, pas même Félicie, pas même celle qui l'a mis au monde. Pas même la mère, peut savoir laquelle des deux semences a engendré son enfant! Et pas même lui, Antoine. Personne le saura. Y a que moi, le pastre, celui qui vit dans la crotte de ses moutons et qui parle à personne. Rien que moi, pas plus.

Quand même, il a fallu le hasard de cette rencontre. Va chercher quelle idée de venir dans la remise prendre le cordeau? J'en avais même pas besoin tout de suite. Pourtant je suis venu. Quelqu'un m'a pris par le bras, quelqu'un m'a poussé, quelqu'un m'a dit dans le creux de l'oreille : « Allez! Va chercher le cordeau à la remise. — Mais j'en ai pas encore besoin? — Ça fait rien, vas-y. Vas-y tout de suite, n'attends pas. » J'y suis allé. J'ai bien fait. Mon petit était là, avec ce bout de bois dans les mains. Une heure plus tard, y était plus. Dans le poste, j'y vais jamais. Va te faire foutre, je passais à côté de la vérité et de ce qui était arrangé pour m'aider à vivre le reste de ma vie. Oui, j'aurais pu rester des années sans savoir qu'il aimait ce genre de sculpture et que ça me crierait qu'il était de mon sang. J'aurais pu mourir, il aurait pu mourir, j'aurais jamais rien su.

Vous voulez pas croire, vous autres, qu'y a quelque chose? Quelque chose que tu y comprends rien, moi non plus, parce que nous avons rien appris, mais quelque chose que nous arrivons à deviner quand même à des moments?

Moi, j'en ai été sûr tout d'un coup, à cause du tremblement qui m'a pris tout entier, qui m'est monté du dedans de moi, quand j'ai été obligé de savoir, quand je me suis refermé tout entier sur cette connaissance.

Et jamais je m'ouvrirai, à moi-même, je me le jure. Je serai comme l'écorce de l'arbre qui garde bien son tendre à l'abri. Ou alors y faudra que toute l'écorce se déchire. Y faudra que l'arbre crève...

Et encore! Puisque je vous dis que ça existe, ces arbres, qui crèvent debout, tout seuls, sans que personne le devine.

8

La prospérité s'est installée dans le domaine de

La Guirande. Il se gonfle, il s'épanouit. Les voisins remarquent avec aigreur que tout lui réussit, à ce Desmichels. Et c'est vrai. Les porcs de ses loges sont énormes, ses lapins n'ont pas la maladie, ses poules font de gros œufs, ses pigeons ont deux petits, toutes les trois semaines. Dans le bien, c'est pareil. La terre engraissée de riche fumier, nourrie de semences choisies, rend à pleins paniers les petits pois, les haricots verts, les artichauts. On jette des banastes de salades et de choux aux bêtes. Les moutons font litière d'une paille longue et soyeuse qui vient du domaine. Le magnifique blé est offert en pluie épaisse à la voracité de la basse-cour. La vigne, au bout de son bras ligneux, tend de lourdes grappes et le pressoir fait couler le sang généreux du vin.

Firmin a sept enfants et, si Félicie s'est amenuisée dans ses dons répétés d'elle-même, il s'en est fortifié. Il éclate de joie orgueilleuse quand il s'en va aux fêtes de villages, avec tous ses petits bien habillés, bien chaussés et aux figures rondes, tournant en ribambelle autour de lui. Au père et à la mère Venel, morts à leur tour, il a offert, comme il se doit, une belle plaque de marbre avec leurs noms gravés, entre trois larmes et deux palmes croisées. Il est allé chercher l'argent de la succession chez les fils de Me Carlioz, et le coffret de merisier, où il garde son or, finit par avoir ses charnières démolies, à force d'être trop plein.

Cependant, il ne le laisse pas dormir, ce profit, il l'emploie à en acquérir d'autres. Maintenant ses domaines s'appellent : « La Guirande, Plan-Bernard, Les Fumades, Combe-Noire, les Trois-Chênes ». Et ça en fait des restanques de vignes, des plateaux d'avoine et de blé, des collines d'amandiers, des rangées d'oliviers, des prairies trempées d'eau où les noyers versent leur ombre fraîche, des files de figuiers, de pêchers, de cerisiers, d'abricotiers, de pommiers, en bordure de la rivière et du chemin.

Venel le Riche est mort. Desmichels le riche l'a remplacé. Ce que son père Laurent n'avait pas su faire en épousant Thérèse Aiguier, fille avare, Firmin l'a réussi avec l'argent de Félicie. Il n'en a pas honte. Il sait trop que si sa femme a apporté l'héritage, lui, il a apporté ses bras. Et que c'est quelque chose. Et avec ses bras, ses idées qui sont toujours tournées vers la terre. C'est pour ça qu'il réussit. Les autres disent : « Il est malin ». C'est bientôt dit. Malin? Peut-être, mais surtout travailleur, surtout bûcheur, surtout levé tous les jours vers les quatre heures et surveillant tout, ne se fiant à personne pour le remplacer, à peine à Nans, à peine à Antoine, qui pourtant devient un homme. Non, à personne qu'à sa lucidité, à sa force, à sa connaissance des besoins de la culture. Et cette sûreté de lui, cette bonne opinion de lui l'ont rendu dur, difficile à entamer, comme ces blocs de roche qui cassent les pics, quand on veut les sortir du champ, vers Montrieux.

Le soir, il est toujours le dernier à aller au repos. Il n'y a guère que Nans qui reste après lui, à regarder les étoiles. Firmin, ce n'est pas le ciel qui l'intéresse. Ses yeux se traînent au ras du sol.

— Sébastien!

— Père?

— Qu'est-ce qu'y fout, ton bêchard, là, au pied de l'acacia? Tu as pas la force d'y lever la terre de dessus?

— J'allais le faire...

— Quand, tu allais le faire? Quand tu seras couché, à ronfler?

Sébastien racle la motte qui colle à l'outil, il lave

le fer sous l'eau de la fontaine, il essuie le mouillé avec une touffe de chiendent. L'œil du père ne l'a pas quitté. Quand la bêche devenue brillante est rangée à sa place dans la remise, le père va voir. Alors c'est autre chose :

— Et le gros sécateur, où il est?

— Je sais pas, père.

— Tu sais pas? Qué réponse d'imbécile! Tu as que de le savoir, pas plus. Antoine?

— Père?

— C'est pas toi que tu as taillé avec, les surgeons du pêcher, ce matin?

— Oui, père.

— Alors, qu'est-ce que tu en as fait?

— Je l'avais posé sur le petit mur.

— Qué petit mur? De la terrasse?

— Oui.

— Regarde s'il y est.

— Non. Il y est pas.

— Alors?

— Marguerite l'a pris pour couper une rose.

— Marguerite?

— Père?

— Tu t'es servie du sécateur?

— Moi? Non.

— Antoine dit pour te couper une rose?

— Ah! oui.

— Où tu l'as mis?

— Je l'ai remis à sa place.

— Il y est plus.

— Alors, je sais pas. Antoine l'a repris.

— Moi?

— Ça semble pas possible que vous sachiez pas ce que vous faites de vos mains! Y faut qu'y se trouve ce sécateur, je veux pas qu'y se promène comme ça. Vous croyez qu'on m'en a fait cadeau, dites, bande de marque-mal? Allez, cherchez-le, on ira pas se coucher tant que ce sécateur sera pas retrouvé!

Personne ne réplique. Quand le père a parlé, tous se taisent. Chacun regarde autour de lui. Marguerite n'a pensé qu'au plaisir de cueillir sa rose. Antoine sait bien qu'il s'est servi de l'outil. Mais avant ou après sa sœur, il ne s'en souvient plus.

Nans se lève. Assis contre le mur, il n'a pas pris part à la scène. Il s'en va au verger derrière la maison, sans rien dire. Le matin, il a vu Antoine penché contre le vieux pêcher, occupé à tailler les surgeons. Il regarde autour de l'arbre. Le sécateur est là, dans les branchages. Il le ramasse, puis il fait un détour par la remise jusqu'à la terrasse, enfin il revient près du groupe :

— Tè, le voilà, votre sécateur, dit-il. Je l'ai trouvé, c'est moi qui l'avais pris pour aiguiser, puis j'ai oublié de le remettre en place.

— Alors! dit Firmin. Si tu te mets à être estourneau toi aussi!

Antoine regarde Nans. Pourtant il se souvient bien maintenant que c'est lui qui a oublié de le rentrer, ce sécateur. Mais après tout, peut-être que c'est vrai que Nans l'a pris ensuite pour l'aiguiser?

— Allez vous coucher, dit le père. Louise! En rentrant, ramasse le fichu de Rosine, qu'elle l'a laissé sur sa petite chaise.

Chaque jour, presque, amène des incidents de cette sorte. Dans une vie de famille nombreuse, c'est fatal. Toujours, par hasard, Nans se trouve à côté d'Antoine pour lui éviter une correction, ou réparer le mal qu'il a fait. Desmichels a la main lourde avec ses fils et son pied sait rencontrer le fond de leurs culottes, même avec ceux qui ont grandi.

Un soir, Nans trouve Antoine debout contre le poste à feu, avec un air de désespoir sur le visage :

— Qu'est-ce que tu as, Antoine?

— Rien.

— Qu'est-ce qu'on t'a fait?

— Rien.

— Allez, dis-le!

— On m'a brûlé tous mes bouts de bois.

— Qui t'a fait ça?

— Je sais pas. J'ai vu les traces dans la cheminée du poste. Mon père, il est venu hier pour mettre d'ordre.

— Y a plus de bois sur les arbres?

— Oui.

— Tu sauras plus le travailler?

— Oh! oui.

— Ben alors? Tu en feras des mieux, voilà tout. Tu disais pas que ton couteau s'était cassé?

— Oui. Il était pas assez fort.

— Tu te l'es remplacé?

— Non. J'ai pas assez de sous.

— Ça coûte cher?

— Six francs.

— Où on en trouve de ces couteaux?

— A Toulon. A la taillanderie du port.

— Bon.

Quelques jours plus tard :

— Tiens, dit Nans.

Il met le couteau neuf dans les mains d'Antoine.

— Toi, tu es brave! dit le garçon.

— Y fait ton affaire?

— Oh! oui. Il est solide.

— Ne le raconte à personne que c'est moi qui te l'ai donné.

— Merci. Mais tu es trop brave!

— Tu entends? Garde ça pour toi.

Le garçon relève des yeux brillants et il a un sourire magnifique.

— Ça te plaît qué, Nans, que je fasse la sculpture?

— Puisque c'est ton idée.

— Mon père, il est pas comme toi, y trouve que c'est du temps perdu. Je suis sûr que c'est exprès qu'y m'a tout brûlé.

Le moment des semailles est revenu :

— Qui c'est, demande Nans, qui va labourer Plan-Bernard?

— Antoine, dit Desmichels, puisque c'est sa terre.

— Quelle charrue y prendra?

— La grosse vieille.

— Elle est beaucoup lourde et dure à manier.

— Ça lui fera les bras.

— J'en connais un de Carpentras qui en fabrique des plus petites et plus légères, pour un bas prix.

— Y faut toujours sortir les sous!

— Vous les retrouveriez, dit Nans. Vous voulez que j'aille voir à la foire de Brignoles, dimanche? Le marchand y vient, je le sais.

— Oh! oui, dit Antoine qui a entendu, je voudrais bien.

— Toi, mêle-toi de ce qui te regarde, dit Desmichels. Que Nans aille voir si ça lui fait plaisir. Mais toujours, moi, je mets pas plus de vingt francs.

La charrue en vaut trente, mais personne que le porte-monnaie du berger ne le saura. Antoine partage avec Nans un clair sourire de contentement.

Et c'est comme ça pour toutes choses. Derrière son fils, Nans marche dans l'ombre, n'avançant la main que lorsqu'elle peut rendre le service nécessaire au petit. Ne l'ouvrant jamais pour demander, mais pour donner, pas plus.

Il regarde Antoine devenir fort, devenir beau, il est heureux. « Rien qu'avec ça, il pense, je peux vivre le reste de ma vie. »

De moisson en moisson, avec le travail de semer, de faucher le blé, d'en faire des javelles, des meules, puis de le battre avec les fléaux, de le mettre en sac, en grange; de récolte en récolte, en cueillant les cerises, les pêches, les pommes, les figues; de vendange en vendange, en taillant la vigne, en la labourant, en la soufrant, en la sulfatant, en préparant les tonneaux, en pressant le raisin, en décantant l'eau-de-vie, le moment arrive pour Antoine où il commence à regarder les filles. Trois années de service militaire dans les forts de Lagoubran ont dégourdi le garçon. Desmichels s'en est aperçu, il parle de la jeune Solange du café des Acacias à Solliès, dont le père a de l'argent, ou encore de la fille Guillot de la scierie. Mais Antoine ne répond que par des sourires gênés, sans rien dire. Elles peuvent plaire à son père, ces grandes bringues arrogantes et riches, lui, elles ne le tentent pas. Nans ne donne pas son avis, mais justement, à lui non plus, elles ne conviennent guère.

Un de ces soirs où, après la fatigue du jour, les hommes font groupe sur la terrasse, que les femmes finissent de mettre la cuisine propre, Pierre et Sébastien vont se coucher, emmenant Florestan. Rosine, Marguerite et Félicie sont dedans, avec Louise. Desmichels jette autour de lui un dernier regard de maître, et puis il dit :

— Ah! bonsoir la compagnie! Je vais me coucher, moi.

— Bonsoir, dit Nans qui fume sa pipe, appuyé contre la porte de la remise.

Antoine est assis sur le petit mur :

— Bonsoir, père, dit-il.
— Tu montes pas? dit Desmichels.
— Non, je reste encore un peu, dit Antoine. Y fait bon.
— Demain, tu pourras plus te lever, observe le père.
— Oh! je compte pas rester une heure, dit Antoine, le temps de prendre un peu le frais.
— Alors bon, dit le père.
Il entre dans la maison. Son pas lourd résonne au long des escaliers.
Antoine en écoute décroître le bruit, puis il se lève et vient s'asseoir près de Nans.
— Y fait tellement bon, dit-il, on se coucherait plus. Tu trouves pas que c'est dommage, des nuits pareilles, d'être enfermés dans les maisons?
— C'est vrai, dit Nans, pourtant y faut bien dormir.
Ils se taisent. La pipe du berger fait un petit foyer chaud dans l'ombre. Quand le souffle tire dessus, ça devient rouge. La nuit d'été est magnifique de douceur et de calme. Le chant des grillons y met une palpitation de cœur. Par son rythme paisible, il est comme le témoignage de tant de beauté. Sur la terrasse, la fontaine de pierre chuchote l'interminable confidence de sa joie et tout à l'heure le rossignol va commencer, sur le haut marronnier, cette dégringolade de sanglots qui trouble le sommeil des hommes.
Après un long silence plein de pensées, Nans comprend qu'il y a quelque chose de pas naturel dans Antoine, il dit :
— Tu vas pas te coucher? Moi, je vais rentrer.
Antoine semble sortir d'un rêve. Il pose sa main sur le genou du berger :
— Reste encore un peu, demande-t-il. Y faut que je te parle.

— Ah? dit Nans.

— Oui, je veux avoir ton idée. Je l'ai jamais raconté à personne encore, mais toi, je sais comme tu es brave pour moi. Voilà : j'aime une fille.

Comme Nans le regarde avant de lui répondre, dans son étonnement de cette voix d'homme soudain si volontaire, il répète avec feu :

— J'aime une fille et elle m'aime, j'en suis sûr, c'est pas une histoire de rigolade. Cette Solange, que tout le temps mon père me la vante, je veux même pas en entendre parler, parce que d'elle je m'en fiche et des sous et du café de son père. Qu'est-ce que tu veux que ça me fasse? Puisqu'y en a qu'une autre pour moi, qu'y en a rien qu'une...

— Qui est-ce? interroge Nans.

La force qui animait Antoine semble tomber d'un coup à cette question. Sa voix devient toute faible pour répondre.

— Oh! c'est personne, c'est rien, tu la connais pas, c'est une fille des routes.

Nans ôte sa pipe d'entre ses dents :

— Une fille des routes, qu'est-ce que tu me dis? Une romanichelle, une de celles qui suivent les foires?

— Non! proteste Antoine, quand même non! Pas une de celles-là.

— Tant mieux! dit Nans, parce que tu sais, celles-là, quand même, c'est des coureuses.

— Non, mais si je t'ai dit « une fille des routes », c'est parce que c'est vrai. Elle a pas de maison pour ainsi dire. Elle vient d'Italie avec son père. Ils ont traversé les Alpes avec une voiture d'aiguiseur et un chien. Il font le métier d'amoulaïres.

— Comme elle s'appelle?

— Arnaude, elle a seize ans.

— Ah! je sais! dit Nans.

— Tu sais?

— Oui, je sais qui est-ce. Je l'ai vue. A la dernière cueillette des cerises, tu lui as lancé un bouquet quand elle passait sur la route et Desmichels t'a engueulé.

— C'est ça, dit Antoine tout joyeux. Pour quatre cerises, dis? Mais oui, c'est celle-là. Elle est jolie, qué?

— Je crois, dit Nans. Mais est-ce qu'elle est brave?

— Brave? Plus que brave. Et sage! Et travailleuse! Et à la fin de tout, je l'aime.

Nans tire un grand coup sur sa pipe :

— Desmichels voudra jamais, dit-il.

— Je verrai bien, dit Antoine.

— Et il est testard.

— Oui, mais moi, je suis peut-être encore plus têtu que lui.

— Tu ferais contre sa volonté?

— Peut-être.

— Il est dur, tu sais? Tu risques de le mettre beaucoup en colère contre toi.

Il y eut encore un silence, puis le garçon demanda:

— Tu me donnes tort?

— Tort? dit Nans. Comment je pourrais te donner tort d'aimer une fille et de la vouloir?

Le souvenir se jette sur son cœur qui était si tranquille et se remet à le dévorer : « Le soir de la noce d'Hélène Toucas, l'ombre des cyprès autour des puits. » Que tout ça est vieux! Et voilà que ça recommence pour son fils. En sens inverse, mais toujours avec cette cochonnerie d'argent, de situation, de famille, qui vient se mettre au milieu. Toujours alors?

Il se lève :

— Va te coucher, va! dit-il. C'est ce que tu as de mieux à faire pour le moment. Te mets pas martel en tête à te rendre malheureux, que ça sert à rien. Tâche de l'oublier si tu peux. Et si tu peux pas...

— Je pourrai jamais! crie Antoine à voix basse.
— Tu es sûr? demande Nans.
— Je suis sûr! crie encore le garçon avec ardeur.
— Alors... dit le berger Nans.

Il tape sa pipe éteinte sur le rebord du mur, il la met dans la poche de sa verte. Il se lève et debout, plein d'une majesté nouvelle, il prend son fils aux épaules, il lui pèse dessus des deux mains, il le regarde profondément au plein du visage :

— Alors, gronde-t-il furieusement, si tu es sûr de pas pouvoir l'oublier, celle que tu aimes, prends-toi-la, emporte-toi-la et fous-toi de tout le monde! C'est tout ce que j'ai à te dire, tu as compris?

9

Et la grande guerre éclate entre Desmichels et Antoine. Ce n'est plus un père et un fils, ce n'est plus un garçon soumis et un homme d'expérience qui s'affrontent, mais deux lutteurs enragés, dont l'un est armé d'amour et l'autre d'orgueil.

Le jour de cette vogue de Bellaïgue, où devant toute la famille, Firmin, par un ordre cassant, a arraché Antoine aux bras d'Arnaude, Nans n'était pas là. Le soir, le garçon est venu le retrouver dans le coin qu'ils ont choisi, à l'ombre de la remise. Il lui a raconté comment ça s'était passé. Nans a écouté patiemment le long récit de la fête, du bal, de la joie de ces deux petits, à danser, bien serrés ensemble dans leur passion. Il a senti Antoine frémissant encore de son plaisir et de sa colère. Il l'a regardé lui dire avec un visage enflammé :

— Je suis parti avec eux. Tu comprends, qu'est-ce que je pouvais faire? Rien d'autre. Mais qu'il se figure pas m'avoir soumis. Je la reverrai demain, Arnaude, et tant qu'y me plaira, je la reverrai. Et à la fin, de gré ou de force, je me la prendrai pour femme.

Depuis cette première scène, d'autres ont surgi. A propos de tout et de rien. Tout ce que fait Antoine maintenant, pour Desmichels, c'est mal fait. Des critiques continuelles tombent sur l'aîné et des compliments sur les autres : « Sébastien, oui, y soigne ses outils et Pierre au moins, y se tient à son travail. » Sébastien prend un air gêné, il est bon, mais Pierre, qui a hérité la dureté du père, relève le nez et se moque d'Antoine. Félicie regarde d'un œil désolé la division des siens. Elle se tait. Elle sait que les femmes n'ont pas le droit de dire leur mot. Louise est comme elle, de la race des muettes. Marguerite commence à être amoureuse d'un jeune de Toulon rencontré au bal. Elle ne pense qu'à lui, et si, instinctivement, elle est du parti d'Antoine, elle ne veut pas se compromettre en le montrant. Rosine et Florestan sont encore petits, ils ne se soucient que de jouer.

Quand une de ces histoires se produit devant Nans, d'abord il essaie d'arranger la chose, par-dessous, sans avoir l'air, puis s'il voit qu'il ne peut rien, il s'en va. Il sent monter en lui une sorte de haine contre Firmin, qui le mènerait trop loin, s'il se laissait aller. Le soir, le garçon vient se plaindre et il le console. Il le calme de bonnes paroles, il lui dit : « Fais bien ton travail, va, Desmichels sera forcé de le reconnaître. Y se fatiguera de t'être toujours après. Quelque jour, y te cédera et on verra une belle noce à La Guirande. »

Il dit tout cela, mais il n'en croit pas un mot. Antoine non plus. Ils connaissent trop celui qu'est devenu Firmin : le père Desmichels, le maître du domaine, le riche propriétaire, crevant d'orgueil dans la réussite, pris d'une sorte de folie des grandeurs. Ils savent trop, tous les deux, que jamais celui-là, monté si haut, engraissé, honoré, ne consentira à tendre une main d'amitié vers la fille des routes, Arnaude Cumiana, dont le père, pour toute fortune, a un chiffon mouillé et une voiture d'aiguiseur.

Ainsi, Nans et Antoine, serrés l'un contre l'autre, seuls dans leur tourmente, se demandent comment tout ça finira. Et chacun a quand même sa joie qui lui tient chaud. Pour Antoine c'est celle des furtives rencontres, derrière les haies, au long des chemins, quand le garçon peut se sauver un quart d'heure entre les travaux de la terre et que la fille doit justement rapporter dans une ferme voisine les couteaux aiguisés de neuf.

Pour Nans, cette joie est encore plus secrète, encore plus forte. Il admire par quelle attention de la grande main divine qu'il croit toujours sentir au-dessus de lui, la suite des événements a rapproché Antoine de son vrai père. Il remercie de ce que le petit ait été blessé d'autre part et qu'il soit venu tout naturellement se réfugier dans ses genoux. Ce bonheur, il pense qu'on peut bien le payer d'une vie entière de peine et d'obscure tendresse. Et il se sent débordant de gratitude envers l'ordonnateur de ces choses.

Cependant, la colère de Desmichels se gonfle à l'horizon, comme ces ventres de nuages pleins de grêle et d'éclairs, qui se versent en trombe sur les humains. Et un jour, l'orage crève. Tout le monde est terrifié dans le domaine. Les valets n'osent plus rire entre eux. Les enfants se cachent. Félicie laisse couler des larmes sur son visage pâli, Louise et Rosine la consolent, Marguerite, toujours révoltée, déteste le père, auquel Pierre donne raison, auquel Sébastien donne tort. Cette diversité de jugement fait se battre les deux fils, un soir, sans que personne le sache, avec Marguerite comme seul témoin.

Enfin, à force d'être reculée, la grande scène explose.

— Qu'y se soumette ou qu'y s'en aille! crie Desmichels, y faut que ça casse ou que ça cède! J'ai toujours été obéi et je le serai jusqu'à ma fin.

Félicie se tait. Elle cache même son chagrin, de peur d'aggraver les choses.

Et ce terrible jour arrive, où le torrent de la rage emporte le père, où il fait étaler dans la grande cour du domaine toute la part d'héritage du fils ingrat, où il lui jette à la tête tous ces biens qu'il risque de perdre par son entêtement imbécile : c'est le vin, c'est le blé, c'est l'argent, c'est la terre de Plan-Bernard, le cheval Jeune-homme, le berger Nans, qui font l'enjeu dans la volonté têtue du maître de La Guirande, c'est la masse importante de toutes ces richesses, qui, d'un côté, écrase le plateau de la balance et, sur l'autre plateau, c'est un petit corps maigre et brun, un tendre attachement qui ne se démentira jamais, un amour naissant, gros déjà de toute sa puissance et plus lourd sous son apparente légèreté que tous les biens temporels.

— Ça ou la fille? gueule le père.

D'un seul geste, avec deux mots, Antoine choisit :

— La fille.

Il charge d'une main décidée le baluchon de linge et d'habits qui est tout ce qu'il emportera de La Guirande. Il sort sous le cintre du portail. Son père, égaré dans sa colère, le regarde partir. En dedans de lui tourne un tourbillon de désespoir. Il n'aurait jamais cru que le fils préférerait s'en aller. Le cœur haletant, les poings fermés, il regarde son aîné quitter le domaine.

Alors il voit une petite ombre passer à ses pieds, une ombre courbée qui se hâte vers le portail dans le chemin d'Antoine. Il crie :

— Nans, où tu vas?

Et, en dedans de lui, une voix qui ne sort pas, gémit : « Nans, qu'est-ce que tu fais? Nans, tu es fou? »

Et c'est un si petit soulagement pour sa fureur, que d'envoyer vers eux cette dame-jeanne, qui s'écrase contre le pilier et qui laisse couler autour d'elle le jus du raisin, noir comme le sang d'un cœur.

Nans a jeté sur ses épaules sa cape de berger. Quand il a vu le début, il a compris que ça finirait mal. La décision d'Antoine, il y a longtemps qu'il l'avait devinée. Celle de Desmichels ne pouvait être autre. La sienne à lui, Nans, est-ce que tout naturellement elle ne devait pas lui être commandée par le dedans même de ses entrailles?

Il est parti. Sans un regard pour cette grosse maison où il était presque né, pour cette terre où chaque motte aurait pu garder la trace de son travail; sans même un regard pour la pauvre femme vieillie, pour l'amour d'autrefois, pour la mère en larmes, il est parti. On a chassé son fils, alors, n'est-ce pas, comment ferait-il pour ne pas le suivre?

Et sur la route il rejoint le garçon :

— Antoine!

Celui-ci se retourne. Il est pâle. Son mince visage de jeunesse est tout contracté. Il a les yeux pleins de larmes. Il dit :

— C'est toi?

— Oui.

Ils sont tout près l'un de l'autre.

Antoine lui jette un regard de défiance et crie furieusement :

— On t'a envoyé? Tu m'as couru après? Mais c'est pas la peine. Je reviendrai pas!

— Je suis pas là pour te faire revenir, dit Nans humblement.

— Ah! non? Et pourquoi alors?

Nans regarde son petit en face, comme jamais il n'a osé le regarder. Il lui met une main sur l'épaule :

— Je viens avec toi.

— Tu viens avec moi? Où?

— Où tu iras. Je prends ta route.

Antoine reste stupéfait. Il plonge ses yeux à son tour au plus profond des yeux clairs de cet homme, qui était le berger de son père, à qui on a payé ses services avec de l'argent, qui s'est toujours tenu au bout de la table avec les valets, dans la bergerie avec les moutons, qui jamais n'a élevé la voix plus haut qu'un domestique et que, pourtant, il a toujours trouvé auprès de lui pour le consoler. Il ne comprend pas, sa raison vacille. Quelque chose d'énorme, qui l'étouffe, est dans sa gorge. Il regarde et ne peut pas parler. Les souvenirs de cette enfance encore si proche, où Nans, sans cesse, a été mêlé, emplissent sa mémoire : « Le jour où je suis tombé dans la rivière et où il m'a retiré. Le jour où j'avais perdu le sécateur, le jour où on m'a brûlé mes bouts de bois, le jour où j'avais volé les œufs pour Arnaude, le jour où mon père m'a jeté un outil après, parce que je répondais mal, le jour, le jour, tant de jours, où Nans a été là pour me sauver. Et ces soirs de confidences sous les lunes d'été, dans la paix du chant des crapauds, comme il m'a écouté, ce Nans, toujours écouté, sans lassitude... Et maintenant, ah! c'est une chose à ne pas y croire! »

— Je comprends pas, dit-il à la fin. Toi, Arnaude,

tu t'en fous, que je l'aie ou que je l'aie pas? Tu viens avec moi, pourquoi? Tu prends ma route, pourquoi? Tu es de mon côté contre tous les autres, pourquoi? Ma mère, elle-même, qui m'a mis au monde, elle a pas eu le courage de prendre mon parti. Et toi? Comment tu veux que je comprenne? C'est une chose qui dépasse toutes celles que je viens de voir. Alors, tu quittes tes moutons, tu quittes ton troupeau, tu quittes ton travail, tu deviens un vagabond, et pourquoi? Tu pourras me le dire? Pour moi? Mais tu es fou! Mais tu comprends rien alors? Je sais même pas où je vais aller. La fille que j'aime, comme maison, elle a un trou sous une roche. Elle court par les chemins gagner sa vie. J'ai plus que ça à faire, moi aussi, l'amoulaïre. Et toi tu dis : « Je viens. » Tu me suis. Ta bergerie, ta place, tes chiens, ta Guirande, tu lâches tout, mais Nans, tu y penses? Tu y as bien pensé? Allez, retourne-toi, va! Moi c'est autre chose, moi c'est au ventre et au cœur que ça me force de partir, mais toi c'est pas pareil. Je peux pas accepter. Tu es trop brave, mais tu vas te retourner. C'est ta bonté qui t'a poussé, ta gentillesse, parce que tu m'as vu petit, alors dans ton genre, tu t'es dit : « Le pauvre, il a personne. Je vais avec lui. Je l'accompagnerai un bout de route, pour lui donner courage. » C'est ça, hé? Eh ben, je te remercie, je l'oublierai jamais. Seulement tu peux retourner, du courage j'en ai. Je le comprenais bien que ça finirait comme ça. Je m'étais préparé. Dis-le-leur à la maison. Dis-leur que j'ai choisi avec tout mon raisonnement. Tu peux même jurer à mon père que je lui garde pas rancune et à ma mère que je l'embrasse. Allez! Retourne-toi vite.

— Non, dit Nans.

— Tu dis non? dit Antoine.

— Je dis non.

— Tu veux pas te retourner?
— Non.
— Tu veux venir avec moi?
— Oui.
— Mais où?
— J'ai une cabane dans les bois de Grand-Cap. Je te la donne.
— Mais pourquoi?
— Pour rien.
Antoine sent se gonfler en lui une émotion qu'il devine semblable chez Nans. Il tente de s'y arracher en disant d'une voix brusque ;
— Mais qui tu es, toi?
— Tu le sais, dit Nans. Je suis le berger.

10

Une fois, deux ans plus tard, il eut envie de parler.

Firmin Desmichels venait d'être terrassé par une embolie, sur le seuil de cette porte de La Guirande, d'où sa dureté avait chassé sa fille après son fils. Antoine n'osa pas aller à l'enterrement. Il savait qu'il avait raison de n'avoir pas obéi à son père, mais il savait aussi que son indiscipline avait engendré celle de Sébastien et de Marguerite. Dans le profond de son cœur, il s'en voulait de leur avoir donné cet exemple d'aîné et, maintenant que le père était mort, il se sentait presque coupable.

— Vas-y toi, avait-il dit à Nans.

Quand le berger avait vu, immobilisé entre les planches du cercueil, le grand corps robuste du Maître, son cœur s'était gonflé de tous les souvenirs de leur commune enfance. Il s'était rappelé qu'ils étaient frères de père, non pour s'en révolter, comme autrefois, mais pour s'en attendrir. Il n'avait plus pensé qu'il avait trahi cet homme que pour mieux le plaindre et le regard qu'il avait posé sur Félicie, écroulée dans ses larmes, n'avait été que de bonne amitié.

A son retour à la cabane, il avait tiré de dessous sa cape la molle petite bête de trois semaines qui devait devenir cette fidèle Michelle, amie d'Ollivier, et dont Félicien avait caressé le museau tendre avec sa menotte de bébé de six mois.

Ensuite, Arnaude était allée se coucher, emportant son petit. Le berger était resté avec Antoine, au coin du feu, à parler des Desmichels et de La Guirande. Ils avaient évoqué les frères, les sœurs, les belles-sœurs, toute cette grosse couvée déjà un peu dispersée : Sébastien, maître du domaine à présent, bon, faible, trop heureux avec cette douce Madeleine Roussel qui avait divorcé pour lui et devait lui donner comme fille la sensuelle Nine; Marguerite, la volontaire, qui n'avait pas hésité à voler sa part d'argent pour l'apporter à son amant Richard, voyou de l'Arsenal toulonnais. Pierre, le troisième fils, dur de cœur, têtu et sournois, détesté de tout le monde, qui commençait à se montrer au café des Acacias chez Solange Bannelier, dont Antoine n'avait pas voulu pour femme; Louise qui était encore fille; Rosine et Florestan tout jeunes et déjà orphelins.

Le feu avait pâli sous sa couche encendrée, les hommes parlaient toujours, par phrases brèves, qui laissaient entre leurs réponses de grands trous de silence.

Enfin ils étaient allés se coucher et, pour la première fois, Nans avait eu envie de dire la vérité à

Antoine. Il y avait pensé une partie de la nuit, puis au matin il avait décidé qu'il se tairait encore.

Trois mois plus tard, Sébastien fit ce qu'il nomma « la justice », c'est-à-dire qu'il remit à Marguerite et à Richard leurs titres de propriété d'une maison à Bellaïgue et d'une autre à Solliès-ville, maisons qui ne devaient pas tarder à être vendues par le « Manfator » et dont les fonds furent volatilisés en noubas de cabanon.

Sébastien fit alors appeler Antoine pour lui faire don d'un grand morceau de forêt au flanc de Grand-Cap, en remplacement de cette terre de Plan-Bernard vendue par Desmichels. Il lui offrit aussi Jeune-homme, le beau cheval, et le portefeuille paternel, gonflé par cinq mille francs.

Maladroitement, les deux frères s'étaient serrés dans les bras l'un de l'autre et le soir, quand Antoine avait raconté cette scène à Nans, le berger, pour la deuxième fois, avait eu envie de parler. Cette douleur de la perte de Desmichels que montrait Antoine en maniant le vieux portefeuille le rendait jaloux :

« Pleure pas, il avait voulu crier, c'était pas ton père, cet homme! Ton père, le vrai, il est vivant. »

Mais il retenait chaque fois sa parole quand elle allait sortir, se souvenant du mal que lui avait fait, à lui, la confession de sa mère.

Chez les charbonniers, la vie continua, meilleure, plus aisée, après cet héritage. Un second fils, Joseph, vint au monde. Sébastien accepta d'être parrain. Il monta embrasser le nouveau-né, avec sur les bras sa fille Nine, déjà ronde et vive. Puis le boucher de la mort revint dans le chemin de La Guirande. Il emporta Sébastien tout suant d'un mauvais chaud et froid. Il emporta Félicie Venel, épuisée de souffrances. Antoine pleura son frère et sa mère. Nans, quand il sut la mort de Félicie, passa une nuit à réfléchir, seul sous le tournoiement des étoiles et il se dit de nouveau :

« Maintenant je peux parler. Je ferai plus de tort à personne. »

Il se persuadait que ce serait une bonne chose pour Antoine d'apprendre qu'en réalité sa mère seule était disparue, que son père, le vrai, demeurait auprès de lui avec toute son affection. Et puis maintenant, une sorte d'orgueil pervers lui venait, l'envie de faire connaître que Félicie Venel l'avait aimé; qu'elle avait quitté une nuit, une seule nuit dans toute son existence, son lit neuf de riche fermière, pour venir s'abandonner aux caresses du berger pauvre qu'il était.

Que de fois, depuis ce temps, il s'était traité d'imbécile de n'avoir pas davantage profité de ce bon désir qu'elle avait eu de lui. Il n'avait pas été malin! Ils auraient pu mieux s'arranger. Desmichels, dans sa maturité, avait pris le goût des tournées vers Brignoles ou Beaucaire, à ces grosses foires du printemps qui font descendre jusqu'aux mails verdis de platanes des carrioles d'hommes à blouses raides, avides de liberté conjugale et de boisson.

Mais des enfants lui étaient venus tout de suite, à cette mince Félicie; elle n'avait plus été, entre les grossesses et les couches, qu'une mère berceuse ou grondeuse et lui, si timide à cette époque, jeune Pascal ingénu, sur qui était tombé brusquement ce coup de passion, son tourment et sa joie, n'avait pas eu l'audace nécessaire pour aller voler cette nourrice à sa nichée, pour se mettre dans ses bras à la place des petits. Ç'avait été fini tout de suite. Il était retourné dans son odeur de brebis et elle, elle était redevenue, en sortant de l'étable, Mme Firmin Desmichels. Adieu passé! Arrête-toi de faire grincer ta mécanique. Ça ne sert plus à rien, tout ça, qu'à faire souffrir inutilement. Et maintenant, homme, tu veux parler? A quoi bon? Tu veux que ce fils puisse avoir honte de la conduite de sa mère? Comme toi, imbécile, quand tu comprenais pas les choses, tu as eu honte de la tienne? Tais-toi, radoteur, tais-toi, ça vaut mieux.

Mais alors il ne saura pas, il ne saura jamais? Jamais alors, pas une fois il ne lui dira : « Père! C'était toi? Maintenant je comprends tout. » Non jamais. Ce sera la punition. Tout se punit en ce bas monde! Faute de cette fille de Savoie, qui s'est laissé aller dans l'amour de Laurent Michel, le mari de Thérèse Aiguier; faute de cette fille de Méounes, femme de Firmin, qui s'est donnée à Pascal Nans par seul désir. Faute de lui-même, de ce berger qui a trompé son maître, un maître qui était son frère, à qui il n'aurait pris ni un agneau, ni un sac de blé, ni un seul sou sur le marché, mais à qui il a volé une nuit d'amour de sa femme, lui qui a semé sa graine d'enfant dans le champ des Desmichels. Tout se punit, tout se paie, tout! Pascaline est morte et Laurent est mort et Félicie est morte, mais lui, Nans, il est vivant. Tous ces grands mensonges sont retombés sur son cœur et le poids en est lourd. Ce serait si bon de le reposer à son tour sur le cœur d'Antoine et de pouvoir respirer à son aise, une fois, avant que la mort ne vienne aussi pour lui. Ah! oui ce serait bon! Ah! oui ce serait propre! Pour se débarrasser alors, empéguer l'autre, le petit? Voir ses yeux s'épouvanter devant la confidence, les voir peut-être se détourner de ce berger qui, tout à coup, se révèle votre père? Et il faudrait alors fournir des détails, réveiller le frêle fantôme qui se défait dans la tombe neuve? Non, non, c'est pas possible, tais-toi, tais-toi, ça vaut mieux.

Il fait bon s'aimer dans la cabane de Grand-Cap. Dans ces familles où il y a tant d'amitié, il en reste encore pour ceux qui sont autour. Arnaude, devenue mère, a remplacé le remords d'avoir laissé mourir son père seul, par cette affection qu'elle a pour le berger. Il leur a fait tant de bien : sa maison, son argent, il leur a tout donné. Jusqu'à ces caprices de femme voulant embellir son intérieur, il les a satisfaits : un jour le vase à fleurs, un jour six torchons, un jour deux draps. A la naissance des garçons, de nouveaux cadeaux :

— Que de bellures! s'écriait-elle, devant les vêtements brodés.

Antoine grondait Nans avec un heureux sourire. Le petit bavait sur sa robe neuve et tout le monde était content.

Avec l'héritage de Desmichels, un peu d'aisance est venue. On a pu agrandir la cabane, ajouter un hangar à bestiaux. Nans a voulu y coucher sur une soupente. Au-dessous de lui, il sent l'odeur dont il a pris l'habitude au cours de sa vie, celle des moutons pressés, des brebis pleines, des agneaux remuants. Le jour, pour laisser libres, dans leur tendresse paisible, Antoine et sa femme, il part dès l'aube, suivre au flanc des collines rousses la marche lente de son troupeau. Alors, seul avec sa vie secrète, il la déroule devant lui pour mieux l'étudier. Il retourne à la première ligne du passé de sa mère, à ce qu'elle lui a raconté tant de fois de la Haute-Savoie, de La Jouvaine et du Criou; des épaisses masses de neige glissant par les plateaux en pente, pour aller briser dans les creux les sapins si hauts et sous eux, parfois, les hommes; des cultures d'orge et de blé barbu épousant l'arrondi des coteaux; des pâturages d'herbes serrées où des fleurs qu'il n'a jamais vues donnent leur parfum au lait de bonnes vaches. Elles ont de si drôles de noms, ces fleurs : « pattes-de-chien, pattes-de-chat, mottes-de-beurre, œil-de-corbeau ». Qui sait comment elles sont? Toujours il dit qu'il veut y aller dans ce pays de sa mère, ne serait-ce qu'une fois. Je n'y trouverai plus personne de mes parents directs, je le sais, la grand-mère est enterrée depuis longtemps à côté de l'oncle Albin, mais la famille est nombreuse et des Arvin et des Bérod, il en reste encore. Peut-être quelque ancien de La Jouvaine viendrait-il s'arrêter devant moi pour me regarder sous le nez, en me demandant :

— Mais tu n'es pas quelqu'un de la Pascaline? Tu lui ressembles.

Ou bien, si personne ne me reconnaît, moi, je reconnaîtrais le chalet, avec sa galerie de bois, ses fenêtres de grange en forme de cœurs, son petit jardin clos de barrières, où ma mère disait que les glaïeuls devenaient si beaux. Au moins, là-bas, je me sentirais chez moi, je ne serais plus le voleur comme à La Guirande, là-bas ce serait mon pays.

Oui, mais là-bas, là-haut plutôt, les hivers commencent à la fin d'août. Parfois à la Sainte-Marie, il arrive qu'il neige. Les prunes restent acides, les pommes pourrissent sans pouvoir mûrir. Seules les framboises et les fraises se dépêchent de profiter de l'été. Les pluies tombent d'avril en juin, les orages dévalent du haut des crêtes, les arbres brûlent sous la foudre, les torrents emportent les souches arrachées dans le bouillonnement jaune de leurs eaux. Est-ce que je me plairais dans cette haute montagne? Est-ce qu'au fond je ne suis pas surtout d'ici, de cette Provence chaude et légère, douce au paysan?

Pourrais-je me priver un seul jour de cette senteur de colline doucement cuite par le soleil? De ce goût de thym, de romarin, de marjolaine, que le vent vous met dans la bouche? Et n'est-ce pas vraiment mon pays maintenant, celui d'Arnaude, la femme de mon fils, de ces deux petits de mon fils, de mon fils lui-même? Antoine, tout ce qui est mien, je te l'ai donné et toi, en échange, tout ce qui est tien est devenu mien, ta femme, tes petits, ta terre. Oui, si j'allais là-haut, qu'est-ce que j'y serais à présent? Un étranger. Ici j'ai ma famille. J'ai les miens. Ma vie c'est de rester avec eux. Ma vie, c'est de rester là, toujours contre toi, Antoine, pour que tu t'appuies. Toujours avec toi, mon petit, comme le bon Dieu l'a voulu.

Même si jamais je dois rien te dire.

11

Maintenant, ça lui a passé. Après tout, les idées c'est comme les bêtes : « Viens ici, va là-bas. » On les commande et elles obéissent. Pas toujours, vous me direz, il y a les récalcitrantes. Alors un bon coup de fouet, et elles marchent. Ceux qui vous disent qu'y a pas moyen de les gouverner, c'est des menteurs. Si elles font les méchantes, y a qu'à taper un peu plus fort dessus. Ou encore à les raisonner : « Non. Tu iras pas à cette haie! Y a plus une feuille du reste. Y a que des épines. Tu t'accrocheras toute la laine, tu t'écorcheras le museau. Comprends-moi, sois brave, c'est pour ton bien. Non. Tu iras plus à ces souvenirs! Y a plus rien de bon à y trouver pour toi. Tu t'écorcheras tout le dedans du cœur et résultat, y te restera quoi? Du travail de réflexion à plus pouvoir fermer l'œil la nuit. J'ai rien dit, j'ai bien fait. Bouche cousue jusqu'à la fin finale. Desmichels est mort maintenant, plus personne me dispute mon titre. Arnaude, elle m'estime beaucoup. De sûr, elle me mettrait le petit Félicien, Félicien-Félicie, elle me le mettrait debout devant moi, sur ses pieds qui sont encore tout ronds, elle lui dirait : « Tu vois, ça, c'est ton pépé. Dis-lui : Pépé! Pépé! C'est le papa de ton père, tu vois? C'est notre grand-père Nans. Fais-lui la grosse bise! » Les mains molles de l'enfant se promèneraient sur son visage et une bouche, poupeuse comme un fruit, s'appuierait sur sa joue desséchée. Ah! vaï, vaï! est-ce que le petit attend de savoir ça pour lui faire des bises? C'est à toute occasion qu'il passe des bras de sa mère dans ceux du berger. « Tu me le pourriras », reproche Antoine. En attendant d'être pourri, ce Félicien, c'est quelque chose de si beau et de si neuf qu'on rit rien que de le regarder.

Puis il y a Joseph, le nouvellement né. Nans n'aurait pas détesté une petite fille. Il la voit dans son rêve, rose et nue avec la place renflée où pousseront les seins et ce joli entrejambe, lisse et rond comme une aubergine, bien étalé au soleil. Mais Joseph, c'est encore un garçon avec tout ce petit embrouillani de sexe et des reins larges et une solide tête sur les épaules. Pour le moment, entre les tétées, il dort sous quelque arceau de branches, séparé seulement du sol par une mince couche d'étoffes. Les fourmis parfois lui courent dessus, les papillons, dans leur vol bousculé, le butinent comme un chèvrefeuille, un gros bourdon se tape contre son visage. Alors il fronce la fine peau ridée de son front : « Petit vieux, petit vieux! » crie Arnaude en riant aux éclats. Il pleure, elle le prend contre elle, il se calme, il la regarde gravement : « Tu croirais un pape », elle dit. — Tu en as beaucoup vu des papes dans ta vie? se moque Antoine. — Je m'imagine, elle réplique. « Je m'imagine, elle chante au petitou, je m'imagine! » Elle le roule à terre, elle frotte sa bouche sur la bouchette molle, mouillée de salive. Elle lui souffle chaud dans le creux du cou, elle lui plante de gros baisers dans le plein du ventre, elle lui mordille ses tout petits pieds, elle en croque les petits doigts, gros comme des noisettes : « Je me le mange, je me le mange! » elle crie. Elle est à genoux devant lui, elle le contemple, elle l'adore : « Qu'il est beau notre petit! Qu'il est beau mon Joseph! Qu'il est beau mon roi, mon trésor, ma beauté, qu'il est beau mon fils, mon mien à moi, mon petitounet! » Elle rit de toute sa belle bouche heureuse, où la lumière des dents accroche le soleil. Et le petit suspend ses yeux aux yeux de sa mère et il rit des mêmes éclats. Antoine pose la hache de son travail et vient rire avec eux. Félicien, qui partait à cheval sur une basse branche, vers un pays lointain, saute de son coursier et vient rire aussi tant qu'il peut. Dans sa joie, il se jette sur le petit frère et le renverse. Celui-là hurle, Arnaude a la main leste, Félicien reçoit une belle calotte. Il hurle. Il se fait pipi dessous. Arnaude le secoue et hurle à son tour. Ça fait un concert varié. Les oiseaux épouvantés s'arrêtent de pépier dans les arbres. Mais vite ils comprennent ce que c'est. Ils se rassurent entre eux : « Les petits, comme d'habitude. » L'écureuil se reprend à ronger sa pigne, le lapinou remet son nez dehors. « Les petits », tous connaissent ça dans ce morceau de forêt, dans ce grand morceau, qui avant appartenait aux lapins, aux écureuils, aux oiseaux, où un jour il est venu deux hommes et une femme et puis maintenant des petits.

Chez les paysans de Bramafan, le hameau qui s'accroche au côté de Grand-Cap, quelques-uns ont entendu dire par les grands-pères qu'autrefois la cabane avait été habitée par un vieux garçon, un peu original, mais beaucoup brave, un Firmin Guirand, à qui on avait mis le surnom de « Nagi ». C'était un homme qui ne se sortait pas de l'idée que le passé, le passé de son temps, du temps des rois, avant la Grande Révolution, était bien meilleur à tous points de vue que le présent d'aujourd'hui : « Alors oui, assurait-il, tu trouvais de gens honnêtes, de gens qui avaient d'honneur! Maintenant n'a gi, n'a gi, y en a plus! D'honneur, de parole, de braveté, tu peux y courir au cul pendant des journées, comme après un lièvre, tu en trouveras plus! Et tout te coûtait rien. Maintenant y te faut donner les yeux de la tête pour manger. Un lapin, tu le paies quinze sous, tu te rends compte? Les œufs, dix sous la douzaine et si la femme t'en donne un de plus, y semble que tu y arraches l'âme. Ah! de mon temps, quand nous avons commencé à faire valoir La Guirande, avec ma sœur et mon beau-frère Michel, qu'on lui disait Belle Quique — un beau pantayaïre celui-là — si nous avions vendu les œufs et les lapins à ce prix, nous serions vite venus riches. »

Plus personne, maintenant, n'était d'âge à se souvenir du parrain Nagi et, ici à la cabane, toute trace était perdue de son passage sur terre. « Les murs, disent les gens, ont des oreilles. » Peut-être, mais alors ce sont de grands discrets, car ils n'ont pas de bouche. Sinon, ils seraient intéressants à entendre bavarder le soir, quand le feu lui-même a tu son sifflement et que la chauve-souris heurte son vol mou contre les volets des fenêtres. « Le parrain Nagi, diraient-ils, son amitié avec cette fille claire de peau et de cheveux, descendue depuis sa haute montagne pour soigner une femme malade, puis un vieil homme, puis pour rencontrer par la volonté du destin, ce Laurent Michel, tout en force jeune et en désir. Nous nous souvenons, nous nous souvenons », murmureraient-ils et ils frémiraient comme quand le gros mistral secoue la cabane. « Oui, pendant le repos du vieux, le jeune est entré dans la paillère où la fille blonde l'attendait, les yeux ouverts, il est entré tout nu comme au jour de sa création et elle avait déjà le cœur et le corps ouverts comme les yeux, pour le recevoir. Ce fut un beau mariage secret, comme celui des giroflées qui demandent à être seules. Nous nous serrions autour, nous, les quatre murs, pour bien protéger leur joie de passion. Et chaque nuit depuis, nous attendions l'heure et chaque nuit l'heure venait.

Puis le parrain est mort et le halètement de l'agonie, nous l'avons deviné avant les autres. Puis la fille claire est restée seule entre nous quatre et il est arrivé que nous l'ayons entendue pleurer, quand la solitude de chair et d'âme pesait trop lourd sur elle. Mais un jour, toute seule elle a ri, parce qu'un petit enfant venait de lui pousser au ventre, qui allait lui servir de compagnie. Et puis le petit enfant est né et elle est partie avec lui sur les bras. On a fermé les fenêtres et la porte, laissant juste entrouverte la lucarne d'en haut, pour donner de l'air. Et par là il est venu, l'air et tout ce qu'il apporte avec lui, les araignées, leurs toiles de soie fine, les chenilles cherchant un abri pour se suspendre, s'engourdir, tisser la coque de leurs chrysalides dans tous les coins, pour la rompre un jour et repartir papillons; les souris grises descendues du toit, les lézards verts montés de la terre. Et ainsi, par eux, nous avons continué d'être vivants, d'être distraits, tandis que le monde des hommes nous avait oubliés. »

Mais les murs ne parlent pas et si, dans leur muette attention, ils regardent vivre cette nouvelle famille Desmichels, personne jamais ne le saura.

Nans est heureux. « Je peux pas être plus heureux, pense-t-il. J'ai mon fils, ma belle-fille et leurs petits. J'ai tout ça autour de moi. J'ai une bonne vieillesse. Y a des pauvres mesquins de grands-parents qui sont loin de leur famille. Moi j'ai la mienne. Elle m'aime, elle me respecte, elle me demande conseil pour tout. Sûr, elle me dirait « père » au lieu de « Nans », ça me déplairait pas. Et « pépé ». Mais c'est trop demander. Y faut pas être trop gourmand, sinon la mangeaille vous fait éclater. Comme ça, c'est déjà très bien. Si Félicie peut voir les choses d'où elle est, elle doit être contente. Celle-là, dans le fond, elle a été maligne. Elle y a donné deux pères à son premier petit. Un, Firmin, qui y a laissé le nom, l'autre qui s'est occupé de la question cœur. Elle avait bien fait son compte, c'était pas une fadade. Si elle était là, je la complimenterais. Je lui en ai voulu, elle m'a fait souffrir, mais je lui en veux plus. Elle m'a fait plaisir aussi. Et puis j'ai compris à présent que, dans la vie, tu souffres toujours de quelque chose, tu as toujours mal quelque part. Tu as que de le savoir, après c'est plus rien. Tu dis : « C'est là, ça me fait mal. » Tu geins, tu pleures, tu te plains : « Hou yayaye! Que ça m'élance! » Tu gueules : « Nom de Dieu! ça me fait trop mal, je pourrai pas supporter! » Tu supportes. Ton corps, ta tête, y sont faits pour supporter, alors tu supportes. Tu te soignes la rage en engueulant les étoiles.

Briançon, Forcalquier, Mane... Encore un pays où je voulais retourner, ce Mane, avec ses fontaines fraîches et son château démantibulé. J'irai jamais. Pas plus qu'en Haute-Savoie. J'irai plus sur les grandes routes avec un scabot devant moi et un scabot derrière. Je ne suis plus bon qu'à faire de petites enjambées dans la montagne de Grand-Cap et à rentrer chaque soir coucher sur ma soupente. Ma vie, elle s'est ratatinée comme les pommes qui vieillissent autour de leurs pépins. Mes pépins, c'est Antoine, Arnaude et les petits. Je réclame pas plus. Je suis bien, je suis heureux. Quand je m'embête, j'ai de quoi penser. Je me demande — mais jamais je peux me répondre — comment ça s'est fait que ma mère a aimé le grand-père Laurent? S'il était déjà marié ou non, quand ils se sont connus? Si quelqu'un, de tous ces gens qui étaient autour, a su que j'étais leur fils et pas celui de Nans? Tout ça m'intrigue, mais j'en saurai jamais le fin mot. Sans le radotage de fièvre de ma mère, j'aurais tout ignoré. Le hasard aurait pu faire qu'elle meure sans parler. Oui. Le hasard aurait pu faire que Firmin se donne pas un coup de bêche sur le pied et j'allais pas à la noce d'Hélène Toucas. Je connaissais pas Félicie. Je me mettais pas à penser à elle, pire qu'un imbécile. Si ma mère avait pas parlé dans son délire, je me remplissais pas la tête avec ce doute que toutes les femmes étaient comme elle, des menteuses, et que Félicie valait pas plus cher. Je la croyais, ma Félicie, je la demandais à son père, peut-être je l'épousais. J'étais pas de son rang, mais elle aurait peut-être eu la volonté nécessaire si elle avait été sûre de mon amour. Je l'ai mal reçue le jour du cimetière, puis j'ai décidé de partir aux Alpes pour l'oublier, va te faire fiche, à mon retour, un autre se l'était prise!

« Tu vas à la chasse, tu perds ta place, tu vas au moulin, tu perds ton grain. » Et quel autre? Juste ce Firmin, mon Maître, mon frère. Juste il a fallu que ce soit celui-là et que tout le temps y me colle sous les yeux son plaisir d'amour! Ça m'a rendu méchant. Avec le temps je suis forcé de le reconnaître. Sinon j'aurais jamais fait ça, d'accepter les caresses d'une femme qui était à un autre. C'est pas mon genre. Je l'ai pas cherchée, vous remarquerez? Elle est venue seule. Elle m'a dit ses raisons. Sur le moment, je les ai pas crues. Après j'ai compris : dans son genre, cette femme, elle a voulu faire la justice, comme Sébastien l'a faite après la mort de Desmichels. « J'étais à toi, elle a dit, depuis le soir où tu m'as tenu la main sous le paquet d'ombre de cyprès, contre le puits des Toucas, j'étais à toi tant que je pouvais. Tous les soirs, je t'attendais, je t'espérais, mais tu m'as méprisée, tu es parti, j'ai pleuré, c'est tout ce que les filles peuvent faire. Après, Desmichels est venu, il a fait l'arrangement avec mes parents comme pour acheter un cheval. Et c'est comme par la bride qu'il m'a amenée avec lui; tu es retourné, tu m'as trouvée dans la maison de La Guirande. Tu m'as plus regardée, tu m'as plus parlé que pour les choses du travail. Mais moi, je continuais à te sentir chaud contre moi. Et j'attendais. Je suis patiente et sage. Je savais que le moment viendrait où il faudrait que je sois à toi comme j'avais été à Desmichels, mais pas par raison alors, par agrément. Et c'est arrivé. Je t'ai eu de justesse avant que tu repartes pour les Alpes. C'était pas beau, dis, mon Pascalou? Tu m'attendais pas, toi aussi? Oui, va, tu m'attendais, dis pas non, dis pas non, tout de suite on a compris que ça devait être comme ça... »

Les souvenirs sont doux au cœur. Si lointains qu'ils soient, un miel doré coule de leur ruche. Un alanguissement de tendresse amollit la dureté du vieil amant : « Qué garce! De gré de force il a bien fallu que je la prenne! Quitte à passer ensuite des longues années de regret qui m'ont gâté beaucoup de choses. Jusqu'à ce jour où j'ai vu Antoine tailler le bois. Ce jour-là... »

— Antoine?

— Oui?

— Tu tailles plus le bois?

— Tu vois pas, j'ai la hache?

— Non, tu sais bien, je veux dire, avec ton couteau?

— Oh! de temps à autre, ça me reprend. Si j'avais plus de loisir, ç'a m'aurait plu. J'aurais aimé de faire des statues, tiens, des genres comme les saints des églises. Y paraît que par les villes y a des gens qui réussissent dans ce métier.

— Au pays de ma mère, dit Nans, il y en a beaucoup de ces sculpteurs sur bois. Même, tu vois, dans ma famille, parmi les Arvin et les Bérod, dans mes grands-pères, y en avait qui faisaient des belles choses.

— Ah! oui? s'étonne Antoine, tu m'avais jamais dit?

— J'avais pas eu l'occasion.

— Toi, pourtant, tu en as jamais fait?

— Moi, non. J'ai pas le talent.

— Si tu avais eu des petits, peut-être eux?

— Oui, peut-être, dit Nans.

Il est bien. Il a une énorme envie de rire, de jeter sa vieille cape en l'air pour qu'elle fasse comme une aile, et de s'envoler accroché après, puis de se jeter au cou de son fils : « Couillonnas! Couillonnas! Mais tu comprends rien alors? Tu crois que ça t'est tombé de la lune, ce goût? Tu comprends pas que ça vient de nous? Des Arvin, des Bérod, des Savoie, de La Jouvaine? De ma mère Pascaline, de moi, de moi, de moi? » En pensée, il rit à gros éclats, il se tape la poitrine, il écrase Antoine contre lui, il écrase la larme imbécile qui glisse de son œil, il crie, il hurle, il gueule :

— De moi, ton père!

Sa voix emplit le monde.

Non. Ce n'est pas vrai. Il ne parle pas. Il se tait. Il est bien heureux.

12

Parmi cette pâte duveteuse d'anges blancs, pressée autour du trône de Dieu, il y a un ange noir, toujours armé d'une épée fauchant à droite et à gauche. C'est un grand type robuste, barbu comme un paysan au temps des moissons, avec des épaules qui roulent, des boules de muscles sur les bras, des pieds larges à écraser toutes les mappemondes. Il est triste, il est malheureux, il est méchant. Il voudrait se reposer, planter son épée en terre comme un tuteur de roseau et faire grimper autour d'elle des liserons bleus. Il ne peut pas. Il faut que toujours son bras de lutteur soit tendu, fasse tournoyer l'épée, abatte les têtes. Il est là pour détruire. C'est l'Ange de la Mort. Il n'y a rien à dire contre lui. C'est Dieu qui l'a créé avec les autres.

« Toi, tu es content. Ce matin, tu t'es éveillé au chant du rioupioupiou, sous le regard ami d'une lune paisible qui te sourit avant de quitter son travail. La petite étoile verte qui l'accompagne te cligne de l'œil pour te dire : « A ce soir. » Quelqu'un renverse dans le ciel une grande bassine d'eau rose, quelque chose comme un jus de fraises des bois qui se coule en ruisseaux à travers le bleu de l'horizon et fait des lacs où glissent les blancs d'œuf des nuages. C'est beau, ça te plaît. Tu déjeunes face à cette merveille quotidienne, avec ton pain frotté d'ail ou d'anchois, ou avec un oignon cru et un bout de viande. Tu trouves que c'est rudement bon. La bouteille de vin est à côté, couchée dans l'herbe, contenant son flot, aussi généreux que celui qui jaillit du sein d'une femme. Tu le connais, ce vin. C'est toi qui l'as fait sortir du raisin en serrant la vis de bois. C'est toi qui l'as surveillé, tandis qu'il fermentait, c'est toi qui l'as mis en tonneau, en bouteilles. Il est de cette terre où tu as pris racine, comme lui. Il est honnête, il est bon, comme toi. Tu bois, tu manges, ça te fait du bien. Tout se réchauffe dans ta vieille machine, que l'immobilité du sommeil avait un peu rouillée. L'huile glisse dans les charnières. Les jambes veulent marcher, les bras s'agiter. La tête, là-haut, commence à refaire en courant le tour de ses pensées : « Oh! pas si vite! Faites pas les folles. Tout est combiné depuis hier au soir. Nous grimpons en montagne aujourd'hui. Y faut profiter de la fraîche. Sous l'épine de roches, au-dessus de Bramafan, les Demoiselles de pierre tiennent l'herbe verte sous leur ombre. Nous irons là. Les moutons auront de quoi travailler de la dent et vous autres, vous pourrez tourniquer dans ma tête tant que ça vous plaira, je vous laisserai faire. Vous me rendrez le temps d'autrefois, ma mère Pascaline et mon demi-frère Firmin et le petit Antoine, ce jour où je l'ai surpris, devant la remise de La Guirande, taillant un bout de bois comme son oncle de La Jouvaine. Vous me rendrez Félicie au frais de sa jeunesse, avec son visage lisse de feuille de tulipe, avec son air sage et ses cheveux serrés. Et puis Félicie devenue femme, ses caresses chaudes et ses cheveux défaits dans mon cou. Et puis Antoine devenu homme, et toujours ce goût pour la sculpture qui lui remonte des grands-parents savoyards. Et sa révolte contre Desmichels et son bonheur d'amour avec Arnaude et maintenant ces deux petits que nous en sommes tous fous de plaisir.

C'est pour ça que ça me plaît d'être berger. Tu peux penser tout ce que tu veux. Maintenant y a que du bon à penser. Le mauvais d'autrefois, il est pourri en plein. La pourriture, d'abord ça fermente, ça sent mauvais, après, il en reste plus qu'une poussière propre. Et de là, y sort des nouvelles tiges. Ça s'est fait comme ça. Félicien et Joseph, est-ce qu'ils savent, seulement, s'y a eu quelque chose entre Pascaline Arvin-Bérod et Laurent Michel? Entre Félicie Venel et Pascal Nans? Et que ça a fait des mélanges de sangs dans leurs corps? Y s'en foutent pas mal, de ces histoires! Ils ont bien poussé, lancés droit comme les surgeons de ce vieil amandier que je le regarde en parlant. Un jour, eux aussi y porteront d'amandons. Le vieux tronc tombera en poussière complètement. C'est comme ça que ça se passe. Allez Michelle, ma belle, à la volte! Réveille-les, ces fainéants de moutons. Là-haut, y te remercieront pour l'herbe fraîche. Le fil de fumée monte pas encore au-dessus de la cabane. Y dorment tous les quatre en paquet, deux par deux, le fils et la belle-fille ensemble, les deux morveux sur leur paillasse de maïs. Tout ça doit faire un joli mélange de bras et de jambes.

Et de bouches peut-être qui se cherchent dans le sommeil. Fais pas de bruit, Michelle! Les réveillons pas. Quand même je voudrais bien les voir sans qu'ils le sachent, avec mes yeux de père, les voir serrés dans l'odeur de leur amour. Peut-être si je poussais doucement la porte? Non, va, fais pas l'indiscret. Reste aqui, reste à ta place, mon berger, ou plutôt monte au long de la draille et veille aux moutons. Tu as que ça à faire. Ce soir tu seras de retour et tu entendras la belle-fille te demander : « Nans, je vous sers la soupe? »

Et tu verras Félicien te grimper aux jambes. Tu seras heureux comme d'habitude. »

L'ange noir se détache du groupe des anges blancs. Il prépare sa grande épée meurtrière.

Le berger marche sur le flanc de la montagne. Il a plu ces jours derniers. Les petits sabots des moutons font leur trou dans l'argile détrempée et s'y tiennent fermement. Mais lui, l'homme lourd, l'homme vieux, glisse sur la terre mouillée. « Nom de Dieu! il jure, je tiens plus debout à présent? C'est trop mou par ici. Y vaudrait mieux couper par le couloir de pierre. Michelle, fais venir d'aqui! Amène tes bêtes. Ah! tu es trop petite encore, tu sais pas gouverner!

Il monte, le troupeau le suit. La jeune chienne vient la dernière, la langue déjà pendante de lassitude. Le soleil passe sa tête fulgurante entre deux échancrures de Grand-Cap et regarde la terre des hommes. Elle est magnifique. Jamais peut-être elle n'a été aussi belle. Rien que pour le plaisir de la regarder, ça vaudrait la peine de vivre. Après avoir avancé sa tête de lumière, le soleil avance sa main, dont les longs doigts sont des rayons. Il en promène la douce chaleur sur le flanc brillant de chaque pierre et il va réveiller chaque herbe, engourdie dans le repos de la nuit.

Ici, c'est un champ de chardons. Leurs boules bleues aux millions de fleurs écarquillent leurs puits étroits où les étamines baignent dans la rosée. Une coccinelle rouge, brodée de noir, impatiente de son petit déjeuner, vient s'agripper des pattes au bord du puits et elle boit à gorge pleine. Les abeilles, déjà lourdes du pollen entassé sous leur ventre, font le va-et-vient des thyrses de romarin violet à leur ruche. Tout le monde travaille, tout le monde s'occupe de sa vie. Avec un bruit sec, deux cotylédons ont fait claquer la peau qui entourait leur haricot et maintenant ils s'étalent, offrant leur abri à la mince tige dure, surgie du centre d'eux-mêmes. De ces accouchements mystérieux, la nature est pleine. Tout travaille, tout veut vivre. Même ce qui meurt est promesse de vie.

Nans monte par le sentier. L'épine de la roche, là-haut, est toute flambante de soleil et les doigts de l'astre caressent maintenant la prairie en pente vers les terres d'en bas. Les plus hautes masses des chênes sont baignées de lumière, tandis que, dans le tronc évidé, la mulotte dort encore, roulée sur ses petits. Chaque oiseau s'éveille et s'élance avec un cri de joie, comme s'il allait conquérir ce nouveau monde, né d'aujourd'hui.

Nans s'assied au bord d'un talus. Les moutons ont trouvé les premières herbes ragaillardies par les pluies. Michelle s'allonge contre les pieds du berger. Enfin on se repose! Elle ferme les paupières sur ses longs yeux d'or et un soupir heureux glisse entre ses babines.

Nans regarde d'en haut la vallée qui commence à renaître. La fumée maintenant s'élève au-dessus de la cabane des charbonniers, Arnaude s'est levée, elle a allumé le feu, le fils va commencer de bâtir le four à bûches où, sous l'étouffement des mottes humides, le bois se changera doucement en charbon. Les enfants, bientôt, vont faire leur potin d'hirondelles, avec des gestes de leurs bras qui sont comme des ailes sans plumes, avec des cris : « Faim, faim, faim! » La belle-fille sortira du corsage son petit sein noir comme une rate-pénade, mais plein d'un lait de bonne source, et Joseph, calmé, se rendormira. Félicien voudra mordre à l'oignon cru que mange son père, il le trouvera mauvais, il dansera de colère en pleurant sur ses petons aux talons durs. Puis il rira. Antoine rira. Nans rit tout seul en devinant la scène.

Assis au bord du talus, Nans se repose, une main sur le genou, abandonnée contre le velours fané de son pantalon, l'autre appuyée sur le bec arrondi de sa canne qui a été taillée par son garçon. Il défait les boutons de son gilet tricoté par Arnaude, il ouvre le cou de sa chemise blanche sans col et l'écroulement de son cou vieilli se voit. Si on regarde la figure de Nans par le haut, tout de suite, sous le chapeau de feutre, qui a pâli dans la pluie et le soleil, qui s'est gondolé, déformé, à force d'être porté et jeté à terre et d'avoir été pendu contre les murs et enfoncé sur le crâne, on voit que Nans a été beau. La tête est d'une noble forme solide avec un front bien établi, deux yeux coupés comme il faut et où brillent encore deux lacs d'eau bleue. Le nez est bien construit, il a été fait droit, d'un jet, comme cette roche lisse qui là-haut sert de fleuve à la lumière. Le sommet des joues tient encore, terre bien accrochée, bien irriguée de sang, mais au-dessous, tout de suite, tout se défait. La bouche n'est plus rien, n'est plus qu'un trou. Elle n'a plus de forme, elle n'a plus de raison d'être que pour servir à manger. Ses lèvres sont deux pétales secs, fripés, sans couleur, sans sève. Entre elles, deux dents minées par la carie, deux dents branlantes, dressées devant le vide. Ce coin a été terriblement ravagé par la vie. De longues lignes se sont creusées, d'abord autour de la bouche, puis s'élargissant vers les oreilles, comme ces rides d'eau dans un gourd. Elles ont pétri et tassé la peau des joues et du menton, elles en ont fait une sorte de parchemin carrelé, coupé par morceaux, raidi et amolli à la fois et qui tombe sur le fripé de la gorge. Nans est vieux. Ce matin, pour avoir voulu grimper un peu vite, le côté lui fait mal, son souffle sort de lui à petits coups douloureux. Il a beau le savoir, il ne veut pas reconnaître que mener les bêtes aussi haut lui est à présent une trop grosse fatigue. Il est têtu. Ce n'est pas faute qu'Antoine et Arnaude le pressent de rester avec eux sans rien faire, mais alors il lui faudra manger leur pain sans le gagner? Jamais! Même si on vient lui dire qu'il leur a donné la maison et le bien. Le pain, c'est une chose qui ne se gagne que par le travail. Ou alors on est foutu, on a plus qu'à mourir.

— Allez!

Il se relève. L'effort lance un coup de fouet dans ses reins. Mais il ne va pas rester là toujours, peut-être, à se dorloter comme un riche? Au réveil, il était tout en train. Maintenant, la tête lui tourne et il se sent beaucoup lourd. Dans sa biasse, il a l'omelette d'artichauts, le pain, le vin et le fromage. Qui l'empêchera, après manger, de dormir un quart d'heure? Bon.

La draille se fait dure à grimper. Les pierres lavées par les pluies récentes roulent sous les talons du berger. Il se rattrape à une souche de romarin qui pète sec entre ses doigts. « Qué m'arrive? Je tiens plus debout? » Il s'arrête encore, il se repose sur une roche, il souffle. Un halètement de forge tape dans sa poitrine. Dans son côté douloureux, il sent entrer une lame aiguë. Un éblouissement de soleil extraordinaire brûle ses yeux, le monde part à la renverse, tout dessus dessous, ses jambes se ploient d'un coup, comme si on les avait fauchées. Le souffle ne veut plus regonfler sa poitrine. Sa tête l'emporte. Le sol a manqué sous lui. Sur la terre mouillée, il glisse. Il tombe de tout son long. Il se raccroche à un jeune pin, la branche cède, elle casse et reste dans sa main. Il glisse sur le dos, emporté. Il croit se retenir à la roche. Ses doigts faibles ne le servent pas. Dans l'abandon de sa force qui le trahit, il glisse mollement, il ne sait plus où il est. Il ouvre juste un œil, une seconde, pour voir une grosse chose, une sorte de monstre blanc, s'ébranler au-dessus de lui, une roche sortie de son nid de terre. Elle se détache, elle roule, elle l'écrase.

L'ange noir a brandi sa grande épée meurtrière. Il a frappé. L'homme est mort.

13

« Mort? Quelqu'un a dit que j'étais mort? Qui a dit ça? J'ai entendu une voix. Non je ne suis pas mort. Qui a dit ça? Personne. Y a personne. Je suis seul. C'est moi qui ai dû me dire ça tout seul : « Tu es mort, Nans. » Mon pauvre berger, mon pauvre collègue, tu es pas mort, mais tu en vaux guère mieux. Je te vois bien mal! Comme tu as fait pour glisser, allez comprendre? Et quand c'est que tu as glissé, c'est tout de suite, c'est y a une heure? Qui te renseignera? Je crois que tu as tourné de l'œil depuis et que tu es parti dans les limbes... Combien de temps? Peut-être depuis, il a fait nuit et encore matin? Y doivent être inquiets en bas si y a longtemps? Qu'est-ce qui coule de ma tête? C'est du sang? Té oui, c'est du sang. Et je peux plus bouger. Je suis engourdi, c'est extraordinaire. Pourtant y faudra te sortir de là, mon pauvre homme. Han! Oh! là! Nom de Dieu de bon sort de putasserie! Je peux pas. Je peux plus bouger. Celle-là, par exemple! Qu'est-ce que j'ai sur les jambes? Je le sais pas. Elles sont mortes. Qu'est-ce que j'ai sur le ventre? C'est dur pour redresser la tête. Ah! je vois : c'est une roche. Une roche. Une roche. Eh ben, je suis propre, moi! Une roche. Je suis moitié écrasé. Une grosse roche. C'est ça que je me suis vu rouler dessus. Je pourrai jamais l'enlever. J'ai plus qu'à mourir.

Non, ça se peut pas. Que quelqu'un vienne et me l'enlève cette roche et je suis sauvé.

Mais dessous elle, qui sait comment je suis? J'ai peut-être une jambe d'esquintée, peut-être les deux? Peut-être une brouillade de viande et de sang comme la farce des cannelonis. Comme farce, elle est bonne! Voilà où j'en suis. Hier, je me vantais : « Je suis heureux, je suis bien. » Couillon! Enfin, qu'on me l'enlève cette roche et je pourrai quand même continuer. Y seront braves pour moi, je le sais. Y me mettront dans le vieux fauteuil devant le feu. Au moins, je lui salirai pas les malons à la belle-fille. Les jours de soleil, elle me sortira sur la terrasse comme elle sort son géranium.

Je vais essayer d'un peu bouger. Si je pouvais m'asseoir seulement... Je verrais plus loin dans le bas, je pourrais mieux appeler les gens. Michelle? Tu es là? Ça m'étonne pas. Va chercher quelqu'un, Michelle.

Allez, je bouge? Allez, vas-y! Hou là! Hou, ma tête qui part... Mon Dieu! je peux plus, je peux rien. Ce goût de sang dans ma bouche... J'ai dû me faire mal dans la bouche aussi. Si je pouvais au moins un peu me relever, un peu me tourner? Y a du monde pas loin, sûrement, dans le bois? Des bûcherons, des femmes qui cherchent du rusque. Y faut que je ramasse mes forces, y faut que je gueule. Y a que ça pour me sauver. Après, en bas, Arnaude me soignera. Je veux me sauver, moi, je veux voir grandir mes petits : « Oh... oh... oh! » Que je suis mal! Ça me lève tout mon restant de forces : « Oh oh... oh... oh! »

Je peux plus, ma tête s'en va. Tout mon bon sang doit couler par-dessous moi, de la plaie là où cette roche m'a écrasé. Je suis beaucoup mal, y vaut mieux que je bouge plus, je perds toutes mes forces.

Comment j'ai fait mon compte? J'en reviens pas. J'ai glissé, ça je me rappelle. C'est la faute des pluies. La roche s'est sortie de sa place et elle m'a roulé dessus. Michelle, écoute, brave chienne, écoute-moi bien : va à la cabane, va lui dire au maître Antoine... Antoine! Le maître! Va lui dire de monter, tu sais? Que je suis ici, que je suis blessé. Allez, cours! Elle comprend pas, elle est trop jeune. Garçasse! Elle se couche. Elle tremble, cette bête, je lui fais peur. La roche m'a roulé dessus, je vois ça. Je pourrai jamais me lever ce poids. Je le vois bien. J'ai plus qu'à mourir. Tout seul. Pendant qu'en bas, y se doutent de rien. Mourir tout seul dans la montagne. Comme qui? Y a quelqu'un qu'on m'a raconté qu'il était mort comme ça. Qui c'était? Comme y s'appelait? Ah! oui : Albin. « Ton oncle Albin. Il était parti pour l'inalpage sur Croix-Maudite avec Jean-Baptiste Esminguaud. Treize bêtes ça porte malheur. Mène ma génisse, Etoile-Blanche, ça te fera quatorze. C'est là où le destin attendait ton oncle, mon pauvre petit. » C'est là que le destin t'attendait, mon pauvre Nans. J'ai glissé. « La nuit était comme une pâte noire. » Non, c'est pas vrai, j'avais le soleil dans les yeux. Trop de soleil trop chaud, c'est ça qui m'a abruti. J'ai glissé. « Le mauvais temps était sur la montagne. Je venais de rentrer les bêtes : Une, deux, trois, quatre, cinq, six, sept, huit, neuf, dix, onze, douze, treize, bon. Et la quatorzième? Elle me manque? Oui, elle me manque. C'est celle de la petite. Où elle a passé? Y faut la ramener. J'y vais, je dis. — Tu vas y aller? — Oui, y faut bien. — Mais écoute le tapage de l'ouragan? — Je peux pas la laisser se perdre. — Va premier, je te rejoins. Qué bourrasque! Aller où? Les pieds s'enfoncent dans l'herbe haute, trempée comme une éponge pleine. Je suis sur le plateau. Bon. J'arrive au bord. Je vois les cimes des grands sapins en dessous. J'ai qu'à descendre. Ah! la voilà, la génisse! Elle est tombée dans un fourré d'airelles, elle peut plus se dépêtrer, j'arrive, ma belle, j'arrive! Sacré nom, bouge pas je te dis! Qué bestiasse! Bouge pas, nom de... Ah! je suis mort! Elle m'a entraîné. Je suis mort. Je suis tombé. Je suis cassé en deux. Je suis foutu. Je glisse. Jean-Baptiste, Pascaline, Suzanne! Venez vite. » Antoine! Viens vite, mon petit, je suis mort. An-toi-ne! Viens vite!

Ah! ça me tue. Ça sert à rien. Personne m'entendra. C'est pas la peine. Adieu, belle jeunesse!

Adieu, les amours! Adieu de voir grandir les petits?

Antoine... Oh! c'est toi Antoine? Cette fois c'est vrai, c'est toi? Je suis plus dans mon espèce de rêve où je comprenais rien. Qu'est-ce que tu me fais boire? Oui, encore! Que ça me rende la force de me dresser. C'est toi, mon petit? Et ces gens, qui est-ce? Vous me l'avez enlevée, cette roche? Vous êtes braves. Ma force va revenir. Mon sang va circuler maintenant. Rien que la joie de te revoir, ça me rend la vie. Non, va, laisse-moi un peu pleurer, ça me fait du bien. Y a longtemps que tu es là? Je t'ai pas entendu arriver. Comme tu as su? Qui t'a averti? Ah! on m'a descendu dans la clairière? C'est vous autres? Merci, bûcherons. Viens plus près de moi, Antoine. Regarde : C'est du propre, hé? C'est du beau? Je suis tout en bouillie, tu vois? Quoi? L'homme te le dit, y l'a vue, lui, c'est une roche. Nous avons roulé ensemble, puis elle m'est tombée dessus. J'ai crié. Y sont venus. J'ai cru que j'étais resté six heures au moins à souffrir, et puis non je dois avoir crié tout de suite. J'ai gueulé, ils ont fini par entendre. Tu crois que le docteur me guérira ça! Oh! s'y faut me couper une jambe, je m'en fous, même les deux, qu'est-ce que ça me fait? Pourvu que je reste auprès de vous autres, j'en fais l'abandon de mes jambes. Qu'y me conserve le haut du corps, les bras pour prendre les petits, les yeux pour vous regarder, la bouche pour vous parler. Seulement... Ecoute, Antoine, viens tout près. Ecoute, réponds-moi : Une jambe, oui, ça se coupe et on peut vivre. Mais un ventre, dis, tu le sais bien qu'un ventre, ça peut pas se couper.

C'est rien. T'effraie pas. C'est un genre de faiblesse comme y m'en a déjà pris là-haut. Aie pas peur, Antoine, viens pas pâle comme ça, va, je me guérirai. Je tiens pas à mourir, moi, tu sais? Non, j'y tiens pas. Seulement, je me sens pas bien. Alors je veux te dire... Ecoute, j'ai peur de pas arriver jusqu'à la cabane. Alors tu feras bien mes amitiés à Arnaude et aux petits. Mais avec toi, je voudrais être seul une minute. Dis aux hommes de se pousser un peu loin.

Oui. Bon, c'est ça. Alors toi, mon Antoine, mets-toi tout contre moi, parce que j'ai plus guère de force et que pourtant j'ai quelque chose à te dire : cette chose, y faut... Soulève-moi.

Ma voix peut plus sortir de ma bouche. Tu entends plus? Tu entends plus, j'en suis sûr. Ah! j'ai trop tardé. Maintenant, c'est rien qu'en mon dedans que je parle... Mon petit, mon fils. Oui, c'est ça, tu es mon fils. Depuis tant des années, je l'ai gardée cette chose, sur le cœur. Des fois, elle me pesait plus fort que cette grosse saloperie de roche qui m'a écrasé. Des fois, elle me faisait doux en moi comme une chanson de petit vent. Pour te raconter tout, y faudrait que je parte de trop loin, d'un certain soir d'une noce où Michel m'a envoyé à sa place. Et même d'un autre soir, où ma mère a perdu la raison par le mal. Mais moi, je la perds pas la raison, je sais ce que je dis. Ta mère, mon Antoine, Félicie Venel, rappelle-toi bien ce que je te dis à l'heure de ma mort : Ta mère, c'était une brave femme. Si elle est venue me trouver ce soir-là, ç'a été pour faire la justice à sa manière et puis elle avait envie de moi. Les femmes, on sait pas comme elles ont envie. Tu peux pas lui en garder rancune, pas vrai? Tu sais ce que c'est d'aimer? La tienne, de femme, c'est de toute sa force qu'elle t'a voulu? Pourtant elle est brave, elle aussi. Tu voudrais pas qu'on dise qu'elle est pas brave parce qu'elle a écouté sa passion?

Antoine, qu'est-ce qui me coule chaud sur le ventre? Comme l'eau tiède de Gapeau quand nous se couchions dedans, l'été, avec ton père... Ton père? C'est pas vrai. Firmin Michel, c'est pas ton père! De père, tu en as qu'un! C'est moi : Pascal Nans. Le berger? Berger ou pas berger, qu'est-ce que ça fout? C'est moi que je t'ai fait. Tu tailles le bois comme les Arvin-Bérod. Tu es de notre côté. Tu entends ce que je te dis? Tu entends rien? Ah! je parle pas, je le sais! Ma voix sort plus. Pourtant y faut que tu le saches. Je peux pas m'en aller sans t'expliquer. Y le faut! Je disais toujours que ma mère aurait mieux fait de se taire jusqu'au bout. Elle m'a tout démoli : mon père, c'était pas mon père, mon fils c'est pas mon fils, va t'y reconnaître! C'est comme ça. Pauvre mesquin, tu as gardé le secret toute ta vie et maintenant que tu veux le quitter, tu peux plus. Qui arrive là? C'est ta femme? Je voudrais lui parler, mais j'ai pas la force. Ce bruit... C'est les arbres qui font ce bruit? J'entends une musique douce comme au jour de la vogue. Qui sait si tu serais content, mon Antoine? Quand ce sera dit ce sera dit. Si je meurs, ça peut aller, mais si je continue à vivre, nous serons beaux, avec toujours cette histoire entre nous? Et ça se peut que je vive, parce que je sens bien que ça va mieux. Oui, maintenant je souffre presque plus. Dis-moi, Antoine, demandes-y à ta femme si ça y plaira d'avoir épousé un Nans à la place d'un Michel? Un fils de pauvre au lieu d'un fils de riche? Elle qui était si fière de la prospérité de La Guirande? Non, va, je te dis rien, y vaut mieux que je me taise encore un coup. Nous sommes heureux comme ça, y a qu'à continuer, c'est pas vrai? Mets ton bras sous ma tête. On est bien.

Qu'est-ce qui me monte? Dis, Antoine, qu'est-ce

qui me monte? Ça me glace. Ah, mon Dieu, qu'est-ce que c'est? Oh! que je suis mal! Allez, je vais mourir. Cette fois, je le sens. C'est ma fin, Antoine. Fais venir les hommes qu'y me soulèvent. Y faut que je parle. Antoine, Antoine! Donne ta main, donne ta tête, viens. Que je te touche! Que je te sente! C'est le froid de la mort qui me monte dans le cœur. Cette fois, ça y est. Et je t'ai pas dit...

Viens contre moi. Y faut que je te le dise : Tu es mon fils. Je peux pas m'en aller comme ça sans que tu le saches. Tu es mon fils. Ce secret, sous la terre, m'empêcherait de dormir comme dessus : Tu es mon fils. Ecoute, je vais te le dire à l'oreille : Tu es mon fils! Tu entends? Tu comprends? Ah! il n'entend pas! Y faut que je retrouve ma voix, je vais la retrouver, tu vas voir. Je le veux. Redressez-moi, faites-moi boire : Y faut que je parle. »

— Mon pauvre Nans, qu'est-ce que tu veux me dire? demande Antoine désespéré.

— Tu comprends, tu es...

— C'est fini, dit un des bûcherons.

— La mort lui a levé la parole, dit Arnaude.

17 août 1936. Samoëns, Haute-Savoie.
29 mai 1940. Villeneuve-lès-Avignon, Gard.

Littérature

extrait du catalogue

Cette collection est d'abord marquée par sa diversité : classiques, grands romans contemporains ou même des livres d'auteurs réputés plus difficiles, comme Borges, Soupault. En fait, c'est tout le roman qui est proposé ici, Henri Troyat, Bernard Clavel, Guy des Cars, Frison-Roche, Djian mais aussi des écrivains étrangers tels que Colleen McCullough ou Konsalik.

Les classiques tels que Stendhal, Maupassant, Flaubert, Zola, Balzac, etc. sont publiés en texte intégral au prix le plus bas de toute l'édition. Chaque volume est complété par un cahier photos illustrant la biographie de l'auteur.

ADAMS Richard	***Les garennes de Watership Down*** *2078/**6****
ADLER Philippe	***C'est peut-être ça l'amour*** *2284/**3****
	Les amies de ma femme *2439/**3****
AMADOU Jean	***Heureux les convaincus*** *2110/**3****
AMADOU J. et KANTOF A.	***La belle anglaise*** *2684/**4****
AMADOU, COLLARO & ROUCAS	***Le Bêbête show*** *2824/**5*** & 2825/**5*** Illustré*
ANDREWS Virginia C.	*Fleurs captives :*
	-Fleurs captives *1165/**4****
	-Pétales au vent *1237/**4****
	-Bouquet d'épines *1350/**4****
	-Les racines du passé *1818/**4****
	-Le jardin des ombres *2526/**4****
	-Les enfants des collines *2727/**5****
	L'ange de la nuit *2870/**5****
ANGER Henri	***La mille et unième rue*** *2564/**4****
APOLLINAIRE Guillaume	***Les onze mille verges*** *704/**1****
	Les exploits d'un jeune don Juan *875/**1****
ARCHER Jeffrey	***Kane et Abel*** *2109/**6****
	Faut-il le dire à la Présidente ? *2376/**4****
ARSAN Emmanuelle	***Les débuts dans la vie*** *2867/**3****
ARTUR José	***Parlons de moi, y a que ça qui m'intéresse*** *2542/**4****
ATWOOD Margaret	***La servante écarlate*** *2781/**4****
AUEL Jean M.	***Les chasseurs de mammouths*** *2213/**5*** et 2214/**5****
AURIOL H. et NEVEU C.	***Une histoire d'hommes / Paris-Dakar*** *2423/**4****
AVRIL Nicole	***Monsieur de Lyon*** *1049/**3****
	La disgrâce *1344/**3****
	Jeanne *1879/**3****
	L'été de la Saint-Valentin *2038/**2****
	La première alliance *2168/**3****
	Sur la peau du Diable *2702/**4****
AZNAVOUR-GARVARENTZ	***Petit frère*** *2358/**3****
BACH Richard	***Jonathan Livingston le goéland*** *1562/**1*** Illustré*
	Illusions / Le Messie récalcitrant *2111/**2****
	Un pont sur l'infini *2270/**4****
BALLARD J.G.	***Le jour de la création*** *2792/**4****
BALZAC Honoré de	***Le père Goriot*** *1988/**2****
BARBER Noël	***Tanamera*** *1804/**4*** & 1805/**4****
BARRET André	***La Cocagne*** *2682/**6****
BATS Joël	***Gardien de ma vie*** *2238/**3*** Illustré*
BAUDELAIRE Charles	***Les Fleurs du mal*** *1939/**2****

BÉARN Myriam et Gaston de	**L'Or de Brice Bartrès** 2514/**4★**
	Gaston Phébus - Le lion des Pyrénées 2772/**6★**
	Gaston Phébus - Les créneaux de feu 2773/**6★**
BÉART Guy	**L'espérance folle** 2695/**5★**
BEAULIEU PRESLEY Priscilla	**Elvis et moi** 2157/**4★** Illustré
BECKER Stephen	**Le bandit chinois** 2624/**5★**
BELLEMARE Pierre	**Les dossiers extraordinaires** 2820/**4★** & 2821/**4★**
	Les dossiers d'Interpol 2844/**4★** & 2845/**4★**
BELLETO René	**Le revenant** 2841/**5★**
BELLONCI Maria	**Renaissance privée** 2637/**6★** Inédit
BENZONI Juliette	**Un aussi long chemin** 1872/**4★**
	Le Gerfaut des Brumes :
	-Le Gerfaut 2206/**6★**
	-Un collier pour le diable 2207/**6★**
	-Le trésor 2208/**5★**
	-Haute-Savane 2209/**5★**
BERBEROVA Nina	**Le laquais et la putain** 2850/**2★**
BERG Jean de	**L'image** 1686/**1★**
BERTRAND Jacques A.	**Tristesse de la Balance...** 2711/**1★**
BEYALA Calixthe	**C'est le soleil qui m'a brûlée** 2512/**2★**
	Tu t'appeleras Tanga 2807/**3★**
BINCHY Maeve	**Nos rêves de Castlebay** 2444/**6★**
BISIAUX M. et JAJOLET C.	**Chat plume (60 écrivains...)** 2545/**5★**
	Chat huppé (60 personnalités...) 2646/**6★**
BLIER Bertrand	**Les valseuses** 543/**5★**
BOMSEL Marie-Claude	**Pas si bêtes** 2331/**3★** Illustré
BORGES et BIOY CASARES	**Nouveaux contes de Bustos Domecq** 1908/**3★**
BORY Jean-Louis	**Mon village à l'heure allemande** 81/**4★**
BOULET Marc	**Dans la peau d'un Chinois** 2789/**5★** Illustré
BOURGEADE Pierre	**Le lac d'Orta** 2410/**2★**
BRADFORD Sarah	**Grace** 2002/**4★**
BROCHIER Jean-Jacques	**Un cauchemar** 2046/**2★**
	L'hallali 2541/**2★**
BRUNELIN André	**Gabin** 2680/**5★** & 2681/**5★** Illustré
BURON Nicole de	**Vas-y maman** 1031/**2★**
	Dix-jours-de-rêve 1481/**3★**
	Qui c'est, ce garçon ? 2043/**3★**
	C'est quoi, ce petit boulot ? 2880/**4★**
CARRERE Emmanuel	**Bravoure** 2729/**4★**
CARS Guy des	**La brute** 47/**3★**
	Le château de la juive 97/**4★**
	La tricheuse 125/**3★**
	L'impure 173/**4★**
	La corruptrice 229/**3★**
	La demoiselle d'Opéra 246/**3★**
	Les filles de joie 265/**3★**
	La dame du cirque 295/**2★**
	Cette étrange tendresse 303/**3★**
	La cathédrale de haine 322/**3★**
	L'officier sans nom 331/**3★**
	Les sept femmes 347/**4★**
	La maudite 361/**3★**
	L'habitude d'amour 376/**3★**

	La révoltée 492/4*
	Amour de ma vie 516/3*
	Le faussaire 548/5*
	La vipère 615/4*
	L'entremetteuse 639/4*
	Une certaine dame 696/4*
	L'insolence de sa beauté 736/3*
	L'amour s'en va-t-en guerre 765/2*
	Le donneur 809/2*
	J'ose 858/2*
	La justicière 1163/2*
	La vie secrète de Dorothée Gindt 1236/2*
	La femme qui en savait trop 1293/2*
	Le château du clown 1357/4*
	La femme sans frontières 1518/3*
	Le boulevard des illusions 1710/3*
	La coupable 1880/3*
	L'envoûteuse 2016/5*
	Le faiseur de morts 2063/3*
	La vengeresse 2253/3*
	Sang d'Afrique 2291/5*
	Le crime de Mathilde 2375/4*
	La voleuse 2660/3*
	Le grand monde 2840/8*
	La mère porteuse 2885/4* (Nov. 90)
CARS Jean des	Sleeping Story 832/4*
	Elisabeth d'Autriche ou la fatalité 1692/4*
	La princesse Mathilde 2827/6*
CASSAR Jacques	Dossier Camille Claudel 2615/5*
CATO Nancy	L'Australienne 1969/4* & 1970/4*
	Les étoiles du Pacifique 2183/4* & 2184/4*
	Lady F. 2603/4*
CESBRON Gilbert	Chiens perdus sans collier 6/2*
	C'est Mozart qu'on assassine 379/3*
CHABAN-DELMAS Jacques	La dame d'Aquitaine 2409/2*
CHEDID Andrée	La maison sans racines 2065/2*
	Le sixième jour 2529/3*
	Le sommeil délivré 2636/3*
	L'autre 2730/3*
	Les marches de sable 2886/3* (Nov. 90)
CHOW CHING LIE	Le palanquin des larmes 859/4*
	Concerto du fleuve Jaune 1202/3*
CHRIS Long	Johnny 2380/4* Illustré
CLANCIER Georges-Emmanuel	Le pain noir 651/3*
	La fabrique du roi 652/3*
CLAUDE Catherine	Le magot de Josepha 2865/2*
CLAUDE Hervé	L'enfant à l'oreille cassée 2753/2*
	Le désespoir des singes 2788/3*
CLAVEL Bernard	Le tonnerre de Dieu 290/1*
	Le voyage du père 300/1*
	L'Espagnol 309/4*
	Malataverne 324/1*
	L'hercule sur la place 333/3*
	Le tambour du bief 457/2*

CLAVEL *(suite)*	**L'espion aux yeux verts** 499/**3***
	La grande patience :
	1-La maison des autres 522/**4***
	2-Celui qui voulait voir la mer 523/**4***
	3-Le cœur des vivants 524/**4***
	4-Les fruits de l'hiver 525/**4***
	Le Seigneur du Fleuve 590/**3***
	Pirates du Rhône 658/**2***
	Le silence des armes 742/**3***
	Tiennot 1099/**2***
	Les colonnes du ciel :
	1-La saison des loups 1235/**3***
	2-La lumière du lac 1306/**4***
	3-La femme de guerre 1356/**3***
	4-Marie Bon Pain 1422/**3***
	5-Compagnons du Nouveau-Monde 1503/**3***
	Terres de mémoire 1729/**2***
	Qui êtes-vous ? 1895/**2***
	Le Royaume du Nord :
	-Harricana 2153/**4***
	-L'Or de la terre 2328/**4***
	-Miséréré 2540/**4***
	-Amarok 2764/**3***
CLERC *Christine*	**L'Arpeggione** 2513/**3***
CLOSTERMANN *Pierre*	**Le Grand Cirque** 2710/**4***
COCTEAU *Jean*	**Orphée** 2172/**2***
COLETTE	**Le blé en herbe** 2/**1***
COLLINS *Jackie*	**Les dessous de Hollywood** 2234/**4*** & 2235/**4***
COLOMBANI *M.-F.*	**Donne-moi la main, on traverse** 2881/**3*** (Nov. 90)
COMPANEEZ *Nina*	**La grande cabriole** 2696/**4***
CONROY *Pat*	**Le Prince des marées** 2641/**5*** & 2642/**5***
CONTRUCCI *Jean*	**Un jour, tu verras...** 2478/**3***
CORMAN *Avery*	**Kramer contre Kramer** 1044/**3***
	50 bougies et tout recommence 2754/**3***
COUSTEAU *Commandant*	**Nos amis les baleines** 2853/**7*** Illustré
	Les dauphins et la liberté 2854/**7*** Illustré
CUNY *Jean-Pierre*	**L'aventure des plantes** 2659/**4***
DANA *Jacqueline*	**Les noces de Camille** 2477/**3***
DAUDET *Alphonse*	**Tartarin de Tarascon** 34/**1***
	Lettres de mon moulin 844/**1***
DAVENAT *Colette*	**Daisy Rose** 2597/**6***
	Le soleil d'Amérique 2726/**6***
DHOTEL *André*	**Le pays où l'on n'arrive jamais** 61/**2***
DICKENS *Charles*	**Espoir et passions (Un conte de deux villes)** 2643/**5***
DIDEROT *Denis*	**Jacques le fataliste** 2023/**3***
DJIAN *Philippe*	**37°2 le matin** 1951/**4***
	Bleu comme l'enfer 1971/**4***
	Zone érogène 2062/**4***
	Maudit manège 2167/**5***
	50 contre 1 2363/**3***
	Echine 2658/**5***
	Crocodiles 2785/**2***
DORIN *Françoise*	**Les lits à une place** 1369/**4***
	Les miroirs truqués 1519/**4***

	Les jupes-culottes 1893/4*
	Les corbeaux et les renardes 2748/5*
DUBOIS Jean-Paul	Tous les matins je me lève 2749/3*
DUFOUR Hortense	Le Diable blanc (Le roman de Calamity Jane) 2507/4*
	La garde du cocon 2765/4*
	Le château d'absence 2902/5* (Déc. 90)
DUMAS Alexandre	Le vicomte de Bragelonne 2298/4* & 2299/4*
DYE Dale A.	Platoon 2201/3* Inédit
Dr ETIENNE et DUMONT	Le marcheur du Pôle 2416/3*
EHLE John	Winter people 2742/4*
EXBRAYAT Charles	Ceux de la forêt 2476/2*
FIELDING Joy	Le dernier été de Joanne Hunter 2586/4*
FLAUBERT Gustave	Madame Bovary 103/3*
FOUCAULT Jean-Pierre & Léon	Les éclats de rire 2391/3*
FRANCK Dan	Les Adieux 2377/3*
FRANCOS Ania	Sauve-toi, Lola ! 1678/4*
FRISON-ROCHE Roger	La peau de bison 715/2*
	La vallée sans hommes 775/3*
	Carnets sahariens 866/3*
	Premier de cordée 936/3*
	La grande crevasse 951/3*
	Retour à la montagne 960/3*
	La piste oubliée 1054/3*
	Le rapt 1181/4*
	Djebel Amour 1225/4*
	Le versant du soleil 1451/4* & 1452/4*
	Nahanni 1579/3* Illustré
	L'esclave de Dieu 2236/6*
FYOT Pierre	Les remparts du silence 2417/3*
GEDGE Pauline	La dame du Nil 2590/6*
GERBER Alain	Une rumeur d'éléphant 1948/5*
	Les heureux jours de monsieur Ghichka 2252/2*
	Les jours de vin et de roses 2412/2*
GOES Albrecht	Jusqu'à l'aube 1940/3*
GOISLARD Paul-Henry	Sarah :
	1-La maison de Sarah 2583/5*
	2-La femme de Prague 2584/4*
	3-La croisée des Amours 2731/6*
GORBATCHEV Mikhaïl	Perestroïka 2408/4*
GRAFFITI Kriss	Et l'amour dans tout ça 2822/2*
GRAY Martin	Le livre de la vie 839/2*
	Les forces de la vie 840/2*
GRIMM Ariane	Journal intime d'une jeune fille 2440/3*
GROULT Flora	Maxime ou la déchirure 518/2*
	Un seul ennui, les jours raccourcissent 897/2*
	Ni tout à fait la même, ni tout à fait une autre 1174/3*
	Une vie n'est pas assez 1450/3*
	Mémoires de moi 1567/2*
	Le passé infini 1801/2*
	Le temps s'en va, madame.... 2311/2*
	Belle ombre 2898/4* (Déc. 90)
GUIROUS D. et GALAN N.	Si la Cococour m'était contée 2296/4* Illustré
GURGAND Marguerite	Les demoiselles de Beaumoreau 1282/3*
HADENGUE Philippe S.	Petite chronique des gens de la nuit... 2851/6*

HALEY Alex	**Racines** 968/**4*** & 969/**4***
HARDY Françoise	**Entre les lignes entre les signes** 2312/**6***
HAYDEN Torey L.	**L'enfant qui ne pleurait pas** 1606/**3***
	Kevin le révolté 1711/**4***
	Les enfants des autres 2543/**5***
HEBRARD Frédérique	**Un mari c'est un mari** 823/**2***
	La vie reprendra au printemps 1131/**3***
	La chambre de Goethe 1398/**3***
	Un visage 1505/**2***
	La Citoyenne 2003/**3***
	Le mois de septembre 2395/**2***
	Le harem 2456/**3***
	La petite fille modèle 2602/**3***
	La demoiselle d'Avignon 2620/**4***
HEITZ Jacques	**Prélude à l'ivresse conjugale** 2644/**3***
HILL Susan	**Je suis le seigneur du château** 2619/**3***
HILLER B.B.	**Big** 2455/**2***
HOFFMAN Alice	**La nuit du loup** 2803/**4***
HOLLANDER Xaviera	**Prisonnière de l'Oiseau de Feu** 2629/**3*** Inédit
	Nouvelles aventures pimentées 2758/**3*** Inédit
HOMERIC	**Ourasi** 2826/**5*** Illustré
HORGUES Maurice	**La tête des nôtres (L'oreille en coin/France Inter)** 2426/**5***
ISHERWOOD Christopher	**Adieu à Berlin (Cabaret)** 1213/**3***
JAGGER Brenda	**Les chemins de Maison Haute** 1436/**4*** & 1437/**4***
	Antonia 2544/**4***
	La chambre bleue 2838/**7***
JEAN Raymond	**La lectrice** 2510/**2***
	Transports 2790/**2***
JONG Erica	**Les parachutes d'Icare** 2061/**6***
	Serenissima 2600/**4***
JULIET Charles	**L'année de l'éveil** 2866/**3***
JYL Laurence	**Le chemin des micocouliers** 2381/**3***
KASPAROV Gary	**Et le Fou devint Roi** 2427/**4***
KAYE M.M.	**Pavillons lointains** 1307/**4*** & 1308/**4***
	L'ombre de la lune 2155/**4*** & 2156/**4***
	Mort au Cachemire 2508/**4***
	Mort à Berlin 2809/**3***
KENEALLY Thomas	**La liste de Schindler** 2316/**6***
KIPLING Rudyard	**Le livre de la jungle** 2297/**2***
	Simples contes des collines 2333/**3***
	Le second livre de la jungle 2360/**2***
KONSALIK Heinz G.	**Amours sur le Don** 497/**5***
	La passion du Dr Bergh 578/**4***
	Dr Erika Werner 610/**3***
	Mourir sous les palmes 655/**4***
	Aimer sous les palmes 686/**2***
	Les damnés de la taïga 939/**4***
	L'homme qui oublia son passé 978/**2***
	Une nuit de magie noire 1130/**2***
	Bataillons de femmes 1907/**5***
	Le gentleman 2025/**3***
	Un mariage en Silésie 2093/**4***
	Coup de théâtre 2127/**3***

	Clinique privée 2215/3*
	La nuit de la tentation 2281/3* Inédit
	La guérisseuse 2314/6*
	Conjuration amoureuse 2399/2*
	La jeune fille et le sorcier 2474/3*
	Pour un péché de trop 2622/4* Inédit
	Et cependant la vie était belle 2698/4* Inédit
	Le sacrifice des innocents 2897/3* (Déc. 90)
KOUSMINE Dr	Sauvez votre corps ! 2712/7*
KREYDER Laura	Thérèse Martin 2699/3*
L'AMOUR Louis	L'envol de l'Aigle 2750/5*
L'HOTE Jean	Confession d'un enfant de chœur 260/2*
	La Communale 2329/2*
LACAMP Ysabelle	La fille du ciel 2863/5*
LACLOS Choderlos de	Les liaisons dangereuses 2616/4*
LAFERRIERE Dany	Comment faire l'amour avec un Nègre... 2852/3*
LAFON Monique	Mon enfant, ma douleur, mon bonheur 2901/3*
LAHAIE Brigitte	Moi, la scandaleuse 2362/3* Illustré
LANE Robert	Une danse solitaire 2237/3*
LANGE Monique	Histoire de Piaf 1091/3* Illustré
LAPEYRE Patrick	La lenteur de l'avenir 2565/3*
LAPOUGE Gilles	La bataille de Wagram 2269/4*
LASAYGUES Frédéric	Bruit blanc 2411/3*
LAVAL Xavier de	Le songe de Thermidor 2528/6*
LAXER Gloria	Les vendanges du silence 2647/4*
LEFEVRE Kim	Métisse blanche 2791/5*
LEVY-WILLARD Annette	Moi, Jane, cherche Tarzan 2582/3*
LIMONOV Edouard	Autoportrait d'un bandit dans son adolescence 2883/4* (Nov. 90)
LONDON Jack	Croc Blanc 2887/3* (Déc. 90)
LOTI Pierre	Le roman d'un Spahi 2793/3*
LOWERY Bruce	La cicatrice 165/1*
LUND Doris	Eric (Printemps perdu) 759/4*
LYLE Eva	Eros 1900 2304/3*
MAALOUF Amin	Les croisades vues par les Arabes 1916/4*
McCULLOUGH Colleen	Les oiseaux se cachent pour mourir 1021/4* & 1022/4*
	Tim 1141/3*
	Un autre nom pour l'amour 1534/4*
	La passion du Dr Christian 2250/6*
	Les dames de Missalonghi 2558/3*
	Amour et lumière 2771/4*
MACLAINE Shirley	L'amour foudre 2396/5*
	Danser dans la lumière 2462/5*
	Vivre sa vie 2869/3*
MACNEE Patrick	Chapeau melon 2828/5*
McNEILL Elisabeth	9 semaines 1/2 2259/2*
MAGRINI Gabriella	La dame de Kyôto 2524/6*
MALLET-JORIS Françoise	La tristesse du cerf-volant 2596/4*
MARGUERITTE Victor	La garçonne 423/3*
MARIN Maud	Le saut de l'ange 2443/4*
	Tristes plaisirs 2884/3* (Nov. 90)
MARKANDAYA Kamala	Le riz et la mousson 117/2*
MARTIN Ralph G.	Charles et Diana 2461/6* Illustré
MARTINO Bernard	Le bébé est une personne 2128/3*
MASON Bobbie Ann	Retour au pays 2678/4*

MASSART Thérèse	Les félins de cuir 1933/**2**★
MATHEWS Harry	Cigarettes 2708/**4**★
MAUPASSANT Guy de	Une vie 1952/**2**★
	L'ami Maupassant 2047/**2**★
MAURE Huguette	Vous avez dit l'amour ? 2267/**3**★
MERMAZ Louis	Un amour de Baudelaire - Madame Sabatier 1932/**2**★
MICHAEL Judith	L'amour entre les lignes 2441/**4**★ & 2442/**4**★
MILES Rosalind	La vengeance aux deux visages 2723/**5**★ & 2724/**5**★
MONNIER Thyde	Les Desmichels :
	-Grand-Cap 0206/**2**★
	-Le pain des pauvres 0210/**4**★
	-Nans le berger 0218/**4**★ (Nov. 90)
	-La demoiselle 0222/**4**★ (Déc. 90)
MONSIGNY Jacqueline	Michigan Mélodie (Un mariage à la carte) 1289/**2**★
	Les nuits du Bengale 1375/**3**★
	L'amour dingue 1833/**3**★
	Le roi sans couronne 2332/**6**★
	Toutes les vies mènent à Rome 2625/**5**★
	Les lionnes de Saint-Tropez 2882/**4**★ (Nov. 90)
MONTLAUR Pierre	Imhotep 1986/**4**★
	Nitocris 2154/**4**★
MORASSO Françoise	L'Oreille en coin 2829/**4**★
MORAVIA Alberto	La Ciociara 1656/**4**★
	L'homme qui regarde 2254/**3**★
MORRIS Edita	Les fleurs d'Hiroshima 141/**1**★
MOUSSEAU Renée	Mon enfant mon amour 1196/**1**★
MOWAT Farley	Dian Fossey au pays des gorilles 2728/**5**★
MURAIL Elvire	Les mannequins d'osier 2559/**3**★
NASTASE Ilie	Le filet 2251/**3**★
NATHAN Robert	Le portrait de Jennie 1640/**2**★
NELL DUBUS Elisabeth	Beau-Chêne 2346/**6**★
	L'enjeu de Beau-Chêne 2413/**6**★
	Le dernier rêve de Beau-Chêne 2805/**5**★
NORRIS Bernard	La vallée de Chevreuse 2481/**2**★
NORST Joel	Mississippi Burning 2614/**3**★ Inédit
NYSSEN Hubert	Les rois borgnes 2770/**4**★
ORIEUX Jean	Catherine de Médicis 2459/**5**★ & 2460/**5**★
	Les Fontagre 2766/**5**★ & 2767/**5**★
OVERGARD William	Les fous et les braves 2868/**5**★ Inédit
PALLIÈRES C. & M.-F.	Quatre enfants et un rêve 2769/**5**★
PARTURIER Françoise	Calamité, mon amour... 1012/**4**★
	Les Hauts de Ramatuelle 1706/**3**★
PAULHAC Jean	Les herbes de la Saint-Jean 2415/**5**★ Inédit
PAUWELS Marie-Claire	Mon chéri 2599/**2**★
PEGGY	Cloclo notre amour 2398/**3**★
PEYREFITTE Roger	Les amitiés particulières 17/**4**★
	La mort d'une mère 2113/**2**★
PIRANDELLO Luigi	Le mari de sa femme 2283/**4**★
PLAIN Belva	Tous les fleuves vont à la mer 1479/**4**★ & 1480/**4**★
	La splendeur des orages 1622/**5**★
	Les cèdres de Beau-Jardin 2138/**6**★

	La coupe d'or 2425/6*
	Les Werner 2662/5*
POE Edgar Allan	*Le chat noir et autres récits* 2004/3*
POUCHKINE Alexandre	*Eugène Onéguine* 2095/2*
PROSLIER Jean-Marie	*Excusez-moi si je vous demande pardon !* 2317/3*
PU-YI	*J'étais empereur de Chine* 2327/6*
RACHET Guy	*Néfertiti, reine du Nil* 2348/4*
	Duchesse de la nuit :
	Le sceau de Satan 2530/6*
	Le Lion du Nord 2645/4*
	Les chemins de l'aurore 2709/5*
	Les vergers d'Osiris 2819/8*
RAGUENEAU Philippe	*Les nouvelles aventures du chat Moune* 2581/2* Illustré
RASPAIL Jean	*Les yeux d'Irène* 2037/4*
	Qui se souvient des Hommes... 2344/3*
	Moi, Antoine de Tounens, roi de Patagonie 2595/4*
	Le Camp des Saints 2621/4*
	L'Ile Bleue 2843/3*
REGINA Robert	*Ils croyaient à l'éternité* 2768/5*
REGNIER Didier	*L'aventure du Grand Raid* 2342/5*
REMY Pierre-Jean	*Le dernier été* 1882/3*
	Orient-Express - 2e époque 2186/5*
	Annette ou l'éducation des filles 2685/5*
RENARD Jules	*Poil de carotte* 11/1*
REY Frédéric	*La haute saison* 1967/4*
RHODES Evan H.	*Le prince de Central Park* 819/2*
RIPLEY Alexandra	*Charleston* 1760/4* & 1761/4*
ROBBE-GRILLET Alain	*L'année dernière à Marienbad* 546/2*
	Un régicide 1772/2*
ROCHE liane	Châteauvallon :
	-La fortune des Berg 1856/4*
	-L'or des Kovalic 1936/4*
	Symphonie 2379/4*
ROULAND Jacques	*Les amoureux du 7e Art* 2300/4* Illustré
ROULAND Norbert	*Les lauriers de cendre* 2315/5*
	Soleils barbares 2580/4*
SABATIER P. et CANNAVO R.	*Le jeu de la vérité* 2347/5*
SADOUL Jacques	*Le domaine de R.* 2522/6*
	93 ans de B-D 2561/7* Inédit Illustré
	L'île Isabelle 2623/3*
	La mort du héros 1950/3*
SAGAN Françoise	*Un peu de soleil dans l'eau froide* 461/2*
	Des bleus à l'âme 553/1*
	Un profil perdu 702/2*
	Le lit défait 915/3*
SAINT PIERRE Michel de	*Les cavaliers du Veld* 2378/3*
	Le milieu de l'été 2713/3*
SALLENAVE Danièle	*Adieu* 2563/2*
SARRAUTE Claude	*Allô Lolotte, c'est Coco* 2422/2*
	Maman coq 2823/3*

218

Impression Brodard et Taupin
à La Flèche (Sarthe) le 5 octobre 1990
1515D-5 Dépôt légal octobre 1990
ISBN 2-277-11218-6
1er dépôt légal dans la collection : oct. 1974
Imprimé en France
Editions J'ai lu
27, rue Cassette, 75006 Paris
diffusion France et étranger : Flammarion